U0938984

遐荒集

我与文坛大家

XIAHUANGJI WOYU WENTANDAJIA | 苏 晨 著

新 华 出 版 社

图书在版编目（CIP）数据

遐荒集：我与文坛大家 / 苏晨著. -- 北京：新华出版社, 2020.11
ISBN 978-7-5166-5383-8

Ⅰ.①遐… Ⅱ.①苏… Ⅲ.①散文集－中国－当代
Ⅳ.①I267

中国版本图书馆CIP数据核字(2020)第182099号

遐荒集：我与文坛大家

作　　者： 苏　晨

责任编辑： 李　成　　**封面设计：** 刘宝龙

出版发行： 新华出版社
地　　址： 北京石景山区京原路8号　**邮　　编：** 100040
网　　址： http://www.xinhuanet.com/publish
经　　销： 新华书店、新华出版社天猫旗舰店、京东旗舰店及各大网店
购书热线： 010－63077122　**中国新闻书店购书热线：** 010－63072012

照　　排： 六合方圆
印　　刷： 天津文林印务有限公司

成品尺寸： 130mm×210mm　1/32
印　　张： 10.875　**字　　数：** 200千字
版　　次： 2020年11月第一版　**印　　次：** 2020年11月第一次印刷

书　　号： ISBN　978-7-5166-5383-8
定　　价： 38.00元

目 录

CONTENTS

叶圣陶的《日记三抄》

《花城文库》

上海巴金研究会和巴金故居的刊物《点滴》，本来一向寄赠我。2017 年 11 月 17 日我们老两口入了养老院，断了联系。2019 年初又取得联系，为我补寄了 2018 年全年的《点滴》。看 2018 年第 6 期《点滴》上的《姜德明先生九十华诞庆贺小辑》，见多处谈到我。如周立民的《姜德明与巴金的〈序跋集〉》，第四大段便是“接下来，该谈一谈这位‘广州朋友苏晨了’。巴金说：‘他……’”文章洋洋洒洒占了五页。接下来的一篇文章，是宫立的《姜德明致信苏晨谈〈花城文库〉》。《花城文库》是姜德明给我出主意并帮助我建立的，按出版时间顺序包括：

叶圣陶的《日记三抄》
巴金的《序跋集》
孙犁的《耕堂散文》
艾青的《艾青谈诗》
茅盾的《见闻杂记》
杨石的《春草集》
老舍的《老舍序跋集》
蒋子龙的《一个工厂秘书的日记》
王蒙等的《夜的眼及其他》

王西彦的《书和生活》
秦牧的《花城》
冰心的《闲情》
萧乾的《断层扫描》

2019年是巴金诞辰115周年，我在《随笔》2019年第4期发表了《巴金〈序跋集〉的由来》，表达我因为《序跋集》来之不易对巴金老人的感恩。文中谈到姜德明兄（他比我大一岁）助成其事。

2019年是姜德明兄的九十岁华诞，我写写那年他带我们去叶圣陶老人处，组到叶老的《日记三抄》，表达我在养老院里也九十初度了,但是并没忘记他当年的提携,行不?

上一个世纪80年代开头，德明兄还在《人民日报》副刊部当编辑。他出主意让我建立《花城文库》，我请他当主编，他不肯；我要按出版政策发编辑费，他拒绝，他只肯白白出力，干实活儿。那时候各行各业像他这一类“大傻瓜”还有，如《花城文库》出版巴金的《序跋集》，巴老的侄女李国煣给出版社抄来二十多万字书稿，我们要按明文规定发给她抄稿费，她不要，还请巴老写信给我不让发。我们那时候也“跟不上形势”，并没认识到这有什么“离经叛道”。

一次德明兄写信提醒我，编辑出版收文坛老将新著的《花城文库》，别漏了叶圣陶的《日记三抄》。叶老这位大名鼎鼎的文坛老将，还是全国政协副主席，国家领导人，这年八十七岁了，就是只讲尊老，我也得上门约稿，他们这一辈很重我们民族的传统礼仪。

正好我去北京有出版业务上的公事，可以办事又约稿。

也许因我们这些小人物“小气”惯了，出差也讲究节省差旅费，住宿也是住德明兄带去住的《人民日报》王府井招待所，一天 1.2 元，又便宜又出入方便。

办完出版业务上的事，我和同事范汉生（即著名作家范若丁，《花城文库》书稿多是他任责任编辑），由德明兄带着，登门去约下了叶老的《日记三抄》。

《日记三抄》

叶圣陶的《日记三抄》，1982 年 1 月出版。那时候的出版印刷，还是“火与铅”的时代，不同于现在的“电子与光”时代。特别是《日记三抄》，还出版了精装本，广州当时还没有“精装生产线”，需要手工精装。

按一般情况估计，我们登叶老家门，约《日记三抄》书稿，大约应该是 1981 年的夏末秋初。因为当时的制度是要经过“三审”，才能由出版社总编辑“签付排”；经过“三校”，才能由出版社总编辑签“改正付印”；还得等三个月时间，供新华书店全国征订完毕，才能按书店提出的销售数量，由印刷厂印制成书。最后还要由出版社总编辑“签发行”，才能交货给新华书店分发出售。

《日记三抄》一书，收叶老 1945—1946 跨年度的《东归江行日记》，1949 年的《北上日记》，1961 年的《内蒙日记》，所以取名《日记三抄》。

缘起是叶老的日记抄本，有一次被当时任《人民日报》附刊《大地》月刊编辑的著名作家姜德明（后为人民日报出版社总编辑）看到，他要求叶老交给他在《大地》上连载。叶老犹豫良久，后来拗不过他，还是交给他在《大地》

上连载了。

此后才是由德明兄向我建议：由花城出版社出版单行本，收入《花城文库》。

那天，我们一定让他和我们一起去见叶老，当面商量出版《日记三抄》单行本的事儿。因为我事先知道，叶老对出版单行本还犹豫不决。用他的话说，他主要是觉得：“日记本来是备自己查考的东西，多半是记个大概就得，反正来龙去脉自己心中有数，兼之也不避文言。”这样就成了叶老称为“脱头落襻的文字”，“半文不白”，因而拿出来发表，甚至又出书，他“总觉得有点儿不负责任”（引号内都是叶老的原话）。

德明兄说服叶老答应交他在《大地》上连载的“理论”是：因为他觉得，“这种原来没打算给人看的文字，不遮不掩，不藏不掖，便是常说的敞开心扉，直抒胸臆，推心置腹。于是其言也真，其言也诚，往往更启人至深，感人至深”（引号里的话，也是德明兄的原话）。我们拉他同去，为的是必要时请他帮腔。

我作为《日记三抄》的出版人，决审时拜读书稿，经常是看着看着，时而紧张，时而忍俊不禁，暗自笑出声来。

如读《东归江行日记》，见他们几十位挤坐在一条破旧的木船上，漂泊于波涛汹涌的万里长江之上，一路餐风沐雨，惊险连连……在甲板上轮值守夜，叶老也得算上一份，真让人替他捏一把冷汗！

可是他还能在惊险的江船上，不忘他的编辑职责，照样儿编出两期《少年》，一期《中志》，为的是到了上海，下船就能交付出版，不误刊期。另外，还有大量的其他工作，他也不废于船上。

可叹此等可敬的编辑职业操守，怕是今日即便在风凉水冷的办公室里，也少见了！今日各级机关的整顿“不作为”，大概就说明问题。

登门拜望

叶老东归江行，在船上一路豪饮的那股劲儿，真的是既风趣，又吓人，让人看了，少不得目瞪口呆！

由此我想起那一次为约定《日记三抄》书稿，登门拜望叶老，来到他家，正值叶老午睡刚刚起床。

老人白头发，白眉毛，白胡须，身着唐装，白衣，白裤，脚上穿着白袜子，床上也是白被子、白床单、白枕头，眼前一茬白，泛白丛中，叶老更加显得神采奕奕。

叶老起床后，先是和我们闲聊了一会儿，聊些什么，大都不记得了，反正我们不会是蠢得一开口就讲“您的《日记三抄》……”如何，如何，像到“叶家铺子”来买货。

还记得的，是我见他这位“望九”老人，还那么硬朗，问过他：

“叶老，您都八十七岁了，身板儿还这么硬朗，您的养生之道是什么？”

叶老看着我，不答，光是笑。

我不知道这是什么意思，有点儿下不来台。

等了一会儿，叶老还是笑而不答。

我有点儿怀疑，难道是我不该问？

这时候德明兄对我说：

“我替叶老回答吧，他对我说过，他说他的养生之道，是天天喝酒，他从六岁起就喝酒，天天喝酒……”

我是此生一口香烟没吸过，酒也是只在不得已的情况下，才出于礼貌，沾一沾的人，听了这话，免不了少见多怪，简直是吓一跳，竟然是从六岁起，就喝酒！后来还天天喝酒！这也成了叶老的养生之道？

真的是所谓：“人一过百，形形色色”；别人饮酒伤身，叶老饮酒长寿！这使我油然想起一则古代关于喝酒的寓言，译成大白话，大意是：

有人劝一位常喝酒的人说：“喂，胃口是用来吃饭的，你别老是没完没了往里边灌酒，酒大伤身，你没见那蒙酒罈子的布，很快就霉坏了？”那人装出一份可怜相说：“不一定吧，你没见那醉虾、醉枣什么的，常年泡在酒里，不但久而不坏，反倒更加美味了？”

我望着还在满脸堆笑的叶老，一时想到，应该说，这也是有“一般”，必有“个别”；叶老以天天饮酒为“养生之道”，而且行之有效，这也是一种“个别”，未可用“一般”武断地绝对否定“个别”。可是，我们以往在生活中却多见，对本来客观存在的纷繁复杂的“一般”，偏偏喜欢用“大批发”“概括化”的一套，定下一个什么“纲”，再把所谓的“纲”，在执行中变成为“网”，对不合其意的种种“个别”，实行“一网打尽”……

我望着八十七岁高龄、功成名就以后还在孜孜不息的叶老，又一时迁想到，人生这一出戏，不管是“一般”也好，“个别”也好，真实的价值，恐怕并不在于“表演”的时间有多长，而在于“表演”的内容有多么出色。也即生命停留在哪一个“年轮”上，似乎无关紧要，要紧的是要停留个完满！

《北上日记》

叶老的《日记三抄》,《北上日记》是重头。《北上日记》的“北上”,是指他们一批著名民主人士和著名文化人,应中国共产党的邀请,绕道香港,走海路北上,登陆已经由中共执政的解放区,准备参加中国人民政治协商会议。

叶老他们这一行,还有柳亚子、陈叔通、马寅初、郑振铎、曹禺等,都是大名鼎鼎的人物。他们在中共有关部门的保护下,秘密离开香港,为防走海路遭遇国民党海军的海上拦截。

也许是应了“吉人自有天相”,他们此行,一帆风顺,顺顺利利在已经是解放区的胶东烟台登陆,转入解放区的行程。叶老便是把这一段路上所记的日记,称为《北上日记》。

那时候中国人民解放战争的最后胜利在即,新中国的开国在即,他们的目的地,就是绕道去北京,参加中国人民政治协商会议,协商新中国建国大事。

所以我最初阅读《北上日记》书稿,就特别留意叶老和他笔下提到的诸位,对未来的新中国,流露过一些怎样的期许?

读毕梳理所得,几点鲜明的印象是,首先,明显可见,他们都非常希望新中国的官员别再那么官僚主义,向往新中国开国,官员带头有个新形象。

如当年3月5日,他们所乘的船抵达胶东解放区烟台。在叶老当天的日记中,就可见他特别记下的是:

“晤徐市长和贾参谋长……徐、贾二君态度极自然,无官僚风,初入解放区,即觉印象甚佳。”

3月6日的日记,又记:

“华东军区三位特来烟迎接,今晨会见。一为郭子化……一为匡亚明……一不记其姓氏，三位为我们谈解放区种种情形，以及战争所以致胜之道，皆可听。”

3 月 8 日的日记再记：

在莱阳乡下，中共中央华东局秘书长郭子化来访，“彼辈均善于谈话，有问必应，态度亲切，言辞朴质。”

3 月 11 日的日记也有记：

在孟家村的一次活动，“华东党政军机关俱在此村及其周围……先为茶叙，各机关高级人员俱到，个别谈话，答唯求其详。”

还有，在“华东之正式欢迎会……余致词谓来解放区后，始见具有伟大力量之人民，始见尽职奉公之军人与官吏。”

叶老连这方面的细微小事都注意到，如 3 月 12 的日记有记：

“前日托匡亚明，请与苏北通信，打听三官（苏按：叶老的儿子叶至善，后也曾任全国政协常委、副秘书长）近况，嘱三官寄信到北平。昨知已为发出电报。此间办事迅速而周到，即此可见。”

而斗转星移，几十年过去，此刻连我也都已经是九十岁初度的“养老院院士”，再读叶老七十多年前的《北上日记》,对照于今日中国的相关情况,似乎竟然已是不便说!

特别是“不怕不识货,最怕货比货”,和一些国家的“同类项”比较起来，只能是“长叹息”！不知叶老他们的在天之灵，会是怎样“长叹息”于何彼一时也，此一时也?

从叶老的《北上日记》中还可以看到，他们当时在船上的热情又该是多么高涨！放声高唱后来定为国歌的《义勇军进行曲》，争相赋诗唱和言志，如叶老的诗句：

翻身农民开新史，
立国规模俟共谋。
篑土为山宁肯后？
涓泉归海复何求。
……

他们壮怀激越，耐不住等“政协”会议召开再“立国规模俟共谋”，在船上就开了两次关于新中国文化工作的讨论会，一个个争相发言献策。在叶老的《北上日记》中可见，他们都渴望新中国轻税薄赋，渴望新中国关怀爱护本来就为数不多的知识分子。他们深有远见，从一开始就不赞成热衷于靠发动政治运动，整治知识分子。

如叶老3月14日在济南的日记就有写道：

> 初晤赵俪生……承告北平解放之后，对知识分子之教育颇感困难。余与铎兄（苏按：指郑振铎）闻教员俱拟令受政治训练，以为殊可不必。此前数日，叔老（苏按：指陈叔通）曾谈及，凡国民党之所为，令人头痛者，皆宜反其道而行之，否则即引人反感。而令人受训，正是国民党令人头痛者也……

他们极其关心的两项深望：一项是“轻税薄赋”；一项是“关怀爱护本来为数不多的知识分子”。而中华人民共和国开国以后，至“文革”十年两者情况，大家心里有数，不多言，光明在前头……

原载《点滴》2019年第1期

巴金那部《序跋集》的由来

巴金诞辰 115 周年

2019 年是巴金诞辰 115 周年，出版界多方都在纪念。人民文学出版社以豪华精装重版了他的《随想录》《探索集》《真话集》《病中集》《无题集》；浙江文艺出版社以豪华精装出版了他的十卷本《巴金译文集》；四川文艺出版社出版了装帧也很讲究的多卷本重头人物回忆和巴金交往、或读巴金著作、或研究巴金的新著；一些以相关巴金及其著作为内容的展出在各地接二连三……

巴金晚年写了三篇序、跋的重要著作《序跋集》，1982 年 3 月在花城出版社出版。巴金故居和巴金研究会的杂志《点滴》，在 2018 年年末一期上，有两篇较长的文章特别谈了《序跋集》的由来 。文中有谈到，当时我作为花城出版社出版人，并当选“中国大型文学期刊编辑协会”第一任会长，在所谓 “清除资产阶级思想影响”中的处境不妙，也给出版社特别是《花城》杂志带来麻烦。巴金对我的处境实事求是地了解以后，可能是出于“大人不见小人怪”，特地编了《序跋集》交花城出版社出版，实为拉我们一把。由人民文学出版社带头，出版界纷纷出版巴金著作纪念巴金诞辰，我有建议重印巴金的《序跋集》。现在过了这段热闹的时光，我再来就巴金写给我的多封来信，在网上发表这篇《巴金那部〈序跋集〉的由来》，希望也能算我对巴金的一点儿知恩图报。

起初主意不定

广东的花城出版社，1981年元旦开张，我是出版人。开办之初，我的想头是：期刊，重点办好《花城》《随笔》两个杂志，《花城》由小说编辑室先办起来，《随笔》先由我来编四期作个样子，再交散文编辑室办。图书，除了各十四本的《郁达夫文集》《沈从文文集》，是注意编好收文坛老将新作品的《花城文库》，收新锐青年作家佳作的《花城丛书》，还有，编好收老作家、老学者“文革”十年优秀“抽屉文学”作品、优秀新随笔作品的《随笔丛书》。

巴金的《序跋集》，是《花城文库》的一种。这又要先说清楚，抓紧发掘出版一些文坛老将手上的宝贝，这个点子是时任《人民日报》副刊编辑、著名散文家姜德明兄给我出的，功劳在他。有的还是他代我约下的，如巴金的《序跋集》就是。有的是他带我登门去约的，如叶圣陶的《日记三抄》就是。有的则是由他先写信介绍，我自己登门去约，如孙犁的《耕堂散文》就是 。德明兄怎么代我向巴老约的书稿，我不知道详情。从《序跋集》的《序》里看，开始巴老并不想编辑出版这部《序跋集》，后来才改变主意：

> 我从未想过要把过去写的那些前言、后记编成集子。去年我还在怀疑写这些东西“是不是徒劳”。今年年初有一位长住北京的朋友（苏按：即姜德明）来信动员我编辑这样一本《序跋集》，连书名他也想好了。他说明他这样建议和敦促（他后来还帮忙抄稿，他是

一位现代中国文学资料的收藏者），只是为了支持一位广州朋友（苏按：指我）的工作，这位同志主持一家文艺出版社（苏按：指花城出版社），不愿向钱看，却想认真出版书刊。北京的朋友爱书如命，也熟悉我国现代文学发展的历史，脑子里贮藏着不少生动的书的故事。他关心书，关心写书的人，当然也关心出版书刊的人，他热心地替广州那家出版社组稿，这是可以理解的。只有对他我才不便一句话推出门去，他有具体的办法，还可举出书名，还可以替我搜集稿子。我不曾拒绝，但我也没有答应。我还想慢慢地考虑。

终于决定出版

是一场其势汹汹的风，吹得他终于决定编辑出版这部《序跋集》。他在《序跋集·序》里有谈到。他说：

风并不总是朝着一个方向吹，它有时向东，有时向西。我的头脑迟钝，不能一下子就看出风向，常常是这样：我看见很多人朝着一个方向跑，或者挤成一堆，才知道刮起风来了。

这一场其势汹汹的风，在文艺界就是“清除资产阶级精神污染”，简称“清污”。这风吹到了我这个小人物，也吹到了他这位大人物，按他说是：

有一次我意外地听见别人谈论那位广州同志的事（苏按：是吴强和王西彦向他谈起），人们说冷风又刮起来了。我起初不肯相信，可是渐渐地我发现有人在我面前显得坐立不安，讲话有些吞吞吐吐，或者缩着脖子，或者直打哆嗦，不久就有朋友写信来劝我注意身体，免受风寒。于是关于我的谣言就流传开来，有人为我担心，也有人暗中高兴，似乎大台风已经接近，一场灾祸就在眼前。

可是风的猛烈程度一时并没有稍减。如根据上级指示精神，这时全国的薄本子文学期刊在厦门鼓浪屿开了一次编辑工作座谈会，成立了编辑协会，选举顾尔镡为第一届会长。全国的厚本子大型文学期刊在江苏镇江开了一次编辑工作座谈会，成立了编辑协会，选举我为第一届会长。可是这两会很快被更上面下令取缔了。

一位已逝多年的高级领导，在一个会议上讲话太过相信手下的"简报"之类，有失实事求是，指名道姓说我"不经请示成立编辑协会""讲话号召和中央唱对台戏"。这还了得，各处谣传我被怎么了，怎么了……

其实镇江会议是北京《十月》、江苏《钟山》、安徽《清明》三个编辑部根据上面领导的要求，串联召开的，我和他们相知，只是接到通知希望我参加，这与我请示不请示何干？事实上会前也是由《十月》副主编张兴春（已故）代表他们三家请示了党、政，包括全国文联的领导都请示到，中宣部还特派两位处长从头到尾与会指导。会议开始，张兴春也首先是向大家报告了请示那三位大名鼎鼎与会者谁也知道的大作家、高级领导的指示。

会议规定，每一个参加会议的刊物，要提交七十份打印好的经验总结，我代表《花城》参加提交的是，以"本刊评论员”名义，在《花城》杂志上发表过的《不断自问——〈花城〉两年》一文。此文哪有什么“讲话号召和中央唱对台戏”？

我自己的事，可以自己说话不算数也罢。那么，中共广东省委第一书记任仲夷严加审查的结果应该算数吧，他的批示是：“顶多是个认识问题。”这和那位高级领导说的问题性质可就根本不同了！

负责意识形态工作的广东省委文教书记吴冷西，严加审查后，是让广东省委宣传部副部长兼广东省出版局党组书记、局长黄文俞：“你要亲自传达给苏晨同志，就说是我说的，苏晨同志可以检讨，可以不检讨。”这是黄文俞当面声明为照实传达给我的原话。我想吴冷西可能是担心我吓怕了，违心胡说八道，把事情反而弄成麻烦。

“文革”后平反了那么多的冤、假、错案，可见一部分领导同志真的是引以为训了，我为党内这种新气象非常高兴。

社里同志精明者也大有人在，如《花城》编辑室主任、已故著名作家易征，他请他的歌唱名家朋友，朗诵名家朋友，在广州的友谊剧院义务演出，为我有机会在演出结束登台致谢演员亮相，以辟谣传，证明我这不好好的，并没有被怎么了、怎么了。很难得那天文教书记吴冷西也拨冗到场，顺而也登台当众和我握手，还连说“久仰大名，久仰大名！”我就连说：“臭名远扬，臭名远扬！”观众们哄堂大笑……

这让我深深感受到党和同志们的无比温暖。不久那位高级领导也曾致信广东省委，谈到制止谣传的必要，并让转知我，省里把原信复印转我。

巴老那边的情况是：

这个时候我非常冷静。有风，我却不感到冷。我一点也不害怕，但是我不得不严肃地考虑自己的事。我喜欢把自己比作春蚕，三十年代初我们几个未婚的年轻人游西湖到白云庵月下老人祠去求签，签上有一句话我至今还不曾忘记："……似春蚕到死尚把丝抽。"尽可能多吐丝,这就是我唯一的心愿。倘使真有龙卷风，那么也让我和它作一次竞赛吧。我要多做出一些事情，多留下一点东西，所以我决定编辑我的《序跋集》。

不容易的事

《序跋集》的编辑工作在密锣紧鼓地进行着。

在北京那边，由姜德明代找、代抄。上海这边，由巴金和侄女李国煣抓紧时间赶工。这年的5月22日，巴老在为《序跋集》写的第一篇《序》中说：

> 编选自己的集子,我已经有不少的经验了。但是《序跋集》和别的集子不同。《序跋集》中有一些为别人的著作或译文写的前言、后记还是第一次在我自己的集子里出现。我还想指出：这本书是我文学生活中各个时期的"思想汇报"，也是我在各个时期中写的"交代"。不论长或短，它们都是我向读者讲的真心话。在"十年动乱"中我不知写过多少"思想汇报"和"交代"，想起它们，我今天还感到羞耻。在我信神最虔诚的时期中，我学会了编造假话辱骂自己。"监督组"规定，每天晚上不交出一份"交代"，不能回家。他们就是用谎言供奉神明的。我却不敢用假话来报答读

者。我把五十几年中间所写的前言、后记搜集起来，编印出来，只是想把自己的心毫不掩饰地让人们看个明白。我所走过的曲折的道路，我的思想变化的来龙去脉,五十几年的长期探索、碰壁和追求……等等等等，在这本集子里都可以找到一些说明。

《序跋集》的第一篇《序》，是巴老在《序跋集》编辑工作完成大半之际写的。那时候他正在香港的《大公报》上陆续发表他后来收入《随想录》《探索集》《真话集》《病中集》《无题集》五本书里的大约上百篇文章。生活·读书·新知三联书店香港分店1979年12月出版《随想录》，又陆续出版后四集。人民文学出版社1980年6月一次出齐五种。感谢巴老都有题赠寄我。

《序跋集》的编辑工作完成大半，他还谈道：

这本集子的编成并不是容易的事，我已经没有精力完成搜集和抄录的工作。我首先得感谢那位北京朋友的帮忙，其次我依靠了我的侄女国煣的努力，大部分的稿子都是她抄写的。我也感谢广州的朋友，他在困难的时候还不曾失去勇气和信心，肯接受我的这样一本集子。

从决定编选到序文写成，经过了三个多月，抄写的工作还有一小半未完成。这中间几次刮起冷风，玻璃窗震摇不止。今天坐在窗前停笔深思，我想起了英国王尔德童话中的“巨人的花园”。春天已经来了。

他还“感谢”我？其实是巴老在用别一种实际行动，拉我们这些小人物一把！书没编完，他就先写了第一篇

《序》。在香港《大公报》发表后，再由姜德明兄征得副刊部主任、著名作家袁鹰同意，在《人民日报》副刊转载了这篇《序跋集·序》。德明兄写信告诉我那过程，我一个辽东老兵，心本来够硬的，读信也是两眼满含热泪！

一个作家，或是一个出版人，出于个别大人物的一时有失实事求是之言，遭到被怎么了、怎么了的谣传。可是也不过如一时不意跌进一座“不沉的湖”里，到处有人伸出手来拉一把，我想这是人们生命里的一种巨大幸运！

陈翰伯的主意

取缔了中国大型文学期刊编辑协会，自然也就撸了我这个当选会长。说一句落后话，我不过是避过了轮值这万事开头难的第一年会长任期，会长也不是什么官爵，不过是一年万一有什么事要办，这个会总得有人出头张罗一下，如此这般的任期仅仅一年，大家都有机会当选的“轮流坐庄”办事人员而已。

《文艺报》聘请我为“中篇小说评选委员会”成员，报经中国作协书记处批准已经在报上公布。那位高级领导的一个完全外行部下，一句话：“广东没人了？选了这么一个人来！”就又把我给撸了。已经发了种种文件通知我到会，又不声不响好像没那回事了。

《红日》作者吴强写信告诉我：“开会的时候，我故意问：‘喂，苏晨同志怎么没来呢？啊？苏晨同志怎么没来呢？’大家哈哈一笑……”

于是又在谣传我被怎么了、怎么了。我请示国家出版事业管理局代局长陈翰伯，我说对我怎么传，倒也无所谓，或许还得多谢他们义务在给我一个小人物“扬名”。可是，我身后还有一个花城出版社，不知道该怎么切割才不连累。

陈翰伯笑笑地说：

“你的情况我们知道。你到各地走走，一路走，一路写，一路在各地发表，谣言腿短。”还说，“若是请不下来假，我替你请，因为应国家出版事业管理局和国家旅游局之请，国务院刚发了一个关于出版《中国风物志丛书》《中国特产风味指南丛书》两种丛书的红头文件，各省（区）都有任务，文件有指定花城出版社是《中国特产风味指南丛书》的‘牵头人’，我们请你到处去了解一下有关情况。”

回到广东，广东省出版局给我开了绿灯。我出去走了半个多月，“公私兼顾”，不分白天黑夜地干。举个例，如在首站北京，住1.2元一天的《人民日报》王府井招待所，三天就在《人民日报》、它的杂志型附刊《大地》、天津《散文》杂志等发表了三篇散文。过辽宁，住不花钱的地方干活儿，又写又发表。从大连，又写又发表。过山东，坐五等舱，装货的船底，席地。过福建，过浙江，在所过之地一路写，一路发表……

回到广州，我先编了《野芳集》，在天津的百花文艺出版社出版，臧克家、端木蕻良、杨沫等都写了文章赞扬。稍后又编了《常砺集》，由山东人民出版社出版，百岁大画家朱屺瞻，给设计封面，题写书名，端木蕻良等三位写了文章赞扬。三联书店香港分店总经理、总编辑萧滋在地铁上听到香港还在传我被怎么了、怎么了，他们就纳入该店的《回忆与随想文丛》，在香港给我出版了《小荷集》，香港的老作家李辉英教授等多人写了文章赞扬。世间事很难说，我倒是因祸得福了！

不是“历史的经验值得注意”么，一个同志若是无辜遭遇不幸，人们最好不是绝对相信“谁官儿大谁表准”，有时候高级领导也可能受某种影响，一时说了有失实事求是的话。所以遇到这种事情不是“落井下石”，而是“兼听则明”，实事求是判断，如果觉得对这位遭受不幸的同志应该拉他一把，就想个办法不显山不露水从旁巧妙地伸手拉他一把，这样能避免不少冤案，成就不少善事，也不至于惹祸上身。或则这也可以接近“历史的经验”？

这期间，6 月 11 日，巴老又写了《序跋集》的《再序》。说是因为“写完《序跋集》序，意犹未尽，于是写《再序》”。在《再序》中他特别谈道：

> 有一位朋友劝我道：“你的心是好的，可是你已经不行了，还是躺下来过个平静的晚年吧。”
>
> 又有一位朋友对我说：“永远正确的人不是有吗？你怎么视而不见？听我劝，不要出什么集子，不要留下任何印在纸上的文字，那么你也就不会错了。”
>
> 我感谢这两位朋友的好意，但是我不能听他们的话。我有我的想法。我今天还是这样想的：第一，人活着，总得为祖国、为人民做一点事情；第二，即使我一个字都不写，但说过的话也总是赖不掉的。何况我明明写了那么多的文章，出过那么多的书。我还是拿出勇气来接受读者的审查吧。

献给下两代的书

编选这本《序跋集》，费了巴老不少工夫。他写过《再序》两个月后，8 月 11 日，又在莫干山为《序跋集》写了一篇较长的《跋》。

巴老回顾以往说：

> 几十年来我编选过不少的集子，有长篇，有短篇，有创作，有翻译。我保留着一个印象：为自己编选集子是一件愉快的事。可是这一回编选《序跋集》，我感到了厌倦。说句老实话，我几乎无法完成这工作。
>
> 为什么呢？……我不能把责任全推给“衰老”……为什么呢？……是不是在编选上花了很多功夫，使我感到十分吃力？不……
>
> 那么为什么会感到厌倦呢？是由于阅读五十四年中间自己写的那一大堆前言、后记吧，我看一定是这样。我想起了一件事情：在一九七〇年或者七一年我还在奉贤县五·七干校的时候，有一天工宣队老师傅带着我们机关造反派到我家去抄书，拿走了几本张春桥和姚文元的著作，这些书都是“文化大革命”前在上海出版的，一直放在书架上，我想它们该是最保险的吧。没有想到给没收的偏偏是它们。后来我回家休假，萧珊（苏注：巴老夫人）讲起这件事，我们起初大惑不解，想了一阵，取得了一致的看法：可能他们过去写的文章并不都证明他们生来就正确，而且一贯正确，因此不利于身居高位的今天的他们，还是将它们没收烧毁为妙。
>
> 我明白了。一大堆包袱和辫子放在我面前，我要把它们一一地清理。这绝不是愉快的工作。我多么想把它们一笔勾销，一口否定。然而我无权无势，既毁不了，又赖不掉，只好老老实实把包袱和辫子

完全摊开展览出来，碰碰运气。即使等待我的是批判，我也只好硬着头皮接受。不管你相信不相信，“在劫难逃”嘛。

但是我终于把它们阅读完毕了。我回过头重走了五十四年的路。我兴奋，我思索，我回忆，我痛苦。我仿佛站在杂技场的圆形舞台上接受批斗，为我的写作生活作了彻底的交代。《序跋集》是我的真实历史。它又是我心里的话。不隐瞒，不掩饰，不化妆，不赖账，把心赤裸裸地掏了出来。不怕幼稚，不怕矛盾，也不怕自己反对自己。事实不断改变，思想也跟着变化，当时怎么想怎么说，就让它们照原样留在纸上。替自己解释、辩护，已经成为多余。五十四年来我是怎样生活的，我是怎样写作的，我究竟是个什么样的人，我究竟做过些什么样的事，等等等等，在这本书里都可以找到回答。有人要批判我，它倒是很好的材料。至少我的思想的变化在这里毫不隐蔽地当众展览了。

结束了这个使我感到厌倦的工作，我吐一口气，觉得轻松多了。这本集子是那位北京的朋友鼓励我编辑的，我感谢他的帮助，我还请求他允许我把我的《序跋集》献给下一代和再下一代的读者，我非常愿意接受他们的批判。

巴老他们认真编选，我们花城出版社也认真编辑、出版、发行。令人期待的《序跋集》出版发行于 1982 年 3 月。有精装、平装两种版本，由著名装帧艺术家曹辛之设计封面、包封，书前有花城出版社特请广州美术学院鸥洋教授，专程去上海登巴老家门给他画的油画半身速写像。

巴老的交待

《序跋集》还没正式出版发行前，巴老对有关的问题预有交待。

那是2月25日，他写信给我说：

苏晨同志：

信都收到。鸥洋同志来过（苏按：指鸥洋教授专程去他家给他画像），两小时完成了任务，我也满意。

旅游文学笔谈，我身体不好，写字吃力，杂事又多，不能参加，请原谅（苏按：这是我为花城出版社旅游读物编辑室《旅伴》杂志举行的一次笔谈，去信邀请他参加）。

关于《序跋集》，有二事跟您商量，希望得到同意：

一、《序跋集》出版，我要精、平装各三十册。

二、除了扣除购书费（苏按：我们一分钱也没扣）和代缴的所得税款外，请将其余稿酬全部汇给北京沙滩中国作家协会中国现代文学馆筹委会（收据仍请寄给我签字）。我决定将一部分作品的稿费捐赠给现代文学馆，将在四川出版的选集（苏按：指四川文艺出版社出版的十卷本《巴金选集》；巴老说："我严肃地进行这次的编辑工作，把它当作我的'后事'之一，我要按照自己的意思做好它……这十卷选集就是我的结论"）等书也在里面。

余后谈。祝

好！

巴金

二月二十五日

见到张张洁同志，代我问候她。

信的最后一句，嘱我代他问候张洁，我想是因为当时在那阵狂风中，张洁被刮得日子也不好过。更主要的，我想还是因为巴老作为中国作家协会主席，他怎么能不关心到张洁这位杰出的年轻女作家。

当时张洁因病住在广州空军医院，接巴老信后我代他去问候张洁，见她穿着病号服，就着病床，在给《花城》写那篇一再获奖的著名中篇小说《祖母绿》。

经过广州空军医院的精心治疗，排除了张洁头里长个瘤的误诊。

我赶快写信告诉了巴老。

难得巴老满意

《序跋集》出版，我们赶快给巴老寄了精装、平装各三十本去，是送他的，没收钱。

那时候还没有“特快专递”，因为是“大宗印刷品”，只能按货运处理，从广州到上海，要走多日才能到达。

巴老在还没收到我们寄赠的《序跋集》前，又写信给我再次嘱咐：

苏晨同志：

有件事拜托您，小林（苏按：指巴老女儿李小林）、国煣为上海文艺出版社编《巴金论创作》，需要《序跋集》作参考，该书如已出版，请先寄样书两册，如一时印不出来，可否寄一份清样给我（苏按：我们马上再航空寄了两本样书去）。

我身体不好，日内将去杭州休养十天左右，小林同行，国炜留在上海。

《序跋集》稿费全部捐赠文学馆，将来付款时，请直接汇寄北京沙滩中国作家协会巴金，注明“供文学馆专用”。

祝

好！

巴金

四月十七日

杭州之行前，巴金老人收到《序跋集》样书，很高兴，马上写信给我说：

苏晨同志：

《序跋集》样书收到，装帧很好（苏按：是我特请已故著名装帧艺术家曹辛之给设计的），改用画像我很满意。您说要寄赠两部文集（苏按：指花城出版社出版的十四卷本《郁达夫文集》和十四卷本《沈从文文集》），很感谢。

我想看看遇罗锦的《春天的童话》，您能为我找到一册发表它的《花城》吗？

祝

好！

巴金

巴老是著作何止等身的大作家，他见过的出版物何其多，花城出版社的出版物能得到巴老的认可，参与《序跋集》编辑、出版、发行工作的同志都很高兴。

和巴老通过信，互相有了印象以后，我开始出差上海或出差经过上海，都必去他福康路的家里问候他。到他家去我什么都不带，我知道他不喜欢这一套。说老实话，我很贪图临别他必有他的著作题赠，这对我又比什么都宝贵。

我第一次去看他，是1980年5月16日，他题赠我上、下两卷本《巴金选集》《爝火集》，还有三联书店香港分店新出版的精装《随想录》。我高兴极了。写了一篇题为《细事》的散文，发表在天津《散文》杂志。是从在出版《序跋集》这件巴老的“细事”（粤语称小多用细）中，所见他的高贵风范，有写道：

> 说来也怪，巴金老人在“文革”中最轻的一项罪名也是所谓“资产阶级反动学术权威”。而资产阶级的本质特性是唯利是图，贪得无厌。可是巴金老人这位“资产阶级”加“反动”人物，却是解放前全靠稿费维持生活，解放后也不领工资，还是靠稿费维持生活；多年来许多可以报销的因公开支，他也自己掏腰包；招待公家邀请来中国访问的国际友人，奉命出国访问按规定“置装”所需的“置装费”，他都坚持自己负担。不但自己干工作不领工资，还让夫人萧珊也干工作只尽义务。连他侄女李国煣为花城出版社抄了二十多万字稿，我们想按相关规定发给抄稿费，巴老也写信给我：“抄稿费不必付了，国煣不要，你们也不必客气，送两本《花城》新书给她就行了。”

这时我进而想到了魏晋时候的成公绥，他作第一篇《钱神论》，写到世间的：

路人纷纷，行人悠悠。载驰载驱，唯钱是求……

他身后一百年的鲁褒，作第二篇《钱神论》，写到世间的：

钱之所在，危可使安，死可使活；钱之所去，贵可使贱，生可使杀。是故忿诤辩讼非钱不胜，孤弱幽滞非钱不拔，怨仇嫌恨非钱不解，令闻笑谈非钱不发……

后来我每一次去看巴老，他都有新书或再版书题赠我，真让我开心。我也多半会写一篇文章发表，如在《花城》杂志上发表的《吉兆》，在《现代画报》上发表的《老鹤无倦容》等。

原载《随笔》2019 年第 4 期

想起窄而霉小斋沈从文

说起来话稍长

来由是某报《文化副刊》先后两次发表该报记者专稿，以首版近两个全版篇幅报道某博物院发布《韩熙载夜宴图》APP 的消息。首次报导的大标题有一则黑体字的引语认定《韩熙载夜宴图》是南唐之作。我以为有了什么新的发现，看过才知道，原来什么新的发现也没有，依然是人云亦云。

于是想起窄而霉小斋沈从文，因为关于《韩熙载夜宴图》的成画年代，我更相信沈从文教授的论断。在他那间“窄而霉小斋”里，他对我当面谈过他的论断，后来又写信跟我谈过。

这老爷子论事不是不顾一切只认“谁官儿大谁表准”，更信实事求是。

说起来话要稍稍说远一些。那是上一个世纪，已定 1981 年元旦花城出版社正式开张。此前制定的《花城出版社 1981 年选题计划》中，有各十四卷本（作品十二卷、研究资料两卷）的《郁达夫文集》《沈从文文集》两种重头选题，是有望争取花城出版社“开市大吉”的项目之一。可是那时候郁达夫、沈从文这二位还没有定论，率先出版他们的文集是一件非同小可的事儿。

当时我是广东人民出版社副社长、副总编辑，被任命为花城出版社筹备小组组长，出了事得我扛着。想来还是应该去请示一下国家出版事业管理局；虽然当时国家出版制度宽松，出版社制定选题还不用像后来的一层一层事先向上报批，如就连我主持创刊现在还在出版“四十而不惑”的《花城》《随笔》杂志，也没先报批。

1980年冬天，天寒地冻。我和决定调到花城出版社工作的著名作家、后任《现代人报》总编辑的易征（已故）、稍后出任香港香江出版公司总编辑的林振名两位老编辑，一起来到北京，住在每天一元二角钱的王府井人民日报招待所，在寒风瑟瑟中四处奔走，为花城出版社开市大吉多方请教和约稿，正赶上了北京首场瑞雪飘飘。

我们决定首先去请示国家出版事业管理局代局长陈翰伯。他是中国数得出的大出版家、大编辑家，又是国家出版业最高行政管理机关的首长，听听他的认可与否，自然很是重要。

他在署长办公室接见了我。我向他述说了我们从对国内外读者的调查研究中，所得到的见解。他说他赞成出版这两套文集。因为出版社的两大任务，一个是从事文化积累，一个是发现新的人才，出版《郁达夫文集》《沈从文文集》，属于文化积累。但是由于郁达夫、沈从文二位还处在不一般的处境，他让我们再去请教胡愈之、夏衍二位。

踏雪拜望沈从文

我们遵嘱去请教胡愈之。愈之老也赞成出版《郁达夫文集》《沈从文文集》。他告诉我们放心，郁达夫在南洋没有什么问题，不必顾虑那些传闻。愈之老当时也在南洋，最知情。

去请教夏衍，夏公也赞成。我们想请他做编委会主任，他却说："千万别搞什么编委会，不然麻烦就大了！组成郁、沈二位文集的编委会，自当请一些有头有脸儿的人物。有事不请示编委不好，请示起来这位这样说，那位那样说，你们怎么办？你们还是天高皇帝远，自己'独裁'好。"

我们心里的底气更足，接着便去东城小羊宜宾胡同沈从文住处拜望。

这天一大早就纷纷扬扬漫天飞雪，气温降至零下八摄氏度。我们从广州来，穿的衣服单薄，一时冻得够受。

如约准时来到沈家，轻叩门。沈老开门迎客，把我们让进里间他那个"窄而霉小斋"书房兼客厅，和我们围着炉火烧得正旺的小火炉团团而坐。沈夫人，著名才女、合肥张家四姐妹中的三妹张兆和，给我们每人斟上一杯热茶，我们就边烤火取暖，边饮茶，边商量有关编辑出版国内外出版发行的《沈从文文集》事。

我把将由我们花城出版社和生活·读书·新知三联书店香港分店分工合作，我们编辑出版发行国内，他们精装精印国际版发行世界……等等，对沈老详细说了一遍。他都同意。

小火炉上那一把传统铁皮水壶，哼着安详欢快的曲调，一时使我想到日本茶道的铁皮水壶壶底经过特别处理，按日本茶道家的说法，说是能哼出"乌云笼罩下瀑布的回声"，"海浪撞击岩岸的声音"，"风雨飘洒中竹林里的声音"……我们就在这安详欢快的"壶底音乐"伴奏下，和沈老谈了关于他的《文集》诸事，也谈了我们成立花城出版社的抱负，上下三千年，纵横八万里，谈天说地，很是投缘……

这些都不说。单说年关将至，有人送给沈从老一个每月一页的长三开古画年历，封面选印的正是《韩熙载夜宴图》。我知道沈老对《韩熙载夜宴图》是不是五代十国时候南唐的作品，与一般看法不一，便故意以话引话，问他：

“沈老，上海社会科学出版社新近出版的《中国文化辞典》987页说，《韩熙载夜宴图》是‘五代南唐顾闳中绘’。多种文化史、美术史、绘画史如上海人民美术出版社出版的《中国绘画史图像》等都这样说，您看这靠不靠得住？”

沈老眯起眼，摇摇头，摆摆手说：

“靠不住，靠不住。依我看，《韩熙载夜宴图》根本不是五代十国南唐时候的画。”

我继续以话套话又说：

“可是，《韩熙载夜宴图》作者为南唐顾闳中，似乎已经是国家权威方面的多年定论。”

沈从老从我手里要过挂历，指点着莞尔一笑说：

“断定一幅古画的年代，不能光从纸张、印章、题款、装裱……等方面去判断。现在的人不是也能找到乾隆玉版宣和那时候的墨，用来写现在的字？可是古代的人，总不会画出挂毛泽东像章、戴‘红卫兵’臂章的人物吧？所以论定一帧古画的创作年代，最根本的还是要认真研究画面的内容……”

说着，他让我们注意画面上的人物，包括韩熙载在内的南唐降官，都穿绿色的衣服。他说这是北宋初年的诏令所规定：“南唐降官一例服绿。”

又指给我们看，画面上的闲人多作“叉手示敬”姿势，和尚也不例外。他说这也是宋代的制度，不是南唐制度。因而可以断定：《韩熙载夜宴图》是宋初南唐入降以后的画家所作。

出了点儿麻烦

我信服在学术上最好不要推行“谁官儿大谁表准”，或“哪家衙门口大哪家表准”，所以我也信服沈老的真知灼见。

“灼”，《国语·鲁语下》说：“如龟焉，灼其中，必文于外。”《史记·龟策列传》还说：“征丝灼之”会更灵验。不过我看说一千，道一万，恐怕还得是像沈老那样肚子里满是真才博学，才能有他的处处见学问，不然再拿什么来“灼”，怕是也“灼”不出如沈老那样的灼见。

说来《韩熙载夜宴图》成画年代事，本来到此也可以撂过。不意易征回到广州，写了一篇题为《踏雪初访沈从文》的散文，投到香港的《海洋文艺》月刊上发表。可惜他好心办了意外的事儿，不小心把沈从老对《韩熙载夜宴图》的议论给说反了！

沈从老知道后有些着急，用红格毛边纸以毛笔作章草蝇头小字给我写来一封信，信中有谈及《韩熙载夜宴图》的一段是：

> ……谈画事，实系说的是《夜宴图》中等无事作闲人，多作“叉手示敬”状。和尚也如此。应属宋代制度，非南唐时等。具实照淳化二年（苏按：淳化为宋太宗赵炅年号，时当公元991年。赵炅即位之年，俘南唐后主李煜）诏令，有“南唐降官一例服绿”语。此画中人即一例服绿。更可知必宋初（南唐）入降后人所作也。来得及更正，免得成笑话，感甚……

这错虽然不是我造成的，但是我是头，还是责无旁贷。我写了题为《灼见》的散文，附上沈老那一封原信的复印件作附图，寄《海洋文艺》发表，总算不太显山露水，又好歹及时对易征的笔误做了更正。

《灼见》也曾在天津的《散文》杂志上发表，并为著名作家邓友梅应亚洲文化基金会之约所编《大陆生活小品精选》（“新亚洲丛书”之九）等散文选本选用。

现在已可不再谈关于《韩熙载夜宴图》的事。将告别，我有问：

“沈老，您手头有没有什么现成作品，可以拿给我们出版社的《花城》杂志发表？”

沈从老想了想，笑着说：

“哪有什么像样儿的作品，倒是有一组《双溪诗草》，我还没考虑好能不能拿出去发表。”

我抓住不放说：

“怎么不能发表？以沈老的谨慎和高标准要求，既然已经想到能不能发表，我看必是可以发表，您可不可以拿给我们看看？”

沈夫人张兆和急忙对着沈从老摇头阻止：

“我看你别发表了，发表个什么劲儿，你还没发表够……”

沈老犹疑了一会儿，还是起身到他那个写作角落找出诗稿来，递给我。

《双溪诗草》用墨笔以章草蝇头小字写在一叠红格信签上。我接过来看了一遍，认为能发。随手交给《花城》编辑部主任易征，让他再看一遍。他也说：“好诗，当然可以发表。”易征说着从手提包里拿出一个大信封装起来就要带走。

沈老可能是碍于夫人曾阻止，又说：

“先还给我，让我也再看看，再改改，定下来，寄给你们。”

和端木谈起沈从文

动身回广州前，易征和林振明专门儿拿出一整天时间按选定目标分头找作者为《花城》组稿。我是去看了端木蕻良。

我俩谈起沈从文，他深为极“左”一套影响他两次自杀愤愤不平。他还说有一次他们几位“名人”，被官方组织去参观故宫。想不到故宫派的讲解员竟然是沈从文！

那天很冷，端木蕻良远远就望见沈从文露天等在那儿，手里拿着一个当早点的地瓜（广东叫番薯），大概是地瓜热，两手不停地倒换着，可能身上也冷，两脚也不停地交换跳跃着取暖。

端木蕻良说，他当时看着很揪心。沈从文教授是一位海内外知名的大文豪呵，新中国怎么能这样对待他？临离开故宫，端木蕻良向故宫领导提了建议……

不说这些，都过去了，还是说我们从北京回到广州不久，我就收到沈老用铅笔改过、用挂号信寄给我的《双溪诗草》。还是那一叠共七页毛边纸红格信笺。有附信。

《双溪诗草》排在前面的是《喜新晴》：

朔风摧枯草，岁暮客心生。
老骥伏枥下，千里思绝尘。

本非驰驱具，难期装备新。
只因骨骼异，俗谓喜离群。
真堪托生死，权诗寄意深。
间作腾骧梦，偶而一嘶鸣。
万马齐喑久，闻声转相惊。
枫槭啾啾语，时久将乱群。
天时忽晴朗，蓝穹卷白云。
佳节逾重阳，高空气象清。
不怀迟暮叹，还欣长庚明。
亲旧远分离，天涯共此星。
独轮车虽小，不倒永向前。

七十初度在双溪

沈老在寄诗稿写给我的附信中谈到《喜新晴》时，有说：

七零年（苏按：指上世纪 1970 年）十月，双溪丘陵高处。久病新瘥，于微阳下散步，稍有客心。值七十生日，得二儿虎雏川中来信，知肾病已略有好转。云六、真一二兄故去已经月矣。半世纪中一切学习，多由无到有，总得二兄全面支持鼓励，始能取得尺寸进展。真一兄对于旧诗鉴赏力特别高，凡繁词赘语，及词不达意易致误解处，均能为一一指出得失，免触时忌。死者长已矣，生者实宜百年长勤，后用十字作结，用慰存亡诸亲友，亦以自勉也……

这是说此诗作于他久病新瘥的七十岁生日，于微阳下散步于“五七干校”所在的双溪丘陵高处得稿。他得家信知道儿子肾病好转，两家兄故去经月，感慨此生的艰难坎坷，多得已逝两兄扶持。死者已矣，长庚已明，“文革”收摊儿，他还想“不怀迟暮叹”“独轮车虽小，不倒永向前。”

沈老在后来写给我的一封信中说，他曾经当作悼亡诗请他嫂子代把《双溪诗草》等焚于云六、真一两兄坟前。没敢提也曾代焚于他弟弟沈荃坟前。我从沈老表亲也是吾友黄永玉处得知，其实沈荃本是一位抗日有功、思想进步的抗日将领。

沈从老故里湘西凤凰镇筸，本来就以多出武将闻名于世。清代咸丰、同治年间，曾国藩、左宗棠麾下的湘军中，“筸军”威风得很。当年的镇筸青年，二十岁左右就同时被授予提督这样高级军衔的，也有四位；沈老的爷爷沈洪富，是四位中的一位，这位少年将军更是二十六岁就做了贵州总督。沈老的父亲“最没有出息”，可也是庚子年“八国联军”侵华、大沽失守、提督自尽殉国那场血战中，幸存的一员阵前裨将，二十二岁带上校军衔。沈老的弟弟沈荃，本是抗日战争中一位英勇善战功勋卓著的虎将，二十岁出头带上校军衔，40年代已是中将军衔。抗战胜利后蒋介石发动内战，沈荃先是高低不肯领兵作战，被调到国防部，心里也还是不自在。后来坚决要求解甲归田，回到了故里凤凰。中华人民共和国建立，因为沈荃思想进步，开始还曾被安排为政协委员。后遭劫难。“文革”后沈荃得到平反昭雪。

存一份资料

沈从老的另一首《拟咏怀诗》较长，我还是想全文录下来多存一份资料：

大块赋我形，还复劳我生。
身轻类飞蓬，随风长远征。
虚舟触舷急，回飚坠瓦频。
廓落不经意，芥蒂难累心。
日月走双丸，经冬复历春。
浮沉半世纪，生存近偶然。
金风杀草木，林间落叶新。
学易明时辩，处世忌满盈。
祸福相倚伏，老氏阅历深。
难进而易退，焉用五湖行。
窃名贪天禄，终易致覆倾。
黄犬空叹息，难出上蔡门。
子房践旧约，萧何善用心。
史氏著微言，笔下有深情。
洛阳古名都，双阙入青云。
朱门金兽环，王侯第宅新。
极宴娱心意，为乐忘晨昏。
一朝同仙去，唯传帝子笙。
物换星移后，独乐犹著闻。
还多羽林郎，意气干青云。
不必策高足，早据要路津。
谄谀累层台，天才无比伦。
鹰隼擅搏击，射干巧中人。
青蛙能两栖，蝙蝠难定型。
不乏中山狼，玲珑九窍心。

蚩尤兴妖雾，目迷行路人。
朗朗白日临，天宇廓然清。
蛾子扑灯火，玩火终自焚。
动植各潜骇，惊随冰山崩。
日月长经天，大道默无言。
自然规律在，世界斗争新。
登高望广野，耿耿长庚明。
尺璧非吾宝，寸阴宜少争。

他似在抒发他“浮沉半世纪，生存近偶然”的体会和信念。他深信“日月长经天，大道默无言”，“物换星移后”“双阙入云”的“门兽衔环”的，也未必如司马光的三间茅屋“独乐园”更是“特著闻”。

《花城》出了错漏

《花城》杂志发表了沈从文的《双溪诗草》。这是他“文革”后首次发表作品，引起各方注意。不料《花城》出了错漏。沈从老给我写信说：

苏晨兄：

……拙诗如兄所指，实七〇年在双溪时所作，后曾附一短短题记，系《双溪诗草》之一。记得把诗并其他拙作寄家乡时，二家兄作古入土正“满七”，家中大嫂子正上坟，因作为悼诗焚之于坟前也。又（苏按：指《喜新晴》）第四行“俗谓喜离群”、第一行“岁末客心生”二字（苏按：指“谓”“心”二字）误排。

末后一行前，本来还有十字："亲故远分离，天涯共此星"……

弟　沈从文

《花城》作了更正并向沈老致歉。我也复信致歉。顺带起了"贪心"，向沈老要字。

先是黄永玉告诉我，沈从文书法如何了得，让我抓紧当面向他要字，他不便推。可是我最近不会去北京，于是我想，写信提出来也未必不好，不想送他就推，也是于人方便。这样我就在信中老实提出了想得到他一帧书法作品。

沈老没有推辞，立即先从旧作中选了一帧用红笔打了格写的"琴条"寄给我，章草，方寸大字，约四百左右字，写"李白诗二绝句"（苏按："朝辞白帝彩云间"等）；"杜甫五古一章"（苏按："峥嵘赤云西"等）；"孟云卿五言二章"（苏按："大方载群物"等）；"耿沣七绝一首"（苏按："佣赁难堪一老身"等）。书后原有一小跋：

从文习字丙辰夏，时年七十逶五，于北京窄而霉小斋乱稿堆中。

又在稍上空白处补一新跋：

苏晨兄教正　弟沈从文　时年七十七（钤"凤凰沈从文"朱文印）

也许是感到送旧作不好？他很快又寄了一帧新写的"琴条"送我，也是四百字左右，与前一帧同大字、章草，没再打格，内容也是写的古诗。新作的跋太客气，我不敢当，也不好意思引录。

问题出在我太过“贪心”，这时候香港书法家李国柱（移民加拿大，已故），送给我多部日本出品大八开高档书法册页，我也给沈老寄去一部，附信是说他若有工夫、有兴趣，就不管什么时候都好，用他的《双溪诗草》给我写个册页，没有工夫就作罢，册页送沈从老，我手上还有好几个。

这一次却是时隔经年，沈从老才写好让夫人张兆和寄回给我。张兆和附信说她曾一再提议：实在没工夫写就婉言奉还，别误了别人题写。沈老一定要写好寄还，所以拖了时间，还说“很对不起”。哪有“很对不起”之说，我感激还感激不尽！

我一时又想探索一下，沈老怎么会是一流文学家、一流小说家、著名报人、著名教授，是多方面学者，又会是货真价实的一流书法家？

书法家的沈从文

沈老读书只读到小学毕业，十五岁就参加湘西土著部队，做月薪四块大洋的上士司书。他平时省吃俭用，但是着迷于书法，却肯于花十七块大洋买一本字帖临帖，不怕成为别人的笑料。正是因为他用《曹娥碑》字体誊录公文小字写得很美，得到上司赏识，才升任月薪九块大洋的机要收发。部队调往川东，徒步行军，得自己背着一切。他舍得丢掉这个那个，却是不怕“累赘”带上花六块大洋买的《云麾碑》、花五块大洋买的褚遂良《圣教序》、花五块大洋买的虞世南《夫子庙堂碑》、花两块大洋买的王羲之《兰亭序》。

驻扎下来，有一段时间他在住房墙上挂过一张小条幅："胜于钟王，压倒曾李。"这牛皮吹得固然大了点儿，钟繇、王羲之两位古代大书法家，钟繇可能民间不是那么熟悉，王羲之却是名声如雷贯耳，人们大多都知道"书圣"；曾农髯、李梅庵，是当时两位在湘西名气颇大的书法家。少年沈从文在书法的追求上有近目标，也有远目标，哪管什么天高地厚。

部队从川东回防湘西，沈从文被调给一位统领做书记。这位统领好古，有五大楠木橱柜古玩，十箱古书。这可乐坏了沈从文。他一有工夫就翻看那些古代书法、绘画、古书。天长日久，得到这些古文物的熏陶，增长了不少见识。欣赏、体会那些古代书法作品，自然也有助于他进一步提高自己的书法水平。

稍后他名声终于远播，举一个最说得过的实例：1921年，既是北洋政府内阁总理也是书法家的熊希龄，为他一位逝去的得意手下立碑，就是请了时年十九岁的沈从文写碑文。1987年既是大画家也是作家的黄永玉教授得到一份这座碑的碑文拓片，他拿给书法家黄苗子看，黄苗子的评价是："这真不可思议；要说天才，这就是天才，这才叫天才……"

不过我看还不是仅"天才出于勤奋"就可以概括。如他在北京大学做教授，逛琉璃厂，看那百十家店子由近二百年诸名流显宦题写的大招牌上的字笔，他也能看出：

乾隆、嘉庆之际（公元1776—1802年），多是宰臣、执政、名公、巨卿手笔，刘墉、翁方纲可作代表人物。那是因为乾嘉庆时代属于清朝盛世。经济发展，文化繁荣，崇儒重学，高官多大学者，刘墉、翁方纲这些书法大家也真的是名不虚传。商人们热衷于请他们为的是既得官样的荣耀，又不失文雅。

咸丰、同治之际（1851—1874 年），多了儒将手笔，曾国藩、左宗棠可作代表人物。那是因为这时候的清朝已经国势渐衰，连年战乱，统军大将才是时代明星，再加上曾国藩、左宗棠虽然是统军元戎，也同时不失为书法家和学者，商人们热衷于请这些儒将明星写招牌，也是情理中事。

晚清之际的招牌多诗人名士手笔，写招牌的书家相对分散，那是因为清室已见摇摇欲坠，民主主义革命方兴未艾，诗人名士非当朝达官显宦也非革命党人，一般较少政治色彩而又有知名度和书法水平，请他们出来题写招牌，既不失身份和风雅，政治上的保险系数也高一些。

进入民国，总统如黎元洪、袁世凯；军阀如吴佩孚、段祺瑞；大总统“水竹村人”徐世昌的大草书，逊清太傅陈宝琛的欧体书，内阁总理熊希龄的山谷体行书，诗人、词客、议员、学者如樊增祥、姚茫父、罗瘿公、罗振玉、林长民、邵飘萍等各有千秋的笔墨，又一时各据商家的屋檐下。民国八年（1919 年）“五四运动”爆发，新露头角的名流、身份日高的戏剧演员、新旧社会都不可少的画家，如蔡元培、胡适之、梅兰芳、程砚秋、齐白石、寿石工诸人题写的招牌应运而生。地方性是如在上海又常见虞洽卿、王一亭、杜月笙题写的招牌……（京沪招牌事，可散见于沈从文的《学习写字》）

对书法的“勤奋”，也少不了不断的“钻尖研微，高掌远蹠”，才能“乐此不疲”。

三老会我家

沈从文有一部由周恩来总理亲自过问的《中国古代服饰研究》巨著在生活·读书·新知三联书店香港分店出版。该书行将付印前夕，香港三联书店请沈老来广州他们的站前路招待所校订最后一次清样。这天沈老打电话给我，说是要到我家做客。我知道他有和中山大学著名教授、古文字学家、考古学家、也是书法家的容庚、商承祚二位教授见面的愿望，我就告诉他容、商二位也是我的熟人，那就由我把他们也约到我家一起见面。他说："那可太好不过。"他们三位都是1902年生人，若是健在，2019年应该是117岁。

当时我家住海珠桥南桥头的前进路，中大是14路公共汽车的南起点站，从中大来我家可乘14路公共汽车直到我家楼下，所以容老、商老先到。他们见我客厅墙上挂着那轴前面提到的沈从老四百字 "琴条"，对沈从老的书法也称赞不止。

这时候沈老夫妇也由花城出版社派车接到，人齐，我们便团团落座，喝着"铁观音"茶，清茶漫叙。

沈老问及《沈从文文集》的出版情况。反正后来的难关也已经一关一关过去，我也不怕告诉他们，就简要谈了谈。

沈老要求："你别简略了怎么具体说服上头的，说说看。"容老和商老也想听。

那情况曲曲折折，很有味道，我又说了一点儿。但是写下来这篇文章就没了！

为引开话题，这时我开始"攻击"沈老，埋怨他："您一定要抽下那些带点儿黄的湘西民歌，怕给出版带来麻烦。一套《沈从文文集》各集厚薄相当，就一集薄了。您被'清污’吓怕了吧？”

谈起《沈从文“格”招牌》

这时候商老提起了我在《南方日报》副刊《南海潮》上发表的散文《沈从文“格”招牌》，又得了当年“十佳奖”的事儿。

沈从老有些奇怪地问我：

“你怎么想起写这个来？”

我叹口气说：

“我是一时有些看不惯到处是大首长题写的大招牌，有的书法水平实在让人不敢恭维，真像中共广东省委第一书记任仲夷说的：‘现在谁是书法家？谁官儿大，谁勇敢，谁就是书法家。’任老说话文明，其实他说的‘勇敢’，可代之以‘脸皮厚’。有些情况，实际已经近乎‘书法污染’。我是想把报纸副刊的话题向这方面引一引。”

沈老接着问：

“有用没有用？”

我摇摇头说：

“没有用。这时广东书法家协会创刊一种豪华书法杂志《书艺》，执行主编叶燿才向我约稿，我就写了一篇万字文《门边议“官书”大招牌》；‘门边’是我自视于对书法称不上‘门里人’，或可算个‘门边人’的意思……”

在这篇文章里，我杜撰了关于这种大招牌所带出来的“招牌现象学”“招牌社会学”“招牌经济学”“招牌心理学”等，试着清理了一下这种“官书”大招牌，为什么会一时那么盛行不衰？

商老也替我敲边鼓说：

“对，你的一系列‘招牌学’杜撰得好。真的是花大价钱‘润笔’，求得一条高官‘手泽’大招牌，对工商部门、税务部门、卫生部门、公安部门……说来都会有一定的‘泰山石敢当’之意，算大账，算长远账，确实多花几个钱也很划得来。”

容老问沈老：

“您看我们广州的官书大招牌……”

沈老说：

“叶选平省长的颜体楷书大字还是不错的，应该有一说一，有二说二。听你们讲，时下广州也是能恭喜发财就上上第一！”

我也赶快说明：好在不久中共中央就发文制止了“官书大招牌”的泛滥。不过这可与我的两篇，不过是碰到一起了。

几位老人谈到很多陈年往事，我插不上嘴，也听得不很明白。我看看已经时间不短，就特请一家酒店，给特做了一些广东点心送到我家，请他们垫补了一下，结束了这一次快乐的聚会。

原载《花城》2019 年第 5 期

曹靖华在从化的日子

他 1926 年初到广州

1920 年，从豫西伏牛山区卢氏县五里川镇河南村一户普通农家，走出来一位精神奕奕的棒小伙儿，他本来名字叫曹联亚，小名阿丹，什么时候大号改叫曹靖华，并且长此叫下去，我没查。这年他加入了中国社会主义青年团，组织上派他去苏联莫斯科东方大学学习。1922 年，他奉命回国。

1924 年到 1927 年，国民党和共产党合作的北伐大革命风暴席卷全国。1923 年 7 月 1 日，广州国民政府成立，任命共产国际驻广州国民政府代表、苏联驻广州国民政府全权代表米哈伊尔·马尔克维奇·鲍罗廷为国民政府政治顾问。1924 年 7 月 1 日，广州国民政府成立一周年，发表《北伐宣言》。7 月 6 日，国民革命军总司令部在广州成立，蒋介石为总司令。7 月 9 日，八个军，十万人，八艘军舰，三架飞机，分三路，誓师北伐。

第二军军长谭延闿，党代表是中共党员李富春。第三军军长朱培德，党代表是中共党员朱克靖。第四军军长李济深，党代表是中共党员廖乾吾。第六军军长程潜，党代表是中共党员林伯渠。第一军军长何应钦，第五军军长李福林，第七军军长李宗仁，第八军军长唐生智，党代表都不是中共党员。中共党员参加北伐的，还有陈毅、陈赓、蒋先云、张际春、包惠僧、叶挺、周士第等。7 月 12 日至 7 月 18 日，中共召开第四届中央执行委员会第三次扩大会议，提出了《中共中央第五次对于时局的主张》，这是这时候中共的政治态度……

单说出征北伐的国民革命军。军中有个苏联军事顾问团，共 135 位顾问，1924 年 10 月来到广州的苏军瓦西里·康士坦丁诺维奇·布留赫尔元帅化名加伦将军，为苏联军事顾问团团长，被任命为广州国民政府军事总顾问。又单说苏联军事顾问团有一位翻译，网上资料说，1925 年，共产国际与中共的联系人北京大学图书馆馆长李大钊教授，“派曹靖华赴开封（国民革命军）第二军任苏联顾问翻译”。网上资料没提到曹靖华 1926 年又到在广州的苏联军事顾问团总部任翻译。这一定要提到。本来曹靖华的儿子曹彭龄少将、儿媳卢章谊译审，有一部实可说是“曹靖华传”的《伏牛山的儿子》出版，二位也曾签赠我一部，可以一查便知。可是我没带来养老院！

好在我带来了河南教育出版社 1991 年出版的《曹靖华书信集》，第 221 至 230 页收有他写给我的十二封信。1985 年 1 月 23 日，他在北京医院的病床上写信给我，他不知道他已经出不了院！（这是曹彭龄写信告诉我的，组织上出于对可敬的老革命曹靖华的关怀，把他儿子曹彭龄从中国驻埃及大使馆陆海空军武官任上调回国，任中国人民解放军第三十八军第 114 师副师长，实际上是让他在医院陪父亲走完最后一段路。）不知情的曹老，却还在做着出院再来广州的梦！恰巧那封信中他谈道：“一九二六年，我初到广州……”原信是：

苏晨同志：

您好！社中同志都好！

大作《夹竹桃集》（苏按：指1984年7月湖南人民出版社出版的一本拙著散文集），收到后一气读完，令人爱不释卷。

我爱夹竹桃，更爱您笔下的夹竹桃。我家有两盆夹竹桃，如我文中所说，春来端到院里，冬来端到室内，虽然它们娇滴滴的，千金小姐似的，不如南国的大树，在野地里长到几层楼高。

一九二六年，我初到广州，住在东山。那时首先吸引了我的，就是宅边的夹竹桃。

"四·一二"后，开始了大屠杀。我放下孩子（大人能逃出否，未知，所以孩子一律不准带），同爱人逃到北极圈跟前的列宁城（苏按：列宁格勒），一去八年（苏按：应为六年），才改名换姓回国。这真是"人生如梦"啊！

现在已到晚年，庸碌一生，一无所成，奈何！

……（苏按：照《书信集》）广州实在是令人留连的地方。前年在从化温泉，见那儿也有夹竹桃。后来临时开会回京，中断了疗养。谁知有一夜噩梦中与（国民党）特务交手，被特务一拳打翻在地。痛醒乃知滚下床来，摔了个大腿骨折。至今大腿上还带着一块钢板，呜呼！

从化温泉水里有氡（化学成分），为其他温泉所无。而对我的不治之症，极有效。何时才能再去从化温泉治疗……

祝同志们好！一言难尽。

我最近出院，回新居，有信请寄到新居。

另，苏龄（苏按：曹老女儿曹苏龄编审，翻译家）汇上十五元，买彭龄小书（苏按：指花城出版社新出曹彭龄著作：《而今百龄正童年》。先在《随笔》杂志连载，又辑为《〈随笔〉丛书》之一种，出版单行本。）

丹

一，廿三，于北京医院

这便是说，他 1926 年确实已经调来苏联军事顾问团总部任翻译。

广州民谚有："东山有势，西关有钱。" 东山最美的地方是梅花村，估计他也是住在梅花村，梅花村多住达官贵人，颇多环境幽美的豪宅，苏联军事顾问团总部所在，住处总不会差，大概这才会有他的"那时首先吸引了我的，就是宅边的夹竹桃"。

不过苏联军事顾问团于 1926 年 8 月 1 日撤光，他 1926 年在广州没住多久。

《夹竹桃集》里有一篇散文题《夹竹桃》，是我写一位已故老战友、岭南画派著名画家、广东画院常务副院长陈洞庭的。"文革"十年，我有七年被"造反派"实行"群众专政"，限制在北京不准回广州的家。有一次我和他通信，流露了某种情绪。他给我画了三幅国画寄到北京，以画代言。其中一幅是《夹竹桃》，题句是：

夹竹桃，挺如修竹，艳若碧桃；扎根不嫌瘠沃，开放不择春秋。装点千万家，分外何所求！诽誉任评说，无私品自高……

曹老后来还有一次再和我谈起《夹竹桃集》，他说他蛮喜欢《夹竹桃》那篇散文里写到画家陈洞庭的《夹竹桃》画上题句，不知道这和他喜欢夹竹桃是否多少有点儿关系？

我和他谈过加伦将军

曹靖华老人晚年，从1978年起，大都在广州度过。住在广州远郊从化乡下流溪河畔的“松园”宾馆，只由“松园”装修，改到“翠溪”宾馆住过不长时间。

他在松园疗养期间，我先是任广东人民出版社副社长、副总编辑，主要负责文艺图书的编辑出版工作，干实活的一线编辑人员，有便去看看他这位与业务有关的文坛老将，约约稿，岂不应该？

偏有人不怀好意，说我是“借机去采访，为了自己写稿”。我才不理，东北老农说得好：“光听那些个‘啦啦蛄’叫，就别下地干活儿了。”

这次我又去看他，也为替《花城》杂志约稿。他那篇尾后注明“一九八〇年二月中旬于从化”的散文《一枚牙章》，本来是给《花城》写的，后来出了变故，另谈。于是又有了他1980年4月18日写给我的信中所谈：“来日倘能草就，当奉《花城》请教也。”以及他1984年1月忘记落日期写给我的又一封信中所谈：“阅《花城》目录（苏按：当年《花城》每期目录都登报），有《道是平凡却不凡》，那原是（我的一篇）旧稿，彭龄从旧纸堆中找出……”即他答应的事儿，他必是好歹也要兑现。

那时候我没敢透露的，是我和曹老谈北伐战争，也谈过国民革命军苏联军事顾问团总顾问加伦将军，即布柳赫尔元帅。现在网上已有不少直言不讳斯大林造假案枪毙布柳赫尔元帅的资料可查。我见广州的《南方都市报》也公开报道过苏军在 1937 年 6 月 18 日开始的“肃反”中：1935 年 11 月授衔的五位元帅三位被枪毙；一级集团军四位将领三位被枪毙；二级集团军十二位将领全部被枪毙；总数 67 位军长 60 位被枪毙；总数 199 位师长 136 位被枪毙；总数 397 位旅长 211 位被枪毙。其他指挥员、政治工作人员被清洗四万多人，枪毙 1.5 万多人。苏军的“肃反”，竟然如此！

我是 2001 年 11 月，先在《广州日报》报系《信息时报》副刊，连载了一个月约六万字写这一假案的纪实文学《迟归的大舅》。后来扩写到二十多万字，2011 年开年，中国作家协会上层人物、香港作家联会会长、《明报月刊》总编辑潘耀明来我家串门儿，拿去书稿，在他也是任总编辑的大山出版社，于 8 月间出书。梁文道在凤凰电视台的《开卷 8 分钟》节目中做了介绍。这书的序：《一个人的遭遇和历史》，作者是花城出版社副社长谢日新。其实这书当年在大陆应该也可以出版。而我写文章是看意识形态形势已允许的后来，有关情况却是早知道。

那天我问曹老：

“您和加伦将军熟不熟？苏联军事顾问团撤退以后，网上说加伦将军还秘密参与了策划 1927 年 8 月 1 日的南昌起义，照此推断，他应该是并没有离开中国。他回苏联以后的情况，不知您知道不知道？”

曹老是很稳重的人，他看了看我，想了一下才说：

“苏军的等级观念挺重，我和他互相认识，见面会互相打招呼，不知道这谈不谈得上叫熟？他回苏联后，我只知道他在 20 世纪 30 年代后半叶苏军的‘肃反’中，被斯大林下令枪毙了，还听说是个冤案。”

他不太知道，也不奇怪。他 1933 年再回国，那前后都在埋头翻译苏联文学著作。和鲁迅、瞿秋白多有来往。如鲁迅说他是：“一声不响，不断地翻译着。”他翻译的《铁流》，是鲁迅出资，由三闲书屋出版。他翻译的《三姊妹》，由瞿秋白介绍给郑振铎列入“文学研究会丛书”出版。他的三十多种译作，不少是在这段时间完成。

所以我告诉他，对这一假案，我不但知道，还知道得蛮详细。是当年伪满时期我在“奉天省立本溪国民高等学校”工业化学科读书时，机械科一位和我非常要好的老同学赵旭东告诉我的。他是国家冶金工业部辽宁地质勘探局局长，总工程师，也是局党委书记。他来广州开会，打听来，打听去，找到了我。他的长辈，父母的资格浅些，也是 20 世纪 30 年代的老革命。他的姥姥和两位舅舅，都是 20 年代的老革命。他大舅苏子元，是中共 1925 年在沈阳办“暑期大学”培养、发展，经中共中央北方局批准的东北第一批无预备期中共党员之一。1927 年他在中共哈尔滨地委宣传委员任上，经苏共与中共协商，调往加伦将军回苏联恢复布柳赫尔原名，任苏军远东特别红旗司令的该军第四科为情报军官。他做张家军阀的情报，特别是做伪满日本关东军的情报，大有成绩。1935 年“五一”国际劳动节，哈巴罗夫斯克（即属于我国版图时的伯力）举行庆祝大游行，布柳赫尔元帅在观礼台上检阅游行队伍，作为奖励，他让苏子元和朱绍华（1927 年加入中共，王若飞送她到苏联学习，也是情报军官，无线电专家）夫妻俩都穿上军官制服，登台站在他身边，风光了一回。何曾想这可“问题”大了，“福兮祸所伏”！

斯大林要除掉布柳赫尔元帅所造的假案，说他是“日本特务”，“勾结日本关东军”，“阴谋建立远东共和国”……在这一假案中，苏子元被安排为“布柳赫尔元帅与关东军的联络员”，“有照片为证”。“克格勃”本以为很容易就能把他折磨制服，跟着他们一道造假陷害布柳赫尔，却怎么折磨也没有用。四科的两个副科长经不起折磨，自己承认是日本特务，编出假话往他身上栽赃；20 世纪 20 年代加入中共的老党员他的两个部下情报军官经不起折磨，自己承认是日本特务，编出假话往他身上栽赃，都被他驳翻。改用种种“香饵”诱供，也没有用。经过四次庭审，判处苏子元死刑，朱绍华十年苦役。

后来布柳赫尔元帅已经枪毙，他弟弟，一位空军中校战斗机驾驶员，只为布柳赫尔在雅尔塔疗养时去看过哥哥一次，也被枪毙，以绝后患。于是宣判苏子元、朱绍华那个军事法庭的法官，又为既执行了上级的事先决定，又避免无辜害人一命的万一麻烦，替苏子元、朱绍华写了非常强有力的上诉。最后，改判苏子元十五年苦役，朱绍华五年苦役，分别流放到北部边疆，让他们在少有人活下来的漫漫苦役中死亡。

苏子元“命大”，活了下来。但是人在苏联，不知道苏联进行过卫国战争，当然更不知道中共领导中国人民在解放战争中取得胜利，建立了中华人民共和国。是苏共召开“二十大”，赫鲁晓夫做了揭露斯大林推行个人崇拜罪行的报告，一位难友苏联老教授告诉了他一切，并鼓励他也在苏联已经开始的平反昭雪中争取平反。

苏子元是读了莫斯科中山大学，又读了列宁学院的，在列宁学院和周保中（“9.18”事变后任东北抗日联军第二路军总指挥兼政治委员，1946年元旦我军东北部队由东北人民自卫军改称东北民主联军，他还是副总司令，又兼东满军区司令）同学，妻子朱绍华也是同学。他经过非常艰难复杂的长时间斗争，取得平反，恢复苏共党籍，流放期间计为苏军军龄，但是不让他回中国。后来又经过中国驻苏联大使馆的帮助，由中国驻莫斯科领事馆代为办好种种回国手续，才得于1956年3月28日启程回国。此前他在一个集体农庄找到了以无国籍难民身份生活的朱绍华和她领养的一个鄂伦春族孤儿小女孩，也办好平反，全家一起重返祖国……

曹老听了嘱咐我：

“你若是写文章，必须把一切弄得清清楚楚。苏子元还健在，应该采访过他。”

我于是在1989年8月下旬，由赵旭东带着我特地去北京采访了苏子元，当时他已是国务院副部长级离休高干……

一方象牙印章

1980年2月上旬的一天，我和《花城》编辑部主任易征，副主任林振名，一起又去“松园”看望曹老。这就有了他1980年4月20日寄到我这儿的一封来信：

苏晨、易征、振名同志：

你们好！邮奉新邮来小书数册，望收，权作纪念。书并非作者代表作，译文也拙劣，但由解放前的长期经历，可窥今天新社会来之不易。书一到就抢光了，仅余这些，倘还需，望示，下次邮来续奉。

祝同志们好。

丹

廿日

我们在松园见到他精神头儿很是不错，心里高兴，有意和他一起乐呵一番，活跃一下曹老的疗养生活。我们问这问那，千方百计“套”曹老给我讲他的传奇经历。他也有问必答，不苟言笑，可也不厌其烦。我们给他带去岭南佳果，他反而拿出他的岭南佳果招待我们。

松园前面隔一条乡间公路是广州人民生活水源之一的流溪河，曲曲弯弯媚态十足地缓缓流去，背后所依是一座植被丰茂的如黛青山，我叫不出山名。院中正有成片的紫荆、羊蹄甲等杂花生树，在白头发白胡须的曹老面前，我们不年轻也年轻起来。

谈笑间我细看曹老的房间布置，忽见他的桌子上放着一方象牙印章。这方印章，已经从素雅的奶白色变成油亮的烟黄色，显然是已经用过多年。

我走过去拿起印章来看了看，见印文是普通的朱文《曹靖华印》，名章。再看印章的边款，我立即肃然起敬，老兵习惯地起立，立正，因为见那刻在印侧的四行小字是：

三五年夏 应
何林 振华兄嫂属 为
靖华先生制
一多 昆明

我知道在抗日战争期间，在随后的解放战争期间，在国民党统治的大后方，何止是闻一多教授，如广州中山大学的著名教授商承祚，也是挂“笔单”（篆刻印章收费价格表）的，业余从事篆刻，是穷教授业余取得补充收入的一项。商老亲口对我说过，他刻印章有时收入还不错，当时的郭沫若也“敲竹杠”让他请客“打牙祭”。我也知道诗人、金石学家、被称为“大后方民主运动的一面旗帜”的著名教授闻一多是一位篆刻名家，也立“润例”（同是篆刻价目表），从事业余篆刻，但是我从来没见过他的篆刻印样，更不要说实物。1946 年他被国民党特务暗杀了，轰动全国，各地人民纷纷举行抗议、哀悼活动，此刻我偶然看到了他的篆刻印章实物，怎能不肃然起敬！

我猜想：边款的“三五年”，必是民国三十五年，即公元 1946 年。于是想到曹老这颗牙章，说不定是闻一多教授篆刻的最后作品。那时候闻一多教授正在昆明执教于西南联合大学，也正是在当年，他这位国民党统治区“民主运动的一面旗帜”，正猎猎招展于国民党统治区大后方，日夜生活在艰险之中。“何林”，当是李何林教授，闻一多和曹老多年风雨与共的共同好友；“振华”，当是李何林教授的夫人王振华，李何林、王振华夫妇当时也在昆明。从闻一多的称曹靖华为“先生”，印章又是由李何林、王振华二位代求，可见曹老和闻一多相知而还并不熟稔。

我把我对图章边款的“破译”，说给曹老求证。

曹老说：

“猜得全对。”

老人接过那颗象牙印章，愀然了一会儿，给我们讲了有关这颗牙章鲜为人知的往事……

1938 年夏天，抗日战争的烽火已经在我国全境点燃。原来校址在西安的西北联合大学，因为前方战事吃紧，奉命迁到汉中。这时的曹靖华教授，正执教于西北联大，当然也得跟着举家迁到汉中。

迁到汉中不久，他接到电报，让他立即赶到武汉，“有要事相商”。发来电报的人署名是一个暗记，他也明白这封电报是周恩来打来的。不可误了大事，他星夜动身赶往武汉。

来到武汉，见到周恩来。周恩来对曹靖华说：

“国共又合作了……现在需要翻译人员，你是北伐时期的老翻译人员，大家都同意你来。你必须把一切工作放下，到武汉来吧。”

曹靖华见是有更重要的需要，回答说：

“我服从调派，决定到武汉来。不过，我不能不辞而别，得有始有终，回去把原来的工作安排一下，然后立即前来。”

周恩来同意，让他：

“赶快回去，安排好就来。”

曹靖华告别周恩来，回到汉中。这时西北联大的进步师生，正在和国民党反动派纠合的反动势力进行一场尖锐的斗争。曹靖华卷入了斗争的漩涡。国民党政府的教育部次长顾毓琇亲自来到汉中，宣布解除曹靖华的教授职务，罪名是：“宣传与三民主义不相容的马克思列宁主义”。国民党的汉中警备司令部派部队用枪杆子疯狂镇压了西北联大的进步师生……

曹靖华告别西北联大，一家四口，从汉中艰难上路。

不过战争局势变化太快，这时曹靖华想再见到周恩来，已经不可能还在武汉，而是要到重庆。

1940年开年，曹靖华一家，经过“蜀道难，难于上青天”的艰难跋涉，来到重庆，见到周恩来。

曹靖华正准备报告自己被解除职务的事儿，周恩来说：

“我全知道了，你被解聘了，那是早料到的事……被解聘了，没关系，中苏文化协会改组了，你是改组后的该会的理事，这是我提名的……”

接着，周恩来指示了曹靖华此后要从事的工作……

曹靖华在中苏文化协会经历五年艰险，1945年抗日战争胜利，国民党政府从陪都重庆还都南京，曹靖华也随中苏文化协会从重庆来到南京。

这时候国民党蒋介石不顾经过八年艰苦抗战，人民渴望休养生息，悍然发动内战，妄图消灭中国共产党领导下的解放区和人民军队，建立蒋家的独裁天下。于是解放区军民奋起反抗，国民党统治区的人民也纷纷起来开展反饥饿、反内战、要和平、要民主的斗争。站在大后方斗争最前线的闻一多教授，还是抽空儿给远在南京的曹靖华，篆刻了这一方象牙印章，想来该是多么难得！

印章刻好，由李何林教授挂号给曹靖华寄去。可是曹靖华收到，已经是在他参加过李公朴、闻一多两位烈士的追悼会之后！李公朴也是和闻一多一样被国民党特务暗杀。这样一来，曹靖华就连给闻一多教授写一封信、道一声谢的机会，也没有了！

曹靖华睹物思人，不禁怆然泪下！此后几十年间，他便不管到哪儿小住，也要把这一方象牙印章带在身边，置诸案头……

听得我们只顾感动，谁也没想起应该向曹老约稿。回到广州后我才醒起，赶快给曹老写信。曹老真的给《花城》写了这篇题为《一枚牙章》的散文，篇后有注：“一九八〇年二月中旬于从化”可证。他在文中写道：他总是把这一颗牙章带在身边，置诸案头：“这不仅是因为实用，更重要的，是睹物思人，以烈士精神自励……”

可是不知怎么回事，这篇文没寄到《花城》，而是发表在别处了！我也不便问，只是怀疑，可能是曹老女儿曹苏龄译审来后，她不了解有关情况，替老爸做主，另做了处理。

可以看到，重情的曹老，是带着闻一多教授给他篆刻的这一方象牙印章，走到他生命的尽头！如他最后几年在不同时间不同地点、有时是在医院里寄赠我的《曹靖华散文选》《飞花集》等五部大著，每一部扉页上的墨笔题记，落款用印都是用的这一方象牙印章。

说一个轻松些的故事

说布柳赫尔元帅，说李公朴、闻一多，说那“一颗牙章”，可能会让人感到有些压抑。接下来那就说一个可能会让人感到轻松些的故事。

前面提到，曹靖华老人在从化疗养期间，按《曹靖华文集》第十一卷和《曹靖华通信集》说，写给我十二封信。我还记得他的第一封信，是寄赠他的新版译作《一月九日》；他的十二封信，只有这第一封信，是用《人民文学》的小信笺写成；第二封信写在旧台历纸上；第三封信写在《新湘评论》杂志编辑部向他约稿的《提纲》背面；第四封信写在一篇小说的一页复印件背面；第五封信写在一份外国文学研究选题的打印件背面；第六封信又是用的旧台历纸，还两面写；第七封信用的是半截北京电车公司的稿纸……不细说了，寄信的信封，都是用别人写给他的信的旧信封翻糊的。

开始，我还以为是老人对晚辈的随意，也不觉得有什么。可是细想，又不像。如信中他还称看我的去信是“一日手示奉读”，落款还用“靖华敬上”，寄赠我的书，扉页题词也非常客气……于是我自作聪明，自以为是曹老缺文具！没错，一定是曹老缺文具！

我赶快写了一封信给曹老，告诉他，我会很快给他寄一些常用文具去，请他还缺什么别的文具，也写信告诉我，我会尽可能设法找到给他寄去或送去。

我还“雷厉风行”，当天包扎好一些给曹老寄去的信封、信纸、便笺、稿纸之类常用文具，交待收发李来给曹老挂号寄去。可是还没待邮包寄出，接到曹老1980年5月7日的来信。我拆开信一看，竟然是：

苏晨同志：

两函及照片均收到，谢谢！《海洋文艺》（苏按：香港的一种文艺杂志）第五期已收到，代谢耀明同志（苏按：潘耀明，《海洋文艺》主编，生活·读书·新知三联书店香港分店编辑部主任）。信上（苏按：指我写给他的信）说我手边文具缺，拟给我寄信纸信封之类。这是误会，谢谢您，千万勿寄。我手边什么都不缺。您看我写信用旧信封、废纸之类，以为我缺这些，其实完全不是。这是我生平习惯，觉得一片纸，都是用劳动生产出来的，弃之可惜（苏按：这四个字下边加了黑点），所以充分利用。旧信封翻过来，完全可以作新信封用。记得抗战期间，有人曾把一个信封利用五次者。只要信送到，问题解决，一切都有了。鲁迅先生书桌有个抽斗，就是专装这类可再利用的废物的。《铁流》作者绥拉菲莫维奇（苏按：曹老好友），也是一样。他一个抽斗内，尽装着废纸（可利用的）、细绳等等，以备不时之需。大概人同此心吧！我想，他们也不是从这些东西的本身价值出发，而是以为这是劳动换来的，弃之可惜（苏按：这四个字下边也加了黑点）。我还认识一位已经去世的，曾任过驻外大使，但自奉非常俭朴，一个旧信封也不随便抛弃，用一次再用。说来也觉可笑，此之谓'拘小节'吧……（苏按：后面还有近二百字，从略了）

靖华 于从化松园

五、十七

看了曹老这封信，像上了一堂生动的革命传统教育课：要时刻想着身边的许许多多，都是劳动人民的劳动创造的，那就会对世上的劳动人民无比亲爱，更懂得"为人民服务"、"做人民的勤务员"的重要！

我脸上一时火烧火燎，想必通红。一时也觉得自己可笑，怎么不去想一想，曹老是国家级重要人才资源，他在从化疗养，按规定广东要每周向中央报告他的情况，广东的有关负责单位，怎么可能会缺了他的文具？自以为是，瞎操心，乱操心，实在可笑！

我赶紧从收发室把捆扎好的包裹收回来，解开，把文具分别放好，把包装纸和塑料绳也抚平、理好、放好。我确实感到受了一次深刻的言传身教。我给《羊城晚报·花地》副刊写了一篇散文《心花》，赞颂曹老。

当然，时有日新月异，事情有彼一时也此一时也，即可钉可铆说来，有些事情已经不可同日而语。随着今日的邮政实行信件自动化分捡，新的要求已经是信封必须标准化，还实行了必须在指定地方标注“邮政编码”的制度，连贴邮票也规定了一定的贴处、贴法。不过曹靖华老人无比珍惜劳动人民劳动成果的精神，还是永远值得学习！

他非常爱花

此文已不短，继续写点儿轻松的，收笔。共和国开国后，他多年在北京大学当教授，1965 年加入中共。教学和翻译外，他唯一的“嗜好”是非常爱花。那么，这篇散文既然从曹靖华老人说夹竹桃开篇，就再从曹靖华老人一生爱花处结尾。

1961 年，他出版一本散文集，书名就是一个字：《花》。书后的《小跋》说：有人若问书名为什么叫《花》？他便是：“答曰：我爱花。”

《小跋》里写道：春意熏人的晴和之日，他家小院儿里便是：

> 举目凝视，一大架紫藤，把整整半个院子都罩了起来，一串串盛开的藤花，满吊枝头，迎风摇曳，婀娜妩媚。白丁香，紫丁香，以及红艳得朱唇似的西府海棠……都刚刚才卸下盛妆，余香尚未尽消呢，紫藤

可迎上来了……

曹老每天都要动手侍弄院子里的花木。除了那架壮观的紫藤，其他都是他亲手栽培。那昙花、令箭荷花，是他20世纪60年代有一次去黄山开会移植回来的，已经由他分枝、压条、繁殖不少分赠亲友。大诗人臧克家小院里的昙花、令箭荷花，就是曹老送给他的；这是我过北京到臧家串门，臧老当面告诉我的。曹老说他爱花，是因为觉着常和花打交道，有说不尽的好处，最主要的是：

> 它那芬芳艳丽的色香与充沛的活力，令须发霜白的人，闻鸡起舞，不知老之将至，令青少年倍感朝气蓬勃，生力无穷。

1980年春天，我选一个晴好的日子去从化看曹老。就是因为相信那时候在青山脚下、流溪河畔的松园，必是推窗可见山花烂熳，出房门院子里就是盛开的成片紫荆、羊蹄甲，心想此刻也必是曹老特别开心的时候。

那天我约了香港作家李国柱（已故）同去看望他，说老实话，也为“揩油”李国柱，请他出力，出钱，代为曹老摄影，冲印，放大。当时彩色摄影在我们这等低工资收入者，还是望而生畏的事。

几天后，我把李国柱托人从香港带过来的一大叠彩色照片，派人送给曹老。他看了非常高兴。先是在4月18日写信给我，信上说：“照片洗印得如此好，从来少见。”5月17日再次写信给我，谈到他手里拿着一枝紫荆花的“赏花那张照片，镜头取得特好，很艺术，为平生所无。”可见他写信也不忘花！

1981年秋天，他写信告诉我说：为了“不便每次请假”，得暂时回北京参加几个重要会议。留在北京期间，他给我写过两封信，寄赠我四本书：一本《七彩花》（又是花）。另外三本是寄重了的《飞花集》（还是花），不过每一本的题款不同，如有的是为“鲁迅诞辰百周年纪念”而题赠。不过从一再寄重，可见这时候曹老的记忆力已经有问题。不过当时他虽然住在医院里，也还在想着广州的春节除夕花市。如1982年1月26日的这封来信：

苏晨同志：

您好！同志们好！

关于您写的论我的大文，我久在病床上，均未见到。如何能希望赐寄一份。费神。万感。

数月前一切都齐备，只等得到机票，即南去继续医疗。不料在即将动身的前夕，深夜噩梦中与特务搏斗，掉下床摔伤骨折，只好住进北京医院医治，至今未能下床。现除骨折处用钢钉固定外，别无大碍。来日出院后，仍南下继续治疗。后会有期。

全国特有的迷人的花市，本预定前往参加，并拟搜集资料。

年年看花花相似，

年年看花人不同。

那花市不仅丰富了人们的精神生活，而且吸收了不少“四化”所需的外汇。不能前往，实为憾事！

倘有可能，特烦将今年花市特点、规模、经济总收益及有关花市大小、花花絮絮，各种佳话、趣闻等剪报见示。材料不厌其详，不厌其多。这事望烦一两位同志代劳，感激不尽！

祝好！

靖华

一、廿六

卧床草书

我看了很动情，这位躺在北京医院病床上摔断了腿即将九十岁的老人，还是这般刚强。那时候我还是花城出版社的出版人，我请《花城》杂志编辑部还算年轻的著名作家范若丁代劳，很好地帮了曹老这个忙。

曹老收到相关材料看了又看，来信说“喜不自禁”。我也当作福音，以“通信往来”形式，把这福音在《广州日报·珠江》上披露出来。可是他女儿曹苏龄、儿子曹彭龄，都从旁写信告诉我，曹老肯定已经走不出北京医院！

国家主席杨尚昆夫妇到医院看望了曹老；

全国人民代表大会副委员长习仲勋夫妇到医院看望了曹老；

邓颖超老人行动不便也派专人拿着她的亲笔信去医院看望了曹老……

曹老的“最后的烛光”（苏按：曹彭龄、卢章谊著《伏牛山的儿子》的最后一个小题），从暗弱，到熄灭了！这天是 1987 年 9 月 8 日，时间是凌晨 3 时 53 分，他走完了他光辉的九十年人生里程！

一生爱花的曹老，我想给他送行的亲友，少不了会是献花致祭。

文化界缅怀曹老逝世，由文化艺术出版社在 1988 年

12 月出版了纪念文集，书名也是：《一束洁白的花——缅怀曹靖华》。我献上的“一束洁白的花”，是应邀为文集写了《从化的思念》；当时我从闽南金三角回来，正在从化杀青鹭江出版社约下的拙著散文集：《多情的金三角》。

好个不服老的臧克家

滴水之恩，当涌泉相报

端木蕻良和钟耀群的女儿钟蕻来养老院看我，爷儿俩谈起我和端木的一些往事，我们无拘无束天南地北闲聊，又聊到臧克家的女儿臧小平。钟蕻说，她把我替她爸爸所谓“说了公道话”的事儿，也还记在心上。这就又引起我来写这篇《好个不服老的臧克家》了 。

借用克家老的诗句说，他这位可敬的老爷子，老来还“狂来欲碎玻璃镜，还我青春火样红”，即再老也要尽力发挥“余热”的劲头，真还有点儿像“狂来欲碎玻璃镜，还我青春火样红”。

臧小平提到的事儿，几句话说不清楚，放后一步再说。

先说 20 世纪 70 年代尾、80 年代初，我有一次受到上面的批评，不少地方风传我被怎么了、怎么了，其实是根本没有的事儿，纯属谣传。因为我当时还是花城出版社的出版人，社里同志倒蛮在意。神通广大的资深编辑、知名作家易征（他先是《花城》编辑部主任，后为《现代人报》总编辑，已故），约请几位他的著名歌唱演员、著名朗诵演员好友，在广州人民北路的友谊剧场举行歌咏朗诵演出，演出结束演员亮相，让我登台向演员致谢，也就是给我提供登台“亮相”的机会，借以起辟谣作用。易征还有本事把中共广东省委文教书记吴冷西也请到，他又登台和我握手，连道：“久仰大名，久仰大名！”我就连报：“臭名远扬，臭名远扬！”台下观众一片哄笑！

对这一次的挫折，我真的有不过是掉进一次“不沉的湖”里之感，一位又一位的革命同志向我伸出援手，这种革命同志的温暖，让我大滴眼泪忍不住夺眶而出……

广东为我“清洗”了，外省呢？也是《端木蕻良远去的背影》里提到的那一件国务院红头文件，指定花城出版社是《中国特产风味指南丛书》的“牵头单位”，这项任务要全国几十个出版社共同完成，我怕有了谣言的风传还由我来牵头也可能不适当，把相关情况报告给国家出版事业管理局代局长陈翰伯。他说：“你的情况我们知道。你到各地走走，一路走，一路写，一路在各地发表，谣言就腿短了……”于是我有机会到各地走了半个月，一路走，一路写，一路在各地发表。也一路了解所过省份有关编辑出版该“丛书”的情况。

事后天津的百花文艺出版社很快给我出版了散文集《野芳集》。臧克家老人是几位文坛老将中最先在《羊城晚报》上发表题为《野芳发而幽香》一文替《野芳集》张扬，还把手稿给了我作纪念。接着是端木蕻良在《长江日报》上发表了《野花的芬芳》，也为《野芳集》张扬。杨沫在《文学报》上发表了《野芳与落霞》一文，赞赏《野芳集》。巴金老人在《人民日报》副刊发表《序跋集·序》，也帮我说话，我在《随笔》杂志 2019 年第 4 期上发表的《巴金〈序跋集〉的由来》说了这件事儿。

他们都是我的恩人。说老实话，我此刻想到要写写克家老，实也与我们民族的老祖宗教导我们“滴水之恩，当涌泉相报”大有关系。我是想，我人微言轻，虽然“涌”

不出来“泉”，也应该能“涌”出点儿什么，就“涌”出点儿什么。

明眼人，恶眼人

我迄今还没和臧小平说过话，只见过面，克家老拉着我从她身边走过，她正在院子里洗衣服，站起来对我点头。后来她给克家老和我拍过一张合影，光线不足，不太成功。臧小平还放在心上的那件事儿，若是放在平常人身上，本来不过是话说歪了一些，而人生谁能句句话无错？可是放在克家老身止，因为他“吨位”大，影响不同，人们就看得重一些。具体说来，就是他晚年有一次应约在中央人民广播电台广播讲话的内容惹出来一些微言。

话从克家老口中出，不管怎么样，他都责无旁贷，这无话可说。但是后边的背景情况，人家无从知道！在他的位置上，又“哑巴吃黄连——有苦说不出！”

但是我知道，我又不是哑巴。那是我有一次到北京公干，顺便到他家拜望。当时我也有过说来应属不符身份的好心数落他，我说：

“克家老，您以后最好别掺和这等事。我知道您是一位热爱党，跟党走到底的党外老人。但是大面上以外的事，深一层的事儿，说不客气话，您能知道多少？弄不好就会犯众怒，惹麻烦，何苦来？”

他也很后悔地说：

“是始料不及呵，苏晨同志！你是老党员，我不怕对你说，那是两位高级领导同志（不说是哪两位和多高了），登门到我家，让我那样讲的。也许是体会不到家，说来我一个党外老头子，遇到这种情况，你说，还能怎样……”

克家老是有影响的大人物，他得顾及影响，惹了麻烦也只能“打掉门牙往肚子里吞”。而我是小人物，再加上四十多年过去了，我也已经是住养老院的九十岁初度、广东叫“老糠”的“下脚料”，当事人早就先走一步化为“无”，那就实话实说也无妨吧？

当年我是走的经大作家端木蕻良再到大作家姚雪垠的路子，向姚雪垠适当透露的真情，结果还真有用。

如先是1982年元旦，克家老写信给我贺年，贺年信中附了一纸用墨笔写的七言诗书法小笺，那首七言诗是：

人间万事蕴蹊跷，
心随行情逐矮高，
口味也随风向变，
芳醇忽地化毒醪。

贺年信中有写道：“姚某等人制造的混乱，至今未肃清，美国中文刊物也有人……” 什么，什么。还说“你对朋友热情真挚，不随风转，使我感奋，印象甚深……”他说这话，大概也为显示，因此他才对我背后谈起和老朋友姚雪垠之间由他那一次广播讲话引起的不愉快。

我看了便相信姚雪垠若知道真相，态度会不同。可是我和姚雪垠只有通信关系，还没见过面，更谈不上熟悉，还没到可以为这件事儿和他直接说话的份儿上。这时候我就想到了端木蕻良，我知道他们“三角”都是好朋友。特别是端木，我读过臧小平发表在《文艺报》上写臧克家和端木蕻良四十年友谊的文章，很动人。所以改天我到端木家，去蹭他家的“胭脂米”饭、罈儿肉，在饭桌上对端木说了这件事的原委，希望他帮忙给姚雪垠、臧克家之间“通通气”。

端木光是看着我笑，什么也没说。可是我不信他会不理。事实上也正是他，做了姚雪垠、臧克家之间解除这一不愉快的“和事佬”。

于是克家老1983年2月8日给我写信便谈到，他忘了及时告诉我，他和姚雪垠已经尽释前嫌。信中写道：“……姚雪垠同志和端木打电话来，要请我吃饭，（给我）过生日，雪垠……”如何，如何。

多年来我总觉得还欠着克家老一点儿什么，其实也就是指的这件事，我在小范围内做了，还没有在大庭广众面前即大范围里替他帮帮腔。

共和国开国前后，我在中国人民解放军第四野战军政治部《战士生活》杂志做编辑组长。社长王建楚（已故，离休前为成都军区政治部副主任）告诫我们说：“人，有明眼人，有恶眼人。明眼人看人，先看人家的优点，起相吸的作用，于人民团结有利；恶眼人看人，先看人家的缺点，起相斥的作用，于人民团结不利……”我深深记住了这些话。不是都说人民团结力量大么，那么，对臧克家这位可敬的党外老爷子，我还以为，就是我这篇文章不合格，没有地方肯用，人们不知道原委，也不能因为一位党外老爷子讲了几句就算真的不大适当的话，就把人家看扁。

前些年我得知我的一位同事，一再打着我的旗号向著名书法家、书法理论家郑诵先老人要字。我向郑老问明情况要向那人问难，郑老也是教我：“不好，不好。人与人相处，须知：‘人尽如我难求友，到处饶人好着棋。’‘举大德，赦小过。’”

克家老是跟着中共跟到底的一位党外老人，一位七八十岁的党外大诗人，说了几句或许不说为好的话，算了吧……今人能连后汉的朱穆也不如？朱穆作《崇厚论》，还主张遇事别忘了“救人之失”“赦人之过”，不赞成“记短则兼折其长，贬恶则并贬其善”。他作《绝交论》也是说，不然的话，必定会使世上陷于“虚华盛而忠信微，刻薄稠而纯笃稀”。过去“大批判”中流行过“一棍子打死”，这东西可不应该“长命百岁”。

相处第一印象

我倒是早就知道臧克家是一位大诗人，不过可不是因为我对诗多么感兴趣，懂得多少。我是少年从军的大头兵一个，哪懂什么“湿（诗）”呵“干”呵的，“诗盲”！引起我注意这位老诗人名字，是因为有一次在一篇有关作品上看到，他 1930 年 10 月，二十六岁才报考青岛大学（后来的山东大学）。考试成绩，数学得 0 分，国文得 98 分，被破格录取。这个 98 分，是打分特别严格的闻一多教授给打的，据说这也是他一生打下的唯一如此高分。而臧克家的答卷，又只是三句话二十八个字：

人生永远追逐着幻光，
但谁把幻光看作幻光，
他便沉入了无底的苦海。

这使我想到了伯乐和千里马的故事。想到了闻一多这位现实的“伯乐”，臧克家这位现实的“千里马”。很可惜，抗日战争迎来胜利的第二年，闻一多教授就在云南昆明的西南联合大学，作为整个儿“蒋管区”人民民主运动的一面旗帜，被国民党特务暗杀！臧克家倒是大学生时代的1933年，就出版了诗集《烙印》，被称为“文坛上的新人”；1934年又出版了诗集《罪恶的手》，蜚声诗坛。同年毕业，执教于山东临清中学，出版了诗集《运河》、长诗《自己的写照》。随着他的名诗《难民》《老马》《烙印》……等不断涌现，成为开拓中国新诗的几位著名大诗人之一。我出于好奇抽看了他的一些名诗，如1932年2月的《难民》，不，这首诗较长，不便录下来举例。如1932年4月的《老马》：

总得叫大车装个够，
它横竖不说一句话，
背上的压力往肉里扣，
它把头沉重地垂下！

这刻不知道下刻的命，
他有泪只往心里咽，
眼里飘来一道道鞭影，
它抬起头望望前面。

也是1932年，没注明几月的《烙印》：

生怕回头向过去望，
我狡猾的说“人生是个谎”，
痛苦在我心上打个印烙，

刻刻警醒我这是在生活。

我不住的抚摩这印烙，
忽然红光上灼起了毒火，
火光里迸出一串歌声，
件件唱着生命的不幸。

我从不把悲痛向人诉说，
我知道那是一个罪过，
浑沌地活着什么也不觉，
既然是谜，就不该把底点破。

我嚼着苦汁营生，
像一条吃巴豆的虫，
把心提在半空，
连呼吸都觉得沉重。

我也实在是从此才对这一类新诗有了好感。

我和克家老见面，是 1979 年才开始的事儿；不过忽而省起，竟然也是四十一年前的事儿了！当时我还是广东人民出版社的副社长、副总编辑，分工主要负责文艺图书编辑出版方面的业务，即“第一线”干实活儿、要不时东奔西跑的编辑。我领导创办了《花城》《随笔》两个杂志，与读者见面一段时间以后，我和《花城》编辑部主任易征、副主任林振名，同去北京分别召开老作家座谈会，青年作家座谈会，征求意见兼组稿。

开老作家座谈会那天，碰上下雪，应邀来参加座谈会的老作家，最年轻的也六十八岁，我很怕有哪一位在路上滑倒，摔着，那就糟了！我心神不宁地站在新侨饭店大门口，望着漫天的飞雪，焦急地等着与会者的安全到来。

最先到达的就是沈从文和臧克家二位。

克家老架着沈从老，老远望见我，就指着沈从老大声对我喊：

“苏晨同志，他是我的老师，你放心，有我在他跟前，就管保不会让他摔着，碰着。”

我很纳闷儿，克家老怎么会知道我是苏晨，不管怎样赶快迎上前去……

这时候我心想，克家老也是七十几岁的人了，说话还那么豪气。论在文艺界的地位，学生臧克家的地位，已经不低于老师沈从文，或者从某一方面来说，还已经高过。可是克家老对早年在山东大学做过他老师的沈从老，还是“一日为师，终生为师”“师徒如父子”，对沈从老始终那么毕恭毕敬。

这样他就一开始便在我的第一印象中种下了一位中国老知识分子道德风貌的可敬的种子。我很讨厌鲁迅说的那种依然很流行的“一阔脸儿就变”，以及一些不便多说的更可憎的“同类项”……

人与人相处，第一印象的确很重要。印象是心灵的产物，尼采说：“心灵是一把长长的梯子。”这把“梯子”上的产物——印象，可以是逐步往高处爬的“上行”，也可能是爬到一定的高度停下，甚至重又“下行”。我对克家老的印象，始终是“上行”。所以 1980 年我到北京出席一个会议，不忘打电话给克家老，约时间上门去他家看望。

赵堂子胡同15号

他家住在东城赵堂子胡同15号，一座蛮漂亮的小四合院儿。那座小四合院儿原来的主人是《文艺报》副主编萧殷，萧殷调到故乡广东任中国作家协会广东分会副主席,《作品》杂志主编，克家老花八千元人民币从萧殷手上顶下这座小四合院儿。那时候北京的房子真便宜,买一个小四合院的钱,现在还不够买一平方米的房子!

我一路几经打听，才找到赵堂子胡同。可是走进赵堂子胡同口，远远就望见克家老已经在他那座小四合院儿门前的街道上来回踱着步等我。

我内心有点儿过意不去。一紧张就露馅儿，又是老兵习气，见面先看看表，比约定的时间迟到五分钟，忙向克家老立正，敬礼，道歉。

克家老拉起我边走边说:

“道什么歉，赵堂子胡同15号不大好找，迟到五分钟，算什么迟到，又不是在军营，不需要那么认真。”

老人热情地拉着我迈上四级台阶，通过小门楼，走进他那座地面比街道地面高出一米多的小四合院儿。

进入正房东间他那间小客厅，厅屋不大，没有价值惊人的古董陈设，也没有珠光宝气的工艺品摆放。但是，正如镇江金山郑板桥那座故居小屋的对联：“室雅何须大，花香不在多。”最吸引我眼球的，是墙壁上挂着那些精裱的书法中堂或条幅立轴，有郭沫若、闻一多、朱自清、王统照、何其芳等故去诸位大家写给他的，也有茅盾、叶圣陶、冰心等当时还在世诸位大家写给他的，看了真让人眼馋。

克家老精神抖擞，和我高谈阔论了一阵子文坛新事。

也谈了他将在花城出版社出版的《青柯小朵集》和《落照红》两个散文集。近午，臧小平来通知，已经准备好招待我的午饭，请我和克家老入席。

克家老带我进饭厅，我见桌上只摆了我们俩的碗筷，便问：“怎么不是大家一起吃？”他说：“你是第一次到我家吃饭的贵客，这是应有的规矩，以后再来就不一定了。”

又是一餐好“嚼咕”。饭后再回客厅，接着高谈阔论。我为他客厅墙壁上挂着的那一大排大名家的书法中堂或条幅立轴所“引诱”，厚着脸皮试求说：

“克家老，您有空儿的时候，也给我写个小条幅吧。”

他笑笑说：

“你有兴趣？那行！就怕我写得不好，你别嫌弃。”

说着，他引我到正房西间他的小书房，找出一条玉版宣，当即给我题了一首他的七绝：

自沐朝晖意蓊茏，
休凭白发便呼翁。
狂来欲碎玻璃镜，
还我青春火样红。

克家老这么好求，这么随和，这么有亲和力，对比之下让我十分感慨于那些盛气凌人、见面儿像欠他两百吊式的人物。在像他这等大名家，似乎不可多得的事儿，他也那么平平常常。他的这一首诗，也把他老来不认老，不服老，满怀七老八十的蓬勃生活意趣，甚至带有几分天真的老诗人形象，描绘得形神俱备，活灵活现。

我得到这个小条幅，高兴极了，激动得一谢再谢。克家老说："有什么可谢的，举手之劳的事儿，你喜欢我以后再给你写。"

青春也可"还"么？

第一次国内革命战争即"大革命"期间，臧克家1927年考入中央军事政治学校武汉分校，参加过讨伐叛军夏斗寅的战役。"大革命"失败，回故乡，读大学，创作名篇《老马》《烙印》等等的时候，是他生理年龄的"青春火样红"年代；1980年他的自然年龄已经数倍于那个年代，可是他的心理年龄依然还是要"狂来欲碎玻璃镜，还我青春火样红"，青春真的是可以"还"的么？

此后我们通过几十封信，多是谈诗，论文，议文坛，论友情，要么便是他告诉我，他又写了什么文章，出版了什么集子，又有一些什么写作或编辑出版活动之类，的确还是在"还我青春火样红"！

他那一阵子，先后签赠我的近年出版著作，就有：两种厚厚的《臧克家诗选》，一种1979年11月签赠、一种1982年5月签赠；也各厚厚的《克家论诗》《学诗断想》；还有《今昔吟》《甘苦寸心知》《怀人集》《臧克家抒情散文选》《诗与生活》等。1982年出版了六千行的《臧克家长诗选》，赶快给我寄来；一百多万字的《臧克家散文小说集》出版，也赶快给我寄来。

1982年11月7日他写来信说：

> ……读来函，得到鼓舞。我，已经走完七十七周岁的生命历程，但自觉青春生命之力勃勃，也从不去

想来日还有多少，好似生命可以无穷。尽全力工作（写作是其中之一），学习，会朋友，谈文艺，关心国家大事，常向领导同志提出看法。不怕得罪人。热爱党，热爱社会主义。敢与不正之风对垒而无所畏惧。你来信中所说的“热劲”，岂斯之谓乎……

果然，1983 年、1984 年他又出版了二百多万字的精装六大卷《臧克家文集》。还有，《臧克家集外集诗》；四十五万字的“当代文学研究资料”《臧克家专集》；此前还忘了提，他在花城出版社出版、有幸由我签发的《青柯小朵集》《落照红》两种。

这些还仅仅是他有多余，签赠我的。从中可见，这位可敬的老爷子，也真的到老还一股劲儿地“还我青春火样红”！

好一位老来还不断地发挥着“余热”，力争“还我青春火样红”的老爷子！1979 年冬节，寄给我的贺节笺上，题的是他的一绝一律，说他是：

天高地迥势巍峨，
斗室谁甘坐婆娑。
胜景贪看随日好，
余年不计去时多。
闻鸡志壮犹起舞，
引吭情豪欲放歌。
四海翻腾风雨骤，
思投碧浪化微波。

我一再受到感动，搜寻和他交往中的一些镜头，写了一篇题为《余热》的散文，发表在《报告文学》杂志。克家老来信告诉我，《报告文学》杂志主编程光锐还专程去他家看了他，称赞了这篇《余热》。

1982 年 11 月 7 日，克家老来信说：

> 刚发一航信，感兴未尽。书一小幅，留念……宣纸一堆仍待动笔。你未约，送字上门，友情使我手痒，不如此不快……

他“送字上门”的这帧小条幅，题的是他的另一首七绝：

> 窗外潇潇聆雨声，
> 朦胧榻上睡难成。
> 诗情不似潮有信，
> 夜半灯花几度红。

这显然是一个雨夜，他为诗情汹涌难成眠，几次爬起床，开灯执笔，修改诗稿……

有情有景的写照，再一次托出了他这位耄耋大诗人彼时的“还我青春火样红”，读之好不令人肃然！

只求站得正

大型文学期刊《十月》《清明》《钟山》三家，由领导授意、牵头在镇江召开“全国大型文学期刊编辑工作座谈会”，选举产生“中国大型文学期刊编辑协会”，我不幸当选为首任会长。会长一年一任，万事开头难，谁愿意当这个首任会长？后来协会很快被领导下令取缔，少不了要拿会长说话。而欠缺实事求是，就免不了可怕的谣言四起……

我很感谢克家老不但不信谣传，也不回避我，还于1983年10月1日国庆节写信来说：

> ……多日未见信，甚念！信刚到，来得及时。你的传闻种种，全系有人造谣……我心情大好！舒畅之事，从所未有……

他随信附来1983年国庆节贺节笺的题词是：

> 只求站得正，
> 人言不足恤。

身在难中，得到的任何信任，任何形式的扶一把，我都会终生不忘，视为恩人。

时过两个月，1984年元旦前夕，克家老又寄来贺年笺，题词是：

> 花城有知己，
> 佳节倍相思。
> 八四年元旦即将到来，草十字　祝
> 苏晨老友康乐
>
> 克家　八三年尾

这使我想到纪伯伦《沙与沫》中的句子：

友谊永远是一个甜柔的责任，从来不会是一种机会。

伊壁鸠鲁《著作残篇》中的句子：

智慧提供给人生的一切幸福之中，以获得友谊为最重要的。

莎士比亚《乐曲杂咏》中的句子：

朋友间必须是患难相济，那才能说得上是真正的友谊。

一时也想到克家老在评论拙著《野芳集》的文章《野芳发而幽香》一文中写道：

不久前，收到苏晨同志的一本散文集——《野芳集》，很欢喜，读完之后，又大为惊异。这一喜，一惊，所谓何来？

我与苏晨相交已有好几年的时间了。关系是从他主持的《花城》约我写稿开始的。他每次来京，一定到我处谈谈。小酒三杯，心胸张开，天南地北，话题无边，一见倾心。接触久了，我对他有了总的认识。觉得他为人豪爽、热情，有才气，事业心强，闯劲大，有这么一点气概。

他和同志们一连搞了几个刊物，又创办了花城出版社，出版了老作家的文集及其他大量文艺书籍。他也遇到过挫折，但他不灰心，把困难当作一种对自己的磨炼。

识面，识心，但我并不清楚他的学历和生活、工作历史。近两年来，偶尔在刊物上读到他的散文，也没加注意，以为行有余力，偶尔为之而已，心甚“易之”。

《野芳集》一到手，我心里“呵”了一声！读罢之后，更使我吃一惊！不能不为该文赞叹，我原以为我知道苏晨，今日而知其实不然了……

接着对多篇文章作了具体评论。美言多，不提。结尾是:

苏晨同志的文笔是洒脱的，是清新的，连个题目也不落套，文字是明畅的，简峭的。

这本《野芳集》为我所喜爱。

我明白应该怎样听这些话。它真的对我有很大的勉励和鞭策作用……

2004年2月5日，一代诗坛泰斗臧克家老人，以99岁高龄在北京辞世！

远行前，他始终是但得有一点儿精力，也不忘发挥余热，提携诗坛或文坛后继。

看来臧克家老人的确是这样的一位，即马克思、恩格斯年轻时候都尊敬的唯物主义大哲学家费尔巴哈，在他1846年至1866年用20年写成的《从人本学观点论不死问题》中所说：

生命就是自己行动着的存在。生命的每一阶段，都是前一阶段的死。青年人否定了童年人，成年人否定青年人，对他们每一个人来说，以前曾是一切的，现在成了无。

既然作为青年人、作为童年人的我们，自然而然必定会消亡，既然我们并不因了这种消亡而惊恐，那么，我们也就没有理由因了我们终将死亡而向苍天合掌。

端木蕻良远去的背影

远去了，还没远去

不久前端木蕻良的女儿钟蕻从北京来广州，老友宋浩带她到养老院来看我。父一辈，女一辈，又兼久别，话多，也谈得随便。谈起《端木蕻良文集》第八卷厚厚的两块砖头似的上、下两卷集，下集书信集里收有端木写给我的四十五封信；其实我复印给他夫人钟耀群的不止这些，没全选。顺而谈到我和端木的第一次见面，是在1979年冬天。

那时我是广东人民出版社分管文艺书籍编辑出版业务的副社长、副总编辑，又是花城出版社筹备小组组长。所以我去他家，一为征求他对《花城》《随笔》两个杂志的意见兼约稿；二为和他交谈我对1980年元旦花城出版社开张以后的一些设想，争取他支持。结果都有所得，给《花城》约下一篇散文《青萍》，这是他给《花城》写的第一篇文章，他说到做到，随即兑现。给《随笔》约下《鲁戈邓林室随笔》专栏，他也是说到做到，随即兑现。关于花城出版社开张以后，谈定先出版《端木蕻良近作》《端木蕻良最新评论集》，造造势，稍后再出版《端木蕻良文集》（我调离花城出版社后，改由北京出版社出版）。

我要走了，端木说：

“忙啥，吃了晌午饭再走，钟耀群给咱们准备了‘好嚼咕’。”

我问：

“什么‘好嚼咕’？”

端木说：

“‘胭脂米坂’，‘罈儿肉’；‘胭脂米’就是《红楼梦》里写到的那种‘胭脂米’，‘罈儿肉’是钟耀群的拿手菜。”

我和端木都是辽宁人，他说的是东北方言，好饭菜叫“好嚼咕”。我估计“罈儿肉”可能和“东坡肉”差不多，《红楼梦》里的胭脂米我倒想尝尝，那就恭敬不如从命。

回想起这些往事，历历在目。可是端木远去，一晃二十四年了！钟蕻搂着我的一只胳臂，靠紧我坐着，很亲热。我看着她，想到那年她的新生女儿还只能咿咿呀呀，如今大概也该是大学毕业在工作了。端木远去后，钟耀群写信告诉我说，端木远去那天是1996年10月5日，中午12时，端木是在长途电话里听了远在澳大利亚的外孙女咿咿呀呀，才含笑告别我们这个美丽的星球！

六年前我在《南方都市报·大家》副刊写过一篇《还没远去的端木蕻良》，那是觉得他虽然已经在殡仪馆的烟突里化作一缕轻烟直上九霄，在高高的“三十三层天”外消逝得无影无踪，不能再对人们造成物质存在的印象，也就是说他的确已经远去了！

可是，他那可贵的风范，高尚的品德，一千多万字不朽著作……难道不是仍然还留在人间，而且会成为后人灵魂的滋养，长存在人们永恒的记忆里，也即“还没远去”！

我曾经想，把我正在写的这篇文章取题《端木蕻良家的“好嚼咕”》，就是因为他活着的时候，我每一次到他家和他无拘无束地聊天儿，都觉得也是在享受一种精神上的“好嚼咕”，得到灵魂的滋养。后来嫌方言费解，才没用。

此刻我又想到了马克思、恩格斯年轻时候都很尊敬的那位德国唯物主义大哲学家路德维希·费尔巴哈。他在1830年写过一篇哲学论文：《论死与不死》，我读过。1846年到1866年他又用20年时间写成另一篇较长的哲学论文：《从人本学观点论不死问题》，我也读过，特别记得文中有征引我国先秦古籍《诗经》《礼记》。这是费尔巴哈研究“死与不死”问题的名著。他也是说：“不死信仰，和上帝信仰一样，是人类的一个普遍信仰。”我以为端木便是属于这两篇著名哲学论文论证过的那种“生命”，即在某种意义上可以说“远去”了，在某种意义上也可以说“还没远去”……

原来他早知道

享受了一餐“好嚼咕”，撂下碗筷，我又准备告辞。端木问起我们（另二位是《花城》编辑部主任易征、副主任林振名，他们去办别的事）在新侨饭店召开由沈从文、臧克家等参加的老作家座谈会，和由王蒙、浩然等参加的青年作家座谈会的情况。还说我们选在广东馆子新桥饭店开座谈会，请大家“饮广东茶”，是个好主意。

我就笑着向他坦白说：

“咱俩老乡，老乡对老乡不说假话。我老实告诉你，我们请他们在广东茶居‘饮广东茶’，其实也因为广东有制度规定，开这样的座谈会，开支标准是每一位九元钱，所以我们心里的‘小九九’，也有这样才能既不超支，又能让他们感到新鲜亲切的‘穷算计’！”

端木见我对他不“外道”，就说：“哈哈，你对我不‘外道’，我就对你也不‘外道’……”原来他知道我此前是《光明日报》驻广东记者，就是“文革”期间一度有一米见方一个字大标语：《打倒穆记王朝的末代黑总管苏晨》上街，名字倒写打红“×”的苏晨！（大标语中的“穆”，指《光明日报》总编辑穆欣，“文革”中的遭遇已平反。）他家就住在和虎坊桥《光明日报》社原址紧挨着的一栋临街四层红砖居民楼楼下，“文革”十年我有七年被掌权的“造反派”实行“群众专政”，《光明日报》的一些事儿他还能不知道。

虎坊桥的这一带，当时已经全新。劳动保护博物馆小广场一侧，是虎坊桥公共汽车总站、公共电车总站，一年到头白天黑夜热闹非凡。端木更摊上左邻右舍是“麻将发烧友”，特别是楼上，麻将牌打到兴奋“笃笃笃”一阵跺脚，楼下能吓一跳！所以端木有给自己的书斋篆刻了一方“四壁皆响斋”印。到了冬天，还要加上负一层他家下面是锅炉房，脚底下也响，这一来他家便成了“五壁皆响斋”。不过他的创作“产出”还是质高量大。

谈了一阵子，大概是他想到还有同伴在王府井的《人民日报》招待所等我回去（我们图那儿便宜，一个人一天才收一元二角，来北京多是住在那儿），他才又说：

“那就先到此？咱俩没‘老乡见老乡，两眼泪汪汪’，倒谈得挺热乎，‘相见如渥’。那你就再稍坐一会儿，我马上给你画一幅画，写一幅字，留一个‘念想’。”

于是他就当面给我画了一幅四尺玉板宣一开四的国画，画的是亭亭玉立含苞待放的荷花，题画的词儿就是：

苏晨同志来京，相见如渥，以清荷为证，端木蕻良……

写的一幅同大尺寸书法中堂，写周恩来的诗。上款改称“苏晨吾兄纪念”，相约“长存友谊”。从此直到他离开长住了八十五年的这个美丽的星球，我俩十七年间从没间断过联系。

一位出色的女兵

我和端木第二次见面，在1981年夏天。其间出了一件事儿，是我应邀代表《花城》参加1980年11月20至29日由《十月》《清明》《钟山》三家按上级领导授意，牵头在镇江召开的有全国二十六家大型文学期刊主编参加的“大型文学期刊座谈会”。会议选举产生了“中国大型文学期刊编辑协会”，我本来只是一个普通应邀参加者，不幸被选为第一任会长！后来上级的上级下令撤销这个协会，免不了要拿会长说事，就说是我“不经请示成立中国大型文学期刊编辑协会”，还从我以“本刊评论员”名义在《花城》上发表的《不断自问——〈花城〉两年》一文中找出‘话把’（读第四声），安了个可怕的罪名。于是连我们广东本省的湛江、海南岛（那时海南省还是广东一个行政区）文联开会，都说我被捉起来了。好在中共广东省委第一书记和文教书记也有过问，严格查对，实事求是，该批评的，省出版局党组召开扩大会议进行了批评，好在只落得花城出版社开张，我只能还是副社长、副总编辑，可也没在我头上再安插别人，依然我是出版人……

这时应国家出版事业管理局和国家旅游局之请，国务院下发了一份红头文件，指示出版《中国方物志丛书》《中国特产风味指南丛书》，直辖市、省、自治区要各出一本，台湾省由福建省代编代出，还规定北京出版社为前一丛书、花城出版社为后一丛书的“牵头单位”。我向国家出版事业管理局代局长陈翰伯反映，外省也有谣传我被捉起来了！他说：“那好办，你出外走走，一路走，一路写，一路在各地发表，谣言腿短。”还说：“你若请不下来假，我帮你请。”就这样，我得以“出外走走”半个月。第一站到北京，最先到的端木家。

我借故凑近钟耀群没话找话，逗她说：“耀群嫂子，我知道你是 1960 年 5 月 5 日（这一天是马克思生日，战争年代的学习节，好记），和端木结婚，对吧？那时候你正在北京演出郭沫若的话剧《胆剑篇》，对吧？你饰西施，演得很棒，得到好评，对吧？可是你们怎么那么‘高速度’就‘闪电’上了？”

她也不恼，只是笑着斥责我说：“什么‘高速度’！什么‘闪电’！我们早就认识……”原来抗日战争时期在桂林，她在《大雷雨》剧中饰卡婕琳娜，在《陈圆圆》剧中饰陈圆圆，在《红楼梦》剧中饰林黛玉……端木向来都是坐头排的热心观众！

我又问：“那你怎么演完戏就走人？会不会那个了一点？”她又笑着斥责我说：“哪个？哪个？我是云南军区文工团的现役陆军大尉，你也是当兵的，这还用问！”

我再问：“那后来你是怎么来北京的？”她长叹了一口气说：“这说起来话就长了……”

那是在北京这边儿，谁也知道端木是“九·一八”事变后进关的“东北作家群”代表人物之一。他从 1933 年创作著名长篇小说《科尔沁旗草原》，1936年又创作《鴜鹭湖的忧郁》《遥远的风沙》《浑河的激流》《大地的海》等著名小说，早就名声在外，所以“文革”开锣，他就成了“对象物”之一“资产阶级反动学术权威”。“人民艺术家”老舍都被批斗得投湖自尽，他还有好？落得心肌梗死。一连十天下不了床，炎炎三伏天，独自关在一间臭烘烘的小屋子里，一天到晚浸在淋淋汗水中，头发乱糟糟一团像个鸡窝，胡子长长沾满流涎黏糊糊一片，嘴边更是积得黏糊糊厚厚一层……

在昆明这边儿，钟耀群也被贴上“资产阶级反动学术权威”标签，“降级处理，就地复员”，安插到一家工厂当工人。当她听说端木的情况，躲开女儿和他人，找个僻静的地方，向着北方的苍天，坐在地上仰面号啕大哭了一场。哭够了，她想，难道端木人都这样了，还要和他“划清界线”？她当天就不顾一切，收拾收拾带上女儿钟蕻赶往北京。

见到“半人半鬼”的端木，她先是把屋里屋外和端木浑身上下清理干净。一时的处境，逼着她学会自己动手给端木量血压，听脉音，日夜监视着端木的病情变化。自掏腰包买药，喂端木服用。针药也是自己学会打针，给端木注射。只在三次大发作，才不能不带他上医院看急诊，哀求医生抢救，所谓“死马当活马医”。结果端木倒是真的被这位万难中不失镇定的女兵妻子“再造”为大活人，可惜还是失去了一定的独立生活能力……

如我在外屋和钟耀群聊天儿，他带着小小孩子才要戴的“围嘴”（东北方言叫“泚水兜”），在里屋他那个只有六平方米的“四壁皆响斋”里赶写长篇小说《曹雪芹》，钟耀群也要每隔一会儿向着小书房喊一声：“端木！”听到他答应，才知道他还处在“安全状态”……

钟耀群讲得生动，我概括得干巴。反正她讲的故事让我大受感动，我即刻写了一篇题为《老伴》的散文，发表在天津的《散文》杂志。我从端木和钟耀群这对患难夫妻在任何情况下都不弃不离，看到了什么是真正革命夫妻的相濡以沫，看到了什么是共产党人夫妻哪怕七老八十“半残废”，也要相扶相携，为人民奋斗不息……

《老伴》曾被选入《现当代中华散文名家名作》等好几种散文选本。后来见面钟耀群还埋怨我：“你可给我惹麻烦了！一时间电话不断,有时说得我都不大好意思……”

“六米斋”里的波涛

我写《老伴》已经尽量带出端木，本想好好写写我故乡人民这位光荣的儿子，可是想来想去，一时找不出道道来,没本事在一篇不能太长的文章里,对他做“宽正面”（又是词儿贫乏，借用了军事术语）表述。于是只好选择从他那个只有六平方米的“四壁皆响斋”切入。

不过“四壁皆响”的故事当作“便桥”,当作“过门儿”,即当作“陪衬”，偶尔用来从旁显示一下，这位著名大作家的创作环境并不理想，或者还行。若是说多了，就可能沾上有点儿发牢骚的嫌疑。那可不是端木的风格,使不得。事实上他也从来没有在任何地方署过这个斋名，用过这方印，只是我俩都是篆刻爱好者，我见过他一时生暗气而篆刻的这方印,我也还是写这篇文章才提到这个斋名、这方印。

他这个小书斋，这时多叫“苦芹亭”，大概是寓意这儿是他老来戴着小小孩子才戴的“泚水兜”，拖着“半残废”身子骨（这个“半残废”也是我写文章给叫出来的），苦苦写三卷本长篇小说《曹雪芹》的地方。

他这个小书斋，这时也叫“鲁戈邓林室”。那是我约他在《随笔》上开专栏，他取的专栏名称。我曾写信问过他是否真的有一柄鲁戈……他复信说：

> 鲁戈我倒真有一柄，还有一柄玉戈，很美。不过我这室名倒是取鲁阳公“日退三舍”的典故，劳动不息的意思。邓林，也是学他追求真理的傻劲罢了……

这才是端木的“标准相”。我有一篇散文写恩格斯在《自然辩证法》里提到的“文昌鱼”的产地厦门刘五店，最早联系写到“鲁戈邓林室”。发表在哪儿记不准了，倒是准记得文中有谈到，“邓林”和“追求真理的傻劲”典故出自古籍《山海经·海外北经》：

> 夸父与日逐走，入日，渴欲得饮。饮于河渭，河渭不足，北饮大泽。未至，道渴而死，弃其杖，化为邓林。

不过我写端木为了行文方便，说到他那个小书斋，最多用的还是我给他瞎取的斋名“六米斋”。那一次在“六米斋”里，他扶着桌子艰难地站起来，又和我拥抱了一次，轻轻拍着我的后背说：“以后常来吧，有个谈得来的朋友一起聊聊，心里头敞亮。”我说：“当然我也想。”这时我看着他，也说不上来怎么就想到了俄罗斯大诗人莱蒙托夫《姆采里》的诗句：

假如我能够
我情愿以这样的两个生命
去换取一个
只要它充满波涛

我扶他坐下，我也坐下，我们从他正在写的《曹雪芹》聊起。话很多，这儿只能捡几句。他说他写《曹雪芹》也是为日后续写《红楼梦》后四十回“打基础”。1942年他写了《林黛玉》《晴雯》两个剧，他和母校清华大学的老同学小聚畅谈，他有题诗明志：

野祭丰碑烽烟起，
山行盘石义气加。
归来我著《红楼梦》，
去后君输茉莉茶。

他说自从那以后，他在各处奔波就一直注意广泛搜罗和潜心批阅一切可能找到的有关《红楼梦》和曹雪芹的资料，也从没停息过千方百计创造机会实地观察那些相关的场地。只可叹如今仅剩下“半条命”，越来越不容易！

他举例如最近的一次江南行，在扬州高旻寺；康熙皇帝玄烨下江南作过行宫，曹雪芹爷爷曹寅出资刻印过《全唐诗》的地方，因为修葺施工中门、后门锁了要走前门，他在老伴钟耀群的经心扶持下，走走，停停，不计时间，走了一里来路，钟耀群还眉飞色舞表扬他“创纪录了！”他听了心里很难过，可是和谁说去……

我不想占他太多时间，只想谈得差不多够我写篇文章就得。他却又是说:“你忙啥,今天也有你爱吃的‘胭脂米饭’、‘罈儿肉’。来,我再给你写一个条幅。”

他的条幅写的是他这一次江南行新作的一首词:

水国悠悠,晴丝袅袅,烟花十里扬州绕。太湖波静月华明,玲珑石在绛珠渺。

瘦损西湖,广陵曲散,曹家不在长安道。搜尽名山打草稿,可怜此意无人晓。

扬州织造府抒怀 奉

苏晨兄两正 端木蕻良(钤“端木蕻良”小篆朱文印)于六米斋

我看了很是惊讶,我为行文方便给瞎叫起来的“六米斋”,他竟真的用起来了!

他这一次江南行,在扬州、南京、苏州、杭州一带十个城市转悠了一圈,回到北京后写信告诉我,他疲乏得要命,于是大睡两天不起,第三天才进他那个“六米斋”,第一个给我写信报平安……

这也让我想到,“身体的健康”确实是“革命的本钱”之一,端木若是一个身体健康的端木,又当如何?看来他一生没能“宿愿克绥”,就输在身体上头了!

而“六米斋”呀,“六米斋”!拢共才六平方米,也实在够小。然而古文《陋室铭》里不是也说:“山不在高,有仙者名,水不在深,有龙则灵”?那么书房小而成就大,看来也可以适用于俄罗斯大作家老托尔斯泰的“公式”,即一个书房的“大小”,好比分数的分母,它的“产出”,好比分数的分子,分子比分母越大,这个分数的值也就越大！而小小的“六米斋”，只因为里边跳动着一颗波涛汹涌的心，他用诚实的劳动，为祖国和人民酿造一种可以用来洗涤灵魂的琼浆，因而这个只有六平方米的小斋，显然也应该受到人们特别的高看！

和端木谈罢，我也是即刻写了一篇散文，题目就叫《六米斋》,发表在我此行的下一站故乡辽宁的大型文学期刊《春风》杂志。后来这篇《六米斋》也曾被收入《1980—1984散文选》《中国当代散文选》《20世纪中国名家散文200篇》等好几种散文选本。至于《老伴》《六米斋》的得以入选多种散文选本，必是主要因为主人公的事迹感人，我跟着沾光罢了。

一个散发温暖的源头

我四岁失母，少年参军，很想奋斗在革命的队伍里，就像游在一座“不沉的湖”里，同志们同心同德，互助友爱，奋力游向光辉的彼岸。谁领先了，高声呐喊祝贺。谁出事了，上前伸出援手。可是几十年来依然是常见鲁迅说的那种“一阔脸就变”。而端木却是永远对谁都那么平易近人，与人友好，好像他的任务就是一个散发温暖的源头。我猜想他一定是特信马克思说的：“人的本质不是单个人所有的抽象物，实际上，它是社会关系的总和”；“有识之士往往通过无形的纽带同人民的机体联系在一起”。

这也是不久前我读《端木蕻良文集》之八下卷书信集，脑瓜里油然出现的一个想法。这一本580多页大书，是他逝世后钟耀群主要靠写信匆匆找到的端木写给别人的一部分信；能匆匆找到的肯定是很少的一部分，能编入该卷的又是很少一部分的一部分；如我复印给钟耀群的是五十八通，入编的是四十五通，由此可以推想，端木一生该是给多少人写过多少信！他多少年来向着多少人散发了多少温暖！或许他也把这看成是像我们这类老百姓共产党员，若想做个真正的“人民的勤务员”，起码也得能和人民打成一片？

“人逢佳节倍思亲”，我最感念的也是端木每到新年或春节，都必定有贺信写来，还有一帧他亲手绘制的迷你文人画式贺卡寄来。好温暖，好温暖，好温暖。特别是让我这种从小缺少温暖的人感受特深。如 1991 年阴历羊年，他写在彩色信笺上的贺信是：

苏晨兄：

已是一九九一年了，我在北京给你拜年、拜春节。按农历今年属羊年，祝羊年大吉大利，万事如意，阖府均吉。我前年、去年都是在中日友好医院过的，耀群陪去，家中是个空城。今年可以在家过春节了。今年我要（希望）把《曹雪芹》赶写完，愿你为我祝福吧……你近来情况如何，告知一二，以慰老友。专此即请春安！嫂夫人同此不另。

端木蕻良、钟耀群　拜

一月二十七日

看了怎不让我从里到外感到温暖？他画给我的贺卡是：烛台上，一支鲜红鲜红的红烛高照着；烛台旁边放着一只美丽而又生动的羊造型酒壶，一只酒杯。画面上一派喜气洋洋。题：“苏晨兄羊年大吉祥”。

我也认为他才是真正懂得马克思说的:“在这个尘世上,友谊是私人生活中唯一有重要意义的东西”;以及培根说的:“没有友谊则斯世不过是一片荒野”……所以就是生病住在医院里,每逢元旦或春节,只要他还能拿起笔来写字、画画,他也必是亲笔给我写贺信、亲手给我画贺卡,如他1990年新年写给我的贺信便是:

苏晨兄:

你猜我在哪里?我在中日友好医院外康部131室给你写这信。我因咳嗽不止,住到院内(耀群陪住),已二十多天,咳嗽好了,但至少要住到年底才能出院。香港文化中心把机票都寄来了,但我因体力不给作主,决定不去了。我这次是非典型肺炎,因治得及时,所以好了,肺部阴影已消失……请释念。我出院后,决心只致力于把《曹》(《曹雪芹》)稿第三部分竣工,届时,向你报喜。专此,即颂:新年幸福,身心康泰……

端木蕻良

十二月十八日夜

他画给我的贺卡是画的一架生机勃勃的藤萝,题:“苏晨兄新禧”。这是他对我的祝福,从中又可见他彼时的心境,也是让我从里到外感到温暖。

很快我的散文集《野芳集》在百花文艺出版社出版,他和臧克家都知道这本散文集是为什么赶写、赶出版。臧克家先写了评论文章《野芳发而幽香》,端木也随即写了评论文章《野花的芳香》,这也就是他写给我的1982年新年贺信里提到的:

……《野花的芳香》，不知你收到否？茂荣同志（苏按：我不认识的山东石刻名家）刻赠你一石文镇，文曰："木苏花城"，有便人当给你带去。今年眼见就到年尾了，愿你我都在新的一年里，作出新的努力。香港《文汇》（报）来电要去《曹》（《曹雪芹》）稿中卷，戴敦邦插图，他们想同时发，明年我就要全力以赴写下卷了……

这年他画给我的贺卡是画的一枝傲寒而放的红梅，题："苏晨兄 恭贺新春"。他的心声我明白，有的话还是放在肚子里好，只要知道孟德斯鸠说过："在人与人之间，再没有比别人永远关心于自己的存在问题，更为光荣，甚至更为有益。"

1982 年我在艰难中度过。这些艰难，过去了，没有必要重提。1982 年逝去，迎来 1983 年，1983 年新年他写给我的贺信是：

苏晨兄：

早就想给你写信，因为感冒了二十余天，病中也得赶稿，连驱车看病时间也没有，所以想作的事，也就能拖就拖，拖到年根了，似乎再拖就有些说不过去了。

《古幢》（苏按：指我在《人民日报》副刊发表的一篇散文，写昆明的一处景点）因是耀群旧居附近的所在，自然是关心的，而且我们都觉得写得好，只是我认为你用两个字的题目多了一点，显得变化少，也许并不如此，但给我这么一个印象罢了……

又，原拟出的国内外评论我的文章，一时凑不齐，你是否可考虑先出夏志清的《论小说〈科尔沁旗草原〉》、日本田中裕的硕士论文《端木蕻良受托尔斯泰的文学影响》……

《曹雪芹》中卷可望在三月底脱稿。

我和耀群及女儿钟蕻向你全家恭贺新禧……

1985年的新年贺信里，他就已经觉得："现在的精力总感到不够用，奈何！脑子里的东西越积越多，有紧迫感……" 须知他是拖着"半残废"的身体，又相当艰难地苦斗十一年，谈何容易……

我手头还保留的几张他手绘的贺卡是：

丙寅虎年贺卡画的是两竿修竹。竹，"外直中通""宁折不弯"。我想到当年的处境，心里自然明白这对我来说是什么意思。有异于任何一年的是，上款以小篆一本正经地题："苏晨同志清赏"，显得格外特别。

丁卯兔年的贺卡画的是一枝迎春盛开的桃花。也许是有感于世事的又见"回春"气息？画面的右上角异于他年题了《春光》二字画题，上款又是再以惯例题："苏晨兄丁卯新禧"。

戊辰龙年的贺卡画的是几枝随风飘拂的垂柳，两只燕子正结伴儿欢快地飞过，右下角加钤了《石隐园》押脚章，上款题"苏晨兄、嫂 龙年大吉"，署"端木蕻良、钟耀群 拜"。

我的朋友中多有人喜欢端木书法、绘画、信札和这种"迷你"文人画之属的彩绘贺卡，所以还有几张这种贺卡被喜好的朋友索去，我已经记不清画的是些什么。

众人拾柴火焰高

端木在平常情况下，“人际关系哲学”的理念是：“为朋友可以‘两肋插刀’”“一个篱笆三个桩”“众人拾柴火焰高”“帮人帮到底”……这儿我只简单说说我被端木拉着也掺和了的一件事，然后便收笔吧，文章不短了。

20世纪二三十年代的高级知识分子，除了本专业和一两门外语以外，多半还追求琴、棋、书、画……之类。要说的这件事儿，是1982年就已经八十高寿的20世纪20年代从美国留学归来的退休高级铁道工程师王羽仪，他花不少工夫画了一部《旧京风俗百图》，想找个出版社出版，却一再碰壁。

他心有不平。他的国画小品，早年就在荣宝斋和著名画家吴待秋、陈师曾等一起木版水印出版。1933年鲁迅和郑振铎合作出版《北平笺谱》，从一千多幅画中选画，也没少了他的作品。他又请大画家齐白石、吴作人给画集题了词，又去找端木代请著名学者、也是著名书法家的中山大学教授商承祚以当时“时兴”的“秦隶”给画集题笺。端木不认识商承祚，写信给我：“不知你和商承祚先生熟否，可否请商承祚先生为题……”其实他知道我和商老熟，不过是给我留下肯或不肯两方便。我当然也要向端木学习，即刻去中山大学找商老请他给画集题了签当天寄回端木。

王羽仪以为这一回出版社应该没得说的了，齐白石的题词是：

> 浊世如君举目稀，不为盗史道非低……羽仪仁兄正　齐璜……

其实他的八十岁老高级知识分子脑袋瓜，还是“跟不上形势”，“文革”收摊儿，虽然“家”不一定再和“资产阶级反动学术权威”画等号了，可是还是“不值几个钱”，而“值钱的”另一个字，他两眼墨黑！

这位王老一时还是想不通，出版社干吗还是“看不起”他？他无奈中对照陈师曾的《北京风俗画》，忽然注意到，《北京风俗画》还附有马公愚等名人的配诗，他一拍大腿自言自语道：“有了！”又燃起新的希望，去找端木，求端木给《旧京风俗百图》“配诗”，还要胜过陈师曾、马公愚他们，请端木把每一首“配诗”都写成书法斗方。

这一回端木可犯了寻思：《北京风俗百图》103 幅画，要配 103 首诗，写 103 幅斗方，这可不是一件小事儿！而此刻他又正在“六米斋”里紧赶慢赶写《曹雪芹》！不过思之再三，他想到蒙田说的：“习俗是第二自然。与第一自然相比毫不逊色。”

他又想到，一些年来，国家的“第一自然”“第二自然”都遭到一定破坏，《北京风俗百图》在民族文化积累上，应该说还很有意义。于是他怎么也不忍心往老朋友身上泼冷水，宁肯委屈自己，也还是把所求接受下来。

端木写好为《北京风俗百图》所配的 103 首诗（可见于《端木蕻良文集》之八上卷），103 幅各体书法斗方。王羽仪拿到手别说有多么高兴。端木可没忘了提醒他，这样在北京也未必就能轻易找到出版社肯接受出版。因为这个画集印不好，没意思，印好了，会是一两百元一本，而以当下中国大陆读者现有的经济条件，有多少人为买一本书掏得起这个腰包？所以一般出版社还是不一定肯把要投入很大、发行量又无保证的活儿接下来。

王羽仪说:“那怎么办?”端木说:“不信你就去跑跑看,我也替你想想办法。”

1982年10月9日,端木给我写来一信,信上说:

> ……这担子过重,和你商量,并不是要花城(出版社)来出。你是否可以打听一下,香港出版家肯否承担,这种情况下,是否可采取“预售卷”的办法,如能有多少预约者即可承印,这牵涉到一个经济问题和技术问题,我都很难插嘴。因为我一窍不通。总之,这件事不是急于办成的,你心中知道,届时,可以考虑进去,如何……

其实端木也知道生活·读书·新知三联书店香港分店总经理、总编辑萧滋和我是朋友,也知道香港“三联”和花城出版社正在合作出版各十四本的《郁达夫文集》《沈从文文集》,又是给我留下肯与不肯两方便。我能推?不能,端木的榜样在那儿!我写信建议萧滋兄:先在香港出版,全球发行,并在“汉文化圈”国家做版权生意,争取不亏损。

萧滋识大体,也够大度,1984年10月,由香港“三联”出版了很是精美的《旧京风俗百图》,王羽仪坚决要求作者署“王羽仪作画·端木蕻良配诗”。

更精美的日文版更名为《燕京风俗》也很快在日本昭和五十八年九月十日由东方书店和香港“三联”联合出版。王羽仪为每幅画作的“解说”,由臼井正好日译,端木的“配诗”,由内田道夫日译并注,内田也是《燕京风俗》的“监修”。

端木来信让我给《燕京风俗》做点儿“宣传”，我也谨遵做了一些，如在“北有《读书》南有《随笔》”的北京《读书》杂志上发了一篇长的文章，在香港“三联”的《读者良友》杂志上发了一篇长的文章，在《澳门日报》副刊我的专栏《砺堂散墨》连续发了好几篇每篇一千五百字的短文。

王羽仪老人写信给我，说什么：“我与端木合作之《燕京风俗》，端赖大力始得出版，毕生难忘……”这我可不敢当。他给我画了一幅他擅长的中国画的花鸟画，题了上款送我，我收下，这是不可拒的友谊。香港“三联”给了我一张《感谢状》，那是香港还在讲求的“行规”。其实端木的“人际关系哲学”理念才是“成事之母”。我不过是在端木实践他的理念时不负他的指点，做了该做的分内事；因为身为出版人的普世职责，就应该是积极从事文化积累，不断发现新人；在画风俗画这件事上，八十岁的王羽仪高级工程师也是应该推荐的新人。

王羽仪的画美，“解说”也写得好。端木的“配诗”美，书法也美。这儿只随便举一个例子收笔，如第一百幅《阅微草堂紫藤》，画面如题，端木的行草“配诗”是：

阅微草堂在何方？
紫藤犹放故时香。
何妨细味老头子，
春酒香花到晋阳。

王羽仪的“解说”是：

清代著名学者纪晓岚的阅微草堂在城南虎坊桥。

著名的京剧科班富连成，曾以此为班址。南院有紫藤一株，已有二三百年历史。该地现为晋阳饭庄所在，该店专精山西菜肴。老作家老舍常饮膳于此，曾咏七言一绝云：

驼峰熊掌岂堪夸，“猫耳”“拨鱼”实且华，
四座风香春几许，庭前十丈紫藤花！

车中对话

一

1980年10月间，江苏大型文学期刊《钟山》编辑部邀请几位作家和几位大型文学期刊主编，原定在扬州开一个座谈会，我也是受邀者之一。会期将至，《钟山》编辑部发来紧急通知：原来答应到会的中国文联副主席冯牧在青海不幸遇车祸受伤，湖南省作家协会主席康濯因病住进医院，座谈会改期，拟改为1981年开年“烟花三月下扬州”的时候再开，设想那时候冯牧、康濯必是已经康复。

后来没开这个探讨性的座谈会，而是由《当代》《十月》《钟山》三家大型期刊发起和主持，直接在江苏镇江召开了“全国大型文学期刊座谈会”，会上制定了《中国大型文学期刊编辑协会简章》，选举成立了“中国大型文学期刊编辑协会”。可是这个协会很快就被上面下令撤销，不合时宜。冯牧、康濯没好利索，只发来了贺电。

事后花城出版社承担的会内小报出了两期休刊。海峡文艺出版社承担出版的《中篇小说选刊》（双月刊）还没待面世，中国大型文学期刊编辑协会就烟消云散了，这就两相没有关系，得以照样儿创刊，迄今已经出版到215期。康濯和我都是该刊创刊就被聘为顾问。他走了，我迄今还在挂着顾问。

《中篇小说选刊》面世很受欢迎，花买一本杂志的钱能看多本杂志最叫座的小说，发行情况很好，带来经济情况自然也好，再加上顾问们那时候还没七老八十，不用所谓“七十不留宿，八十不留饭”惹麻烦，杂志社常邀顾问们去福建开会，如《中篇小说选刊》每定期评选优秀中篇小说并且颁奖，到时候顾问们都是评委，就会被邀去或在福州，或在某个名胜地开会评定。每一次都是同吃同住同活动多日，一来二去我和康老也就从认识，到熟络。

一次在福州开完《中篇小说选刊》的这种会，湖南省作家协会派车到福州接他们年长、健康也不怎么样的主席回长沙。他让我坐接他的车跟他一道走，他有事要经过广州。这用广东话叫可以“搭顺风车”，不花钱不费事又能很快到家，我当然求之不得。

路途遥远，行车寂寞，我们就在车上一路不时对话这个，对话那个；北京话叫聊天儿，我故乡东北话叫“唠咯”，或“闲唠”，有的山东“闯关东”移民也叫“拉呱”。就中我们俩有扯到他那部发表在《收获》创刊号上遭受过“大批判”的长篇小说《水滴石穿》。

“大批判”电闪雷鸣，我当然不会不知道。不过我老实承认，因为那时候我还在一个6000职工的大厂当厂长，被“大跃进”的任务压得喘气儿都难，没看过《收获》创刊号什么样儿，自然也没读过他的《水滴石穿》，好像在书店也没见过有卖《水滴石穿》单行本。

他笑笑说：“《收获》创刊号出版一抢而空。20多年后才出版《水滴石穿》单行本。那时候你能在书店里见得到《水滴石穿》单行本？等我回到长沙，寄一本‘旧著新书’《水滴石穿》给你。”

1984年7月间，他客气地题了我的上款，如约给我寄来《水滴石穿》。

1991年开年不久，我接到讣告：康老于1月19日在北京逝世！

二

著名现代老作家康濯，瘦高个儿，我认识他的时候背已见微驼，两眼有些凹陷，倒是炯炯有神，湖南老头儿倒很像广东老头儿。还记得那年在车上大摆龙门阵，他告诉我：《水滴石穿》是他应巴金、靳以准备创办《收获》之约，在1957年四五月间完稿。作过最后的修改，应约给巴金、靳以寄去。过一些日子，便在巴金为主编、靳以为副主编的新中国创办第一家大型文学双月刊《收获》创刊号上发表出来，和广大读者见面。

刊出之始，读者纷纷赞扬，反映强烈，电影制片厂要改编成电影，越剧团要搬上越剧舞台，著名评论家侯金镜著文评论说，这部小说无论在思想上、艺术上都进行了新的、比较成功的追求和探索。讲到这儿他停顿了一下，出了一口长气，才接着谈道："可是随着社会政治文化思潮的直转急下，麻烦来了……"

他说先是《文艺报》印发《内部材料》，也收入一些说好话的言论，实以收入批评性言论为主。这是个可怕的信号扬起。1958年开年，《上海文学》首先发起对《水滴石穿》的公开批判，火力猛烈。

据康老说：对《水滴石穿》"大批判"的主要论点有四点：

一、不该批判官僚主义和"暴露黑暗"；

二、不该结局"灰暗"；

三、不该写那么多爱情；

四、总起来给扣了一顶大帽子：“反映了资产阶级向无产阶级的斗争”。

康老说：“这就上纲上线成了两个阶级、两条道路的斗争问题，实在可怕，那样我不就成了和阶级敌人一伙，为阶级敌人效力？”

我估计康老提的四条是大概意思,不会说得那样难听。

三

“大批判”的炮火对准《水滴石穿》这个可怜的靶子猛烈轰击。康老的日子一时很不好过。先是在整风会上接受面对面的批判，当着“小众”自我批判。又让他在《收获》杂志上发表文章，向背靠背批判的“大众”自我批判。他都照办了。我问他：“你真的对‘大批判’那些‘论点’口服心服？”他说：“口服心服我就不在《收获》上发表的文字里安钉子了，明眼人会看得出我是有保留的。”我逗他：“康老，你不怕有人说你骨头软了些？”他说：“可是硬顶能有好果子吃？我一时还死不了，我不怕没有可以说心里话的机会。”

康老从随身携带的军用水壶里嘴对嘴不知道是喝了几口茶还是几口水，接着又对我说：“有人把这种‘强按之饮’戏称为‘时间性违心’，有人称这种自我批判为‘技术性自我批判’，都是高压下的产物，也是‘留得青山在’的一种形式。”

经受“大批判”，《水滴石穿》自然已经谈不上有出版什么单行本的可能。还是直到二十多年后的 1981 年，中国走在新时期，冤假错案纷纷得到平反，被“大批判”的人或事也纷纷得到平反，《水滴石穿》也不例外，被认定为“结构严谨，语言生动，情节感人，富有地方色彩，对农民的性格和内心世界的描写作了新的探索”的优秀长篇小说，由人民文学出版社排出单行本的第一版清样。可是交付印刷，却又是三年后 1984 年 2 月的事；想来干扰还不少。我想大概也就是因为这种情况，那在车上说回长沙要寄一本《水滴石穿》给我，才称之为“旧著新书”。

四

我看过《水滴石穿》才知道，书中的故事，以河北阜平西大路上，两省交界处的河北的乱泉村、山西的赤焦镇为地方背景，围绕着从山西的赤焦镇嫁到河北的乱泉村的申玉枝，这位年轻守寡不忘要强上进的年轻女人，在上一个世纪 50 年代初，带领乡亲们推进农业合作化，积极争取加入中国共产党，也有意寻求再嫁，在这个过程中所遇到的重重阻力和迫害，描写了人们不断克服封建意识残余，团结起来共同和蜕变变质分子、村长张山阳的官僚主义进行斗争，也捎带了一下张山阳的拜把兄弟：县政府农林科长、后台势力县委某部长，也就这么回正正当当的事么，哪儿来的“大批判”那四点“罪证”？那一次康老在车上还告诉我，抗日战争和解放战争期间，他在那一带生活过十年，非常熟悉那一带的人民和生活。我想这也该是书中的人物和故事都展开得相当精彩的缘故。

此刻回头再想，可能也真还是先在一定意义上“留得青山在”要得。《水滴石穿》单行本终得出版，康濯加了《后记》，《后记》里说了他的心里话：

> 指责作品不该批判官僚主义和“暴露黑暗”，这自然是无根据无道理的事。官僚主义是阻碍党和社会主义发展的客观存在，为什么不该批判？至于所谓“暴露黑暗”，更是站不住脚的，从作品中谁不会感到光明面始终处于主要的决定的位置？
>
> 说作品不该结局“灰暗”，这在前面也已说明，是同样既无根据也无道理的。并且即便这一点写得稍弱吧，也只是缺点……可以保留和存在的缺点。
>
> 说作品不该写那么多爱情，说无非是年轻寡妇想男人，写那么多有什么意义？对此只要指出十年浩劫中，农村的姑娘寡妇有多少竟还并无权利“想男人”而被糟蹋、被买卖，以至不甘屈服而牺牲了生命，不就可以驳斥其论点，并肯定其在我国封建习惯势力深厚绵长的情况下，即使直到今天都仍是值得大写特写的么？

五

我知道这一《后记》的后三行里，有的话又已经“不合时宜”。但是那是白纸黑字印在那儿的，怎么办？都“历史”了，由它去吧……

不提他的《我的两家房东》《春种秋收》《代理人》，不说他的《水滴石穿》，后来的《东方红》，展示在极“左”路线下农民的苦难和反抗，批判性更强。《洞庭湖神话》

从历史的、文化的纵横，揭示了“那十年”的悲剧。这也证实他的“时间性违心”和“技术性自我批判”说。不说这些，还说《水滴石穿》。

《水滴石穿》的故事，也首尾贯穿在乱泉村和赤焦镇一带特有的一种乡俗：正月十五元宵节“打铁火”的活动中。欢乐的元宵节前夕，双方的执事人员会共同筹备，到时候多是山下的山西赤焦镇“打铁火”师傅，上山来到河北乱泉村，帮忙砌起炼铁炉，炼好铁水。两省远近的看客一时云集乱泉村，“打铁火”的“把式”和两地的乡亲，便手执一种盛有铁水的小木勺，用短棒猛地一击勺柄，把勺里的铁水扬向高空，在空中变成万点火星，使之飘散向各自心中寻求的方位。未婚男女青年和孤男寡女，打起的铁火如果散落在异性的衣服上灼出痕迹，便是一种姻缘的缘分，因此“打铁火”也是山区男女寻求伴侣的一种欢乐机会。

“打铁火”自不必说得讲求技术，高超“把式”的神奇技术，要经过多次的实际锻炼才能取得。而写作上的高超“把式”康濯，据他那一次在车上对我说，他写《水滴石穿》也是整整花了十年工夫；从 1946 年写起，写到 1956 年“百花齐放，百家争鸣”方针的提出，以为真的写作大好时光到来，才把《水滴石穿》作为成品拿出手。

他以为他的《水滴石穿》根本上在于展示一种不屈不挠的坚忍精神，一种大无畏的坚强毅力。或可见于《水滴石穿》中关于“水滴石穿”的一段饱含深情的描写：

> 这么老大的岩石，不知怎么裂出了一道缝缝，那石缝里又不知怎么整日不断地一滴一滴往下掉落圆圆的、半路空中给太阳照得闪那么一下彩虹的水珠……

洞底那接住岩头滴水的厚厚的长满青苔的大石头上，给滴穿一个比水珠大那么不大点儿的洞洞，这洞洞竟有尺来深……

申玉枝看着这情景说：“我这么一个女人家，什么也不懂的，能做什么事！还不就像这水滴一样，活一天，滴那么一滴力气，反正拣有用的活儿滴呗，使力气呗！”她又对她的恋人张永德说：“你不也是这样，做了许多记不起来的事，也是一滴一滴水珠那么使着万分力气……可是，这水滴儿你只要滴到有用的地方，就，就了不得呀……”

“水滴石穿”的精神，固然令人肃然起敬，用在不忘初心，为民族的复兴、人民的幸福，百折不挠，奋斗不止上面，需要这种精神。可是如今我们面对的国际形势，不仅是一般的严峻，而是战争的威胁也已经强加在了我们头上，而国内的奋斗距我们的预期还任重道远，那么我们今天是不是也应该“到哪山唱哪山歌”，面对时不我待，同时想到完成既定目标需要一定的速度？不能还一再拿“水滴石穿”“铁杵磨成针”之类说事。当然这速度不是脑袋瓜子发烧的欲速不达“速度”，而是指科学要求的必需的革命速度，道德要求的不争的速度……

原载《同舟共进》

“飞着的鸟儿”吴有恒

头两次见到吴有恒

1954 年 4 月，我这个辽东老兵，到中共广州市委工业部报到，在广州落籍为民。虽然是个老兵不假，可是二十四岁不到免除预备役年限，仍然是预备役军官。

我读书不多，最后学历是 1945 年参加革命前，在伪满学制的“奉天省立本溪国民高等学校”读过两年工业化学科，算个“半老粗”吧。但是那年头在部队基层分队（1947 年我在最低分队连里做过不长时间的政治指导员），“矮仔里选高佬”，我又算“文化较高”的！所以更多时间还是在军区以上政治部边学边干编报纸，编杂志。

经过辽沈战役、平津战役，“打过长江去，解放全中国”，来到武汉，成立第四野战军兼中南军区，政治部宣传部创刊《战士生活》杂志，我是编辑组长，干得时间蛮长，也是看到机会就想……

如 1950 年朝鲜战争爆发，1950 年尾、1951 年头我就经要求得到批准，去了朝鲜战争前线采访第三次战役、第四次战役。我自恃有基层分队经历，一直在基层部队随军采访，结果入第 63 陆军医院住了五个月零七天，挂过“病危”牌子。

这我也没“改过自新”，1952 年蒋介石想趁他们叫“韩战”的战事方酣，想把海南岛夺回去。我又坐不住了，要求去海南岛下野战部队基层分队参加打一仗。领导也有培养之心，答应了，我先后在海南岛野战部队的两个步兵营担任过政治教导员（中间调到海南军区政治部《海南前线》报做过一段时间的副总编辑）。后来美国总统杜鲁门不同意蒋介石冒险，仗打不成了！

和平时期，觉得在军队里待着“没意思”，想趁着还年轻换个行当，用我故乡辽东方言讲再好好“扑腾扑腾”。没有什么特长，故乡本溪是和鞍山、抚顺鼎足而立的伪满三大工业城市，我本溪生，本溪长，还学过几天工业，又想转业参加“社会主义建设第一个五年建设计划”。开初不准，后来求中共广州市委第三副书记兼工业部部长杜星垣、我军中的老首长说情；他转业前是中国人民解放军第四野战军兼中南军区政治部宣传部部长,结果才如愿以偿!

报到当天晚上我去看杜部长，碰上他家里有客，我想告退，他说不必，介绍说：

“这位是市委第二副书记兼秘书长吴有恒同志。原来也是当兵的,解放战争时期的粤中纵队司令员。党的‘七大’代表。”

我起立，立正，给他敬礼。杜部长又向他介绍我：

“他是苏晨,也是个当兵的,转业前是个营政治教导员，连指导员也干过。不过大多时间还是在上面办报，办杂志，笔头还可以。想参加第一个‘五年计划’，我让他在工业部挂个副科长，熟悉一下情况，再让他下厂锻炼。”

这位吴副书记兼秘书长透里透外一身儒雅，若不是杜部长介绍他在军中是纵队司令员,我还以为他是一位教授。他打量打量我，笑笑地说：

“你们杜部长是个大能人，学着他好好干，咱们当兵的在哪儿干什么也得干出个当兵的样子，大家共同努力，一定要把广州工业搞上去。”

我又想起立，立正，答话。他做手势让我坐下，说：

“在地方上不用这也按《条令》，那也按《条令》。”

这是我第一次见到他。

10月间，我拿着广州市第二任市长何伟（首任市长叶剑英）和几位副市签名的《委任状》（这张《委任状》我现在还留着），出任地方国营广东苎麻纺织厂代厂长（厂长魏林在中共中央中南局党校学习，有规定在党校学习期间不得免职）。

再见到吴有恒，就是我到苎麻纺织厂工作一段时间以后。有一次，苎麻脱胶车间有一捆准备投入生产的苎麻冒烟。厂党委办公楼离脱胶车间近，党委书记周兴东听说没弄清情况就急着向市委工业部报告：

“苎麻厂失火了！”

苎麻纺织厂是少数几个市直属厂之一，“失火”是件大事，消防队接通知开来救火车。市委工业部副部长梁湘赶来。这位市委第二副市长兼秘书长吴有恒也赶来。其实这叫什么“苎麻厂失火了”！

我见两位都一脸的不高兴，紧张地跑步上前，立定站着，等着挨批。

吴副书记说：

“你紧张什么，又不是战场丢了阵地。我是不满意你们工厂秩序怎么这样乱，一捆麻的事，报到市委成了‘苎麻厂失火’！这不是你厂长的行政事务么，你哪去了……”

梁副部长有意地看了吴一眼，“解围”说：

“厂部在另外地方。工厂里一些党政分工应有的注意事项，工业部会研究一下。”

吴副书记会意地点点头，他们都没再多说什么，走了。我估计可能是想到了我下厂这一段时间，中共中央工业部部长李立三，先是在工业企业大厂推行“列宁式的一长制”，挨批；改推“不穿靴、不戴帽的一长制”，即不提厂长在工厂党委领导下，也不提厂长对工厂党委决议有否决权，又挨批。刚定下来的是“工厂党委集体领导下的厂长负责制”。中共中央工业部部长李立三去了总工会……再后这个工业部也没了……

人生是不安定的航海

1954 年的中共广州市委，按照中共中央华南分局主持工作说话算数的第四书记、中共广东省委第一书记陶铸的定位，市委和省委的关系是：“同等规格，领导关系。”我注意到市委第一书记何伟、第二书记王德、四位副书记朱光、吴有恒、杜星垣、曾志，都是名人。其实我和他们说真了就算认识，也是实质上“八竿子打不着”的关系，不过我也还是总觉得，在这样一个市委执政的广州落籍为民，用我故乡辽东方言说叫“捡着了！”

不久出了“高（岗）饶（漱石）事件”，在越秀区税务局大楼最高层礼堂，听市委领导向县科级（现在称“县处级”，“科”已“贬值”）以上干部传达有关文件，还有陶铸在中共中央华南分局第四次会议上的讲话。我一听，吓了一跳！

不过总觉得好像“离”得还“远”。1957、1958 年的“反对反党反社会主义资产阶级右派分子运动”，在广东是根据毛泽东在“广东问题小型会议”上点名批评中共中央华南分局第三书记方方在广东搞地方主义，加码和“反地方主义运动”一起“运动”。

“反右”反出那么多“右派分子”，“反地方主义”又反出古大存、冯白驹两位中共广东省委书记处书记也成为“地方主义头子”，吴有恒被打成“地方主义骨干分子”，一撸到底，下放广东造纸厂第三抄纸车间任副主任（倒是没用“劳动改造”这个词儿）。这一回我可知道“运动”什么时候也不会有什么离开自己“远”或“近”之分，而是越来越“切身”了！这是另外的话……

当时我是华南缝纫机械制造厂长，在工资表上的分类称“第一类型、第一级厂、第三级厂长”，这也是“一边倒”，学苏联。也许得怪我在共和国开国前后办过几年杂志，我要每期编辑一半的稿件，还得自写八千字，压得我种下了一个不知是好是坏的毛病，喜欢对一些感兴趣的事儿，瞎关心。比如我就从各种渠道，知道了吴有恒是粤中鳌山之下，锦江之滨，古恩州，今开平，凯岗村人士。村里一棵大榕树下，有一所青砖大瓦屋，名曰“因树书屋”，那是吴有恒 1913 年呱呱坠地的“人生始发站”。

这个“因树书屋”大瓦屋，门两侧，塑着一副对联：

因才而笃
树德务滋

开平地方，因为华侨多，比较富裕。时局不太平，遍处起“碉楼”。土匪来了是碉堡，平常日子是小楼。“开平碉楼”，后来还是联合国命名的世界文化遗产。乡民们很是注重教育，如三国魏曹操的小儿子曹植“七岁能诗”，吴有恒就也来了个“七岁能诗”：

早起月未落，
稀疏三两星。
屋角有老树，
呜呜发秋声。

这就是吴有恒的“七岁能诗”之“五言绝句”。

1931 年“9.18”事变，日本帝国主义强占我的故乡东北，他积极投身救亡运动。1936 年加入中国共产党。抗日战争前期，他做过中共香港市委书记。花城出版社“文革”后出版他的小说《香港地生死恩仇》，从中可见他这时候的身影。后来到延安，为中共中央党务研究室研究员。中共召开第七次全国代表大会，他是代表之一。1946 年 6 月，中国人民解放战争全面正式开打（东北光复后就一直在打），他奉命潜回广东，先后任中国人民解放军粤桂边区部队司令员，粤中纵队司令员。广东解放，先任中共粤中地委书记，又到中共广州市委……

我非常佩服他 1956 年就在北京《大公报》上发表长篇经济学论文：《价值规律在社会主义条件下的作用—对斯大林〈社会主义经济问题〉关于价值规律之意见的商榷》。写这一论题的经济学论文，一说以经济学家孙冶方为最早，一说以经济学家卓炯为最早，其实他们二位都在吴有恒之后。

我曾想过，吴有恒的晚年反映的是否就是英国大戏剧家莎士比亚所慨叹的：“人生是不安定的航海！”

我看他的晚年人生，又觉得更像大楼的电梯开到高层，突然发生事故跌回底层，他被震得够受；可是这人结实，他伸伸胳臂，撂撂腿，知道还好端端的，就像平常一样不声不响走出电梯，向着让他去的新地方走去……

飞着的鸟儿总能找到什么

此后便很少见到吴有恒。

只有一次，一个星期天，我在近广州古城小北门的湛家大街，遛弯儿，不期然碰见了他。他问我：来这儿干吗？我说：来找找湛若水还有没有什么遗迹可寻？他说：湛家一巷到湛家五巷是湛家园和天关精舍的原来位置，但是没有什么遗迹可寻了！他看了看我，似乎有点儿惊讶：你怎注意起明代“王（阳明）湛（若水）之学”代表人物之一的湛若水来了？不过没说出来。我也想到，他这位军中纵队司令员转来的非广州籍原中共广州市委副书记，怎么对广州史地这么熟？明代有《天关六皓》一画，清代多谈“天关四皓”，这是怎么回事儿？大概问问他就解决了，我也没敢问。

再后便是“文革”收摊儿，几经要求，我得以从北京《光明日报》调回广东，分配在广东人民出版社任副社长、副总编辑，当了个编辑队伍的副小头目。我的分工主要是领导文艺编辑室，负责文艺图书的编辑出版工作。可能是新人儿上阵有点儿“初生牛犊”，再说那时候也比较宽松，我看市上书荒严重，历史的经验是时局大变动之际，人民意识形态沸腾，往往等不得大部头创作出炉，因而杂志创刊如雨后春笋，我就也领着创办了《花城》《随笔》两个杂志。

《随笔》向吴有恒约稿。他爽快地答应下来，先在《随笔》上开了个总题为《榕荫杂记》的专栏，每期若干段，连载。这是他“文革”被抄家的意外残留物，质高，难得。《随笔》还在刊物上呼吁，如果哪位手上还保留有当年抄走的《榕荫杂记》稿件，最好寄给《随笔》以便继续连载。看来这是他20世纪80年代初任中共广州市委第二副书记兼秘书长时写的，那时候他住的法政路那个边街有个小门的小院儿里，我见院里窗前有一棵大榕树。可惜《随笔》呼吁无效！

因为“文革”的十年浩劫，书毁掉的实在太多，出版社要赶着重版、出版一些好书解救“书荒”，我负责这事儿，曾安排重版吴有恒的《山乡风云录》，出版他的《北山记》。两书都是1978年5月就重版或出版，《山乡风云录》八月就已经是第八次印刷，可见读者的欢迎度何其了得。

为了快出书，我们“专事特办”。我和文艺编辑室主任岑桑及责任编辑，躲到中共新会县委招待所，实行“初审、中审、决审一条龙”无干扰作业，把吴有恒（这时我们称他吴老）也请到和我们同吃同住，有什么问题就地请教，就地商量，就地解决，一切都为尽可能：快！

住在新会县委招待所，我有时间和他聊天儿。我问过他：

“吴老，您到底是怎么被打成‘地方主义骨干’的？”

他装作神秘地先问，才答：

“唔，什么底？这我可不知道。反正是‘松子岭事件’在‘文革’后已经平反。当时我们四位当年的中共粤中地委领导同志，集体议论过，都认为‘松子岭事件’是个冤、假、错案。商定由我先找陶铸同志谈谈。我找陶铸同志谈了，他让我写个书面材料报省委。我写了，我们四个人都签了字，报到省委。反地方主义运动期间，这份奉命上报的材料，成了我的地方主义铁证，就这么回事。”

相关的话，我不知道该怎么说才合适，反正“文革”后他已经平反了，不说也罢。

我又问他：

“吴老，您从市委副书记，一下子降为车间副主任，和工人们能无间相处？”

他拖长声说：

“没—问—题……”

接着他说了很长一段话，提到的关键是“要看你自己‘有间’还是‘无间’”。为了节省篇幅，不如让我用我的口气，捡最要紧的，扼要说说。

吴有恒走马上任第三抄纸车间副主任，他说在他自己，他相信印度大诗人泰戈尔说的：“经常惊奇‘我活着’这件事，这就是人生。”这是最低的，也是最根本的。还有德国哲人施特劳斯说的：“掌握生存之道的是谁？……精通规避之术的人。”不服，吵，闹，有用吗？他更相信英国大作家司各脱说的：“没有喜悦的人生，是没有油的灯。”蹩蹩屈屈地活着，做个“没有油的灯”，有味道吗？还有，俄国大作家契诃夫说的：“已经生活过来的人生是底稿，另一段人生则是誊清。”想明白这些，不用什么大道理，也能不会为工作职务几乎被一撸到底，而一天到晚拉长个脸常戚戚。对“未来阶段的人生”，他深信这样两句西方民谚：

> 飞着的鸟儿总会找到什么。
>
> 不管是谁，他前进的道路上不会长草。

吴有恒在敌后的艰险战斗中和战友们一起走过来，这人没有架子，为人随和，广东人讲广州话，和工友之间没有语言隔阂，知道广东劳动群众的生活习性，不会触犯，再加上他多才多艺，见多识广，讲话不多却有风趣，于是很快融入职工群众。职工中也有人知道“松子岭事件”的真相，一传十，十传百，职工们也为他替因“松子岭事件”蒙冤受害的人说真话而受罪，从内心里敬佩他。

“反右”，“反地方主义”，紧接着是“高举三面红旗”：“总路线”“大跃进”“人民公社化”“全民大炼钢铁”“各行各业大放卫星”“十五年超英赶美”“跑步进入共产主义”……

这时候的广州造纸厂，虽然名义上是国家“重点保证”原材料供应的中国最大国营造纸厂，可是每天造纸浆需要的四百立方米原木，所谓“确保”也只是“确保”一个纸面上的指标，并不“确保”实物！

广东省省长陈郁下到广州造纸厂，亲自抓原材料供应，也是久抓无效。

无奈只得给吴有恒一个副厂长头衔，派他到原木产地去催收原木，调运回厂维持开工；不是因为他比省长更有能力，而是因为那些地方的领导人，多半是吴有恒昔日的老部下……

吴有恒的“副厂长”其实是在做着一个“找木工长”。他领着一伙工友，一次又一次到原木产地，靠老脸面，恳求老部下支持。“大跃进”“全民大炼钢铁”，把林业资源破坏得很严重！中央林业部门经不住他们上头的压力，下达脱离实际的指标；地方林业部门经不住他们上头的压力，不敢不按照离谱的指标组织乱砍乱伐。不过到了再听瞎指挥乱砍乱伐，今后可能不止一代的温饱和生存都要成问题，这时候的林区老百姓也就装聋作哑，横下一条心，软磨硬泡，哪怕“国家”指标也不顶用。

不过产地首长见到落难的昔日老首长吴有恒登门求助，为了缓解老首长在难中所处的处境，还是再怎么困难，也不能不想点儿办法就推出门去，所以吴有恒屡次出马，总能收到一定数量的原木。

把原木编成木排，顺着江河水道放回广州，要走半个月。一路上太阳晒，雨水淋，特别是吃不饱肚子，体力消耗很大的放排工友，苦不堪言……

无边的行排寂寞难以打发，职工们提出请吴有恒给他们讲他当年在粤桂边、在广东南路带领敌后解放军部队艰苦作战的故事，以消磨时光，兼着分散对肚皮的注意力，起点儿“抗饿”作用。吴有恒也意识到这真是一个好主意，不用“成本”，也就不推辞。他是一个很有口才也颇幽默的人，故事讲得有鼻子有眼儿，生动活泼，大家听来，真的是又解闷，又一时忘记饿肚子那根神经的袭击。

为了把故事讲好，吴有恒认真在脑子里重放当年的实地“录像”，他深深地陷入对往日艰苦卓绝斗争历程的系统回忆。为了讲述有味儿，要择要取舍得当。为了连续讲述，要把故事构成一定的章节。故事化更是不可或缺，为了把故事讲得生动，还得形象化集中体现在典型人物身上，加以绘声绘色……他无意中进入了一种“预备性”文学创作过程。

就这样，他今天讲，明天讲，日积月累，不经意间，他偶然意识到：这不是无意中形成了一部可以发展为长篇小说的“口头文学”底子？他更加相信，人生果然是：“飞着的鸟儿总会找到什么。”“不管是谁，他前进的路上不会长草。”

这天，放排路上遇上了一种一般在海南岛、在粤西滨海地方才能遇到的天气：本来无风无雨，突然间，江的西岸，一阵狂风骤起，不知从哪儿匆匆赶来那么多乌云，顷刻间密布天空，天昏地暗，落下一阵滂沱大雨；而江的东岸，稍远处还是阳光普照，无风无雨，明媚中花红，叶绿……

古怪的天气应了“西方不亮东方亮”的民谚，可也一时搅动了吴有恒的心思，这便是：“干吗我不也来个‘西方不亮东方亮’，趁着‘闲’功夫稍多，下力气经营经营文学创作这块园地？”

西方不亮东方亮

吴有恒是一位要干就干，不喜欢空谈的人。有人说，人是一种“奇怪的动物”，而事实却也是，头顶上有一个可及的希望照耀着，人在为实现这个希望的奋斗中，勇气和智慧真的会不断地诞生，从而面对未来更加充满信心。那也是人战胜困难取得成就的一种重大推动力量。各国都有许多这样的格言和民谚，如：

希望是人生的乳母；
希望是贫者的面包；
幸运袒护以勇敢的胸膛面对厄运的勇者；
不冒烟就不能生火；
机会是一切努力中最杰出的船长；

想哪天干，哪天就是吉日……

德国大诗人歌德还说：

希望是不幸人的第二个灵魂。

这种格言或民谚，真的是要多少有多少！

吴有恒在这种思想状态下，考虑他的文学创作从何处切入？一次放木排回到工厂，他见厂里的工人吃不饱，工作使不出劲头，工厂里有些沉闷，他想："干吗不先写出一出话剧来，由工厂职工自扮自演，在工厂的大礼堂里演出，用以活跃工厂职工的业余生活？"

想到就干，他熬了几个夜晚，以在木排上讲的故事为蓝本，写出了话剧《桃园堡》。

他请市里热心的专业话剧演员来工厂协助排练，《桃园堡》很快开锣上演。

第一次演出过后，工厂的职工赞不绝口，口口相传，誉满全厂。连演二十八场，场场座无虚席……

广州话剧团听说，赶快来厂观摩。征得吴有恒同意，也来排演《桃园堡》，改名《山乡恩仇记》，向全市人民公演。演出又轰动广州全市，久演不衰。

这边的演出活动一团火热，那边引起了广东人民出版社的兴趣，请他改写为长篇小说出书。吴有恒笔杆子不凡，又连续熬了若干个夜晚，不久赶出长篇小说，初版书名《山乡风云记》。小说出版，引来书店里购买者蜂拥，社会上好评如潮。《山乡风云记》发行全国，各地也一片赞扬。

这时候电台要求连播，报纸要求连载。吴有恒借这个机会对《山乡风云记》进行了修改，提高，改书名为《山乡风云录》，由广东人民出版社再版，还是畅销如前。北京的作家出版社也经广东人民出社和作者同意，出版了《山乡风云录》，以应北京和外省热心读者的急切要求。

再后，是粤剧界请他把《山乡风云录》改写成粤剧，由粤剧著名表演艺术家红线女出演女主角。多才多艺的吴有恒也不负广东粤剧团的愿望，天晓得，粤剧剧本他竟然也能写！

再后是珠江电影制片厂又请他把《山乡风云录》改写成电影剧本。又是天晓得，吴有恒怎么也能把电影剧本改写得让电影制片厂满意！粤剧《山乡风云》和电影《山乡风云》的普及上演，使吴有恒这个名字传遍四方。稍后，吴有恒调离广州造纸厂，到中国作家协会广东分会做专业作家。

我看《山乡风云录》

我说不出或不敢往深处说吴有恒的《山乡风云录》长篇小说、话剧、粤剧、电台连播、电影，为什么会那样受广大人民欢迎。

但是我敢说，确实与当时的一定社会环境有关系，这种社会环境在人民群众中形成了一种喜欢什么、不喜欢什么的倾向。吴有恒出任《羊城晚报》总编辑时，在该报副刊《花地》上发表过一篇石破天惊的散文，或者与他的创作思路有关，但是彼一时也，此一时也，不宜再引了！

就如我国古代著名学者杨慎吧，他也说："为文而欲一世人之好，吾悲其文；为文而欲一世人之好，吾悲其人！"吴有恒的《山乡风云录》，也是从头到尾歌颂的，是伟大中华民族的儿女，他也认为把“伟大”放在“民族”或“人民”的前头或后头，关系着两种不同的唯物史观。

我喜欢吴有恒的《山乡风云录》，就喜欢在它开篇便是，借山野间，广东叫“茶寮”里，一些平民茶客的饮茶闲话，绘声绘色地渲染出我国20世纪40年代中期的时局现状和动向，而不是当时最流行的，张口什么人“英明地指出”，什么、什么，闭口什么人的“伟大的决策”，什么、什么……

故事开头，当地的中共领导人老梁，和失败的武装分队指导员文治平重又见面。在交谈中，对往日的欢乐、眼前的悲苦，所作的根本概括，用老梁的话说也是：以往全在能“和群众同甘共苦，团结一致，如鱼似水”，而今也还是“不该再驾着一叶扁舟在海上漂流了，应该回到岸上来，这才有根基”，岸上有人民可以依靠。因为“你们现在人不算少，弹药也不算缺哩。现在你们缺的，倒是和群众的密切关系。你们有点儿脱离群众了”。而不是流行的“你们这是对什么，什么，伟大的指示学习不够，对什么，什么，英明的教导理解不深，因而迷失了什么，什么，归结到路线，说得严重些，这什么，什么，赶快回头是岸……”

老梁动员文治平带领他的小分队到那横山区开辟局面，指派原任游击队政治委员的邓祥去那横山区任工委书记，创建那横山区革命根据地。反复交待的是：“那里有广大的地区，可以回旋；有广大的群众，可作依靠”；强调的是：“须找些有群众工作经验的同志去”，“文治平他们到那里，也只是先做群众工作……”老梁讲得本来有声有色，有血有肉，为了篇幅所限，我只抄下几句概括性话语，这是没法子或我本事不到的事！

邓祥进入那横山区，原来在当地以开木匠铺作掩护的木匠老陈，向他介绍立足经验，也不是当时惯见的读了哪一本或哪一篇伟大著作，如何顿生神机……而是：“我来到这儿只劳动，绝不剥削人，才易和劳动的人交上朋友……”邓祥也正是在那横山区一落脚，便在山区仅有的一位中共党支部书记徐满的帮助下，开起一间豆腐皮作坊，而不是为人民谋幸福小而不为。文治平他们来到山区就进了石灰窑做工人。一切都为了“在劳动中和劳动人民心连心”。邓祥在他开的豆腐皮作坊里推心置腹和农民交朋友，办中共党员训练班，办革命武装人员游击战训练班。文治平他们在石灰窑那边、在十三石耕场那边，也是通过深入发动群众，扩大武装力量……

小说、戏剧、电影中满腔热忱地讴歌的是：疾恶如仇的“老农会”徐大同；深沉忠贞的忠养点长公；宁可独居高山头也不向恶势力低头的老吕端；天不怕地不怕的三升米大婆；苦大仇深的何奉老汉；年轻英武的盘阿兆；胆大包天的放牛娃吉宁；无畏而又心细的好姑娘徐双成、何春花；乃至黑人老太太黑大婶和她的后来觉悟走进革命队伍的儿子黑牛……这一批革命骨干，在艰难的革命斗争中，可歌可泣地成长，革命形势一时如火如荼，一时又急转直下，他们在大起大落中失败了再奋起，百曲千折，没有哪一步的实际进展，不是靠的真正坚持群众路线，紧紧依靠群众……

书中的智擒那横山区反动堡垒桃园堡主“番鬼王”的“二太子”，那是年轻后生徐四九出的计谋，由双生女二婶的大女儿徐双成假扮新娘子，把个色狼“二太子”赚到手……

最后的里应外合，大破桃园堡，清除刘、关、张三姓恶霸地主，消灭“崭尾蛇”的“清乡大队”、地痞流氓纠合的“民团”，那是奴隶何奉献的计谋。八月中秋拜月，隐藏在桃园堡内的年轻女共产党员刘琴，被“番鬼王”的四小姐委任为“拜月会”执事。她“雇请”何奉的“八音班”为“拜月”仪式演奏，文治平手下扮成“八音班”乐手担着藏在“八音箱”里的武器混进“桃园堡”。午夜，“拜月”高潮，敌人注意力分散，文治平他们发起奇袭，一举端掉“桃国堡”……

事后走在山路上，徐双成小声对刘琴说：

“琴姐同志，你一身是胆！”

刘琴假惺惺拍了她一巴掌说：

“这不是我一人之力，是大家壮了我的胆。你不也是在这条山路上捉过‘二太子’吗？你也是大胆的。”

双成说：

“你总是高人一等。”

刘琴说：

“不是我高人一等。是我们高人一等。”

这使我想起 1947 年，我在梅河口新华书店得到一本不用掏钱任取的苏联版佳纸胶印精美中文书《最主要之点》。那是一位获得苏联英雄称号的集体农庄女拖拉机手的作品。书中写道：自从她戴起金星勋章，一些单位纷纷请她去做报告。主持人向与会者介绍她，总是说她是“苏联人民的伟大女儿”。而她在开始报告之前，必定是首先更正：“同志们！我不是苏联人民的伟大女儿，我是伟大苏联人民的女儿……”我看《山乡风云录》和《北山记》两书所表述的，也正是这样一个“最主要之点”。

吴老别的哲理段子还有，难得谈清楚不如免谈。

原载《广东文艺研究》2017 年第 1、第 2 期

沪上访梓室陈从周

从两本书开篇

我2017年11月17日趁岭南气候清凉下来又还没冷，住进养老院。女儿选的时间，说是有利于老人适应新环境。其实我这辽东老兵还用讲这一套？可能是她们更考虑妈妈需要。

进院前归拢要带进院里看的书，我把三十三年前即1984年陈从周寄赠我的两本书也带上了。我的私下“不成文礼仪”有“不成文规定”，凡是朋友题了上款，签了下款，寄赠或持赠的书，都要看过，起码大体看过，不然是一种不礼貌。尽管他逝世快二十年了，这两本书我既然没看过，也不能例外，一定要带上补看过。

这两本书，一本是《重刊燕几图蝶几图附匡几图》，古图案封面，陈从周题签，扉页题字是：“苏晨吾兄 弟陈从周 甲子夏”；另一本是《一家言居室器玩部工段营造录》，也是古图案封面，同是陈从周题签，扉页题字是：“苏晨老兄存 弟陈从周赠”。

前书的《燕几图》，宋黄长睿著，《蝶几图》，明戈汕著，《匡几图》，中国营造学社社长朱启钤1933年据原器绘制；后书为清李渔（笠翁）、李斗（艾塘）著。两书封面所以由陈从周题签，上海科技出版社的“重印说明”道：“书承同济大学陈从周教授提供庋藏之版本，并特为重印本书名题字，谨此致以谢意。”

有不少书要补看，这两本书我是 2018 年 9 月 29 日，上海举行“郁郁乎文哉——陈从周百年诞辰致敬展”开幕那天起读。我明白这个“致敬展”的名称，必是出自《论语·八佾》的“郁郁乎文哉！吾从周。”我选在这个“致敬展”开幕日起读这两本书，也有“默默与天语，默默与天行”，同为一种向他致敬的形式。

他 1918 年 11 月 27 日生在“上有天堂，下有苏杭”的杭州西子湖畔，1918 年是俄罗斯“十月革命”那一年，好记。他 2000 年 3 月 15 日逝世于上海同济大学教席，2000 年是 21 世纪开头的一年，也好记。他只享年八十一岁，这可太短，特别是像他这样的人。可是这些事由不得自己，谁也无可奈何！不过一个人生命的价值，不一定表现在终止于哪一个年轮上，更要看这个生命给人民和历史带来些什么。从他百岁冥诞，上海特别为他举行“郁郁乎文哉——陈从周百年诞辰纪念展”，也可见他在上海人民心中的分量。

一代园林艺术宗师

陈从周，原名郁文，号从周，后来以号行。这在老知识分子中很常见。他晚年又别号梓室，称梓翁。对这位国际知名的中国古建筑和园林艺术大师，另一位也是国际知名的美国华裔建筑大师贝聿铭，称他为“一代园林艺术宗师”，礼聘他为贝聿铭建筑事务所顾问。

陈从周曾在多所大学执教，从早年的教授美术，到后几十年教授中国古建筑和园林艺术。我国的著名园林和古建筑，很多都经过他在调查研究中做过建筑理论、建筑艺术的发掘，许多都已经编写成图书出版，如《苏州园林》《苏州旧住宅》《扬州园林》《绍兴石桥》《辽宁园林》《广东园林》……我国的东西南北，到处不缺少他的足迹。

他的园林建筑艺术理论代表作，是《说园》。《说园》创立了造园的“静观和动观”学说；提出了“为情造景”的造园理论；提出了“风景区建筑不能喧宾夺主”的观点；创立了“造园之理论要和绘画之理论与缀文之理论结合”的学说；提出了“造园者要研究中国历史和中国文化史”的见解。据此《说园》被学术界认定为：“明《冶园》后一部真正的中国园林学经典之作。”

《说园》名扬世界，英、日、德、法、意等国争相翻译。在中国，作者实至名归，被学术界公认为“中国现代园林学的开创者和奠基者”……我很感谢他还特地复印了《说园》的墨笔手写本寄赠我。

他的一些中国古建筑和园林艺术实践，择其要者，在国内，如杭州的郭庄，昆明的楠园，在国外，如美国纽约大都会博物馆的中国园林明轩，旧金山的中国园林，见过的人，谁不有口皆碑！

多领域大师级人物

他也被称为“多领域大师级人物”，或“思想家，中国文化的集大成者，一位有独到见解的学者”。见网上统计，议论他多领域成就的文字，有 602 篇之多！

都涉猎一下？我没有那个本事。我只能对他的书画和散文，勉强说几句。

如讲书画，他是一代中国画宗师张大千的入室弟子，张大千的入室弟子有几人？陈从周人物，山水，花鸟，都画得来，早年还曾在苏州美专执教。我见过他和张大千的合影。徐志摩画像的长袍，是他请张大千给配的。1948 他在上海举行画展，也是张大千给他题款：《门人陈从周画展》。展览以“一丝柳，一寸柔情”的诗情画意，赢得广大观众的喜爱。1951 年出版他的第一部《陈从周画集》……2018 年上海举行“郁郁乎文哉—陈从周百年诞辰致敬展”，上海笔墨博物馆另有“陈从周书画文献展” 。

他晚年更喜欢画竹，送过我三幅画，两中堂，一条幅。一幅中堂画葫芦，网上有得看，另两幅画竹，三画都以兄弟称，题了我的名款。他晚年那么热衷于画竹，不知道是否与竹的“外直中通” “宁折不弯” “竹毁节存”，和苏东坡的“宁可食无肉，不可居无竹” ，更和他这位信仰真正马克思主义共产党员老教授晚年的心境相应？他画竹的题画文字也很美，他去世后，曾被搜集起来出版专集，其中有两则来自他赠我那两幅竹画。

有一种说法：认为中国书画艺术，向有“院内”“院外”两系的分野，这实际上也体现着“文人书画”和“专业书画”的分野，“文人书画”是“主体”或“骨干” 。中国的“文人书画”，就算从三国、两晋算起，至少也有 1800 年的历史。而“文人书画”在公元 2000 年前后“绝迹”，陈从周是这一“主体”或“骨干”的“最近一个典型”，“末世代表”，他的书画可以视为“中国文人书画的绝唱” 。

这个问题，我没有足够的学识判断。但是中国艺术界的权威媒体—《中国艺术》，2018 年第 8 期，题目印上封面，标了“陈从周纪念专题”的论文，有如上的论述。

至于陈从周的书法，人们看看上海大街上请他题的那些大招牌也就明白。

散文大家

也有人称陈从周为“散文大师”。这位散文大家，20世纪80年代初，在花城出版社出版著名的散文集《书带集》《春苔集》。我见他的散文著作排名，《书带集》《春苔集》总是打头。他的散文人见人爱。前些日子老友宋浩，还在网上“朋友圈”里发出这两本散文的书影，怀念“大师精品”（宋浩语）。而“无巧不成书”，《随笔》杂志责任编辑王铮锴，也在同一天从网上发来当年一期《随笔》的封底书影，那封底也在介绍《随笔丛书》的《书带集》《春苔集》，他是慨叹“只能看得到书名，看不到书”（王铮锴语）。出版《书带集》《春苔集》，我还是花城出版社出版人，大概是“命里该着”“三生有幸”，这两本书由我签发，想来很是“开心得意”。

花城出版社在陈从周去世前一年的1999年，出版由上海复旦大学陈子善教授编的《陈从周散文》。《陈从周全集》不见提及此书。

《陈从周全集》由江苏文艺出版社出版，精装十三卷，4174页，二百多万字，定价2400元。散文殿后，始见第九卷，《徐志摩年谱》后为《书带集》；第十卷为《春苔集》《帘青集》，也还是花城出版社出版的两种打头。第十一卷为《随宜集》《世缘集》；第十二卷为《梓室余墨》。第十三卷为《山湖处处》。网上文章一说他一生出版过二十多种散文集，一说四十多种，都没列书单，不详其说。我看就按《陈从周全集》所收，也已经堪称相当的“郁郁乎文哉”矣！

陈从周的散文，也多有谈及中国古建筑和园林艺术，这恐怕与他认为“中国园林是‘文人园’，实基于‘文’”；与他一生都在努力“把文学、书画、园林融会贯通，走出一条饱含中国人文情怀的园林之路”，大有关系。或许就是因为如此，他这位“一代园林艺术宗师”的特重文学修养，他才也同时被称为“散文大师”？

在大行家俞平伯眼中，陈从周散文是“多才好学，博识能文……其间山川奇伟，人物彬雅，楼阁参差，园林清宴，恍若卧游，如闻謦欬……”

在也是大行家冯其庸眼中，陈从周散文是“文章如晚明小品，清丽有深味，不可草率读之……”

还有，多认为陈从周的散文是“皆绝去依傍，独抒性灵，自成一家言……”

梓室会梓翁

陈从周早就到广州番禺南浦岛左岸我那个离市中心很远的住家看过我了。他从江西瓷都景德镇特地弯来，他的学生送给他一些非常精美的礼品小瓶小罐，他也挑了两件送给我，一件是一个在我这芸芸众生小人物眼中看来可谓绝美的红釉小瓶，我最记得他普通话红色的“红”，和哄人的“哄”，分不大清楚，很容易把“红的”和“横的”弄混，我笑他，他也哈哈大笑。

我还没先去他家拜访，失礼。1994 年 11 月 18 日，我出差过上海，赶快去同济大学教授宿舍他的梓室，拜访他这位梓翁。因为没法儿事先联系，突然到来，见他正在结束给他的一位好像是韩国博士研究生一对一上课。我问：“是不是被我突然来到搅了？”他说：“不是，真的已经上完课。”

他打发走那位研究生，和我紧紧拥抱。同行的原《广州日报》摄影部主任、著名摄影家廖衍强，手疾眼快拍下这个他揽着我的镜头，还发表在《现代画报》上。

当时他拍拍我后背告诉我：

“我去‘鬼门关’打了一个转儿，才回来。我们差点儿见不到面了！”

我惊讶地问：

“为什么？有那么惊险？”

他摇摇头说：

“别提了，那是因为参加一个和古建筑历文物保护问题有关的会，我和一位高官发生了争执……人家官高脾气大，大概是以为我陈从周虽然不再叫‘资产阶级反动学术权威’或‘臭老九’了，一个教授，顶多算一个处级干部吧，竟敢和他争执，一时大发雷霆，出言很是不逊。麻烦是偏偏遇上我这个‘有理不怕官儿大’的陈从周，我已经忍了又忍，忍了又忍，不想和他一般见识。他竟越发出言不逊。我在盛怒难忍之下，被逼无奈，一时火起，‘啪！’地一声拍了桌子……结果落了个‘自讨苦吃’，拍断了手指，还有一截血管出了大问题……”

经再问，才知道那是上海要建地铁，关乎拆除徐家汇的古建筑藏书楼。陈从周耐心地从多方面解释，像上海这样一个国际大都会，总该有一些它的文化象征。现在只剩下这处徐家汇藏书楼了，千万不可再拆。

那位高官蛮不讲理，坚持“谁官儿大谁表准”那一套。

于是出现了陈从周在“鬼门关”前“一脚门里，一脚门外”的情况。那位高官可也等闲视之。多亏在场还有明白人，他明白陈从周并非像那位高官眼里的“顶多不过是一名处级干部”，“我撤你的职也是‘小菜一碟’”那么简单。而是中国没有了陈从周，想再找一个陈从周，很难；没有了那位自命不凡的高官，想再找一个，北京老百姓有俏皮话：“一划拉一撮箕”；“划拉”“撮箕”或“撮子”，是北方里间方言，前者，一种动作，后者，广东叫“垃圾铲”。

那位明白人借口悄悄走出去，避开他人耳目给一位市领导的秘书打了电话。是这位市领导得知带了专家紧急抢救，才把陈从周从“鬼门关”强拉硬拽回来……

他讲得平平常常，我听了也平平常常，因为有什么好大惊小怪？马克思把人看作：“人的本质不是单个人所固有的抽象物。实际上，它是一切社会关系的总和。”而时下的某些高官，却常见是惯于把人按这个级、那个级什么的，看成好像没有心灵的“级别抽象物”，见多了自然也就不怪。

人生有幸

陈从周不把人看成“级别抽象物”，“有理不怕官儿大”，这很容易“惹祸”，“惹祸”他也不在乎。可是对我们这些芸芸众生小人物，他又常是正相反，我怀疑他大概是受了印度大诗人泰戈尔的“传染”，在泰戈尔眼里：

水里的游鱼是沉默的，陆地上的兽类是喧闹的，空中的鸟儿是歌唱着的；但是人类却兼有海里的沉默，地上的喧闹，与空中的音乐。

因而对于像我们这些布衣芸芸众生小人物，如果谁偶尔也能唱出一句半句动听的歌儿，他甚至会比我们还高兴，你说怪也不怪？

如1983年12月，花城出版社出版了一部由旅游读物编辑室主任、《旅伴》杂志主编、著名作家易征选编的精、平装两种版本《当代中国游记一百篇》，特别是精装版，粉红色特种布质封面，凹印银色图案和文字，很美。书上市，反应很好，发行五万本（陈从周斥为“太保守矣”），一扫而光。

易征原来是《花城》编辑部主任，花城出版社开张，我请他改来做旅游读物编辑部主任，主要不是因为他是晚清诗人易顺鼎的孙子、以游记写得好出名的著名报人、大作家易君佐的儿子，发挥他的“家学渊源”；而是因他极富开创能力，国内外旅游事业蓬勃发展，因而又让他从事新的开创。一位不可多得的编辑人才，可惜他六十岁就去世了！我是他的入党介绍人，请原谅我在这儿对他多说了几句。

头版五万本一扫而光，1984年7月再版。因为该书收有陈从周的《桐江行》一文，当然照例得第一时间给他寄样书去。他收到样书，立即于7月16日用很讲究的彩笺、墨笔，连选信封也有讲究，用老式写法写了一封火辣辣的信给我：

蝉鸣门外柳，人倚水边亭，江南正溽暑矣！

今晨奉到《当代中国游记一百篇》新刊本，老眼为之一明。不仅文章之美，而编辑、装璜，均为上乘。中原书坊，将自叹落后矣！而印数初印五万本，似太保守矣！（苏按：这是我定的，保守的是我。）

至于小文亦列其间，未免脸红。高谊隆情，泥首为谢。

小著《春苔集》，闻已发排，甚感。附古书重刊两本（苏按：即本文开篇提到的我带进养老院补看的两种），另邮。上海《当代中国游记一百篇》未到。即来，弟亦难访得。因须送海外友人，拟买四本，请邮下。书款汇贵社何部门？便示知。

苏晨吾兄。

弟 从周

八四、七、十六

雪林兄前致意

信封是选用“纪念清代文史学家赵翼逝世一百七十周年”纪念封，茅盾题字。赵翼的生活年代是公元1727—1814年（清雍正五年至嘉庆十九年），他字云松，号瓯北，又号阳湖，江苏阳湖人。所著《二十二史札记》与钱大昕著《二十二史考异》、王鸣盛著《十七史商榷》并称“清代三大考史名著”，我都看过，很好看。赵翼的诗与袁枚、蒋士铨齐名，称“江右三大家”。他在贵西兵备道任上，遭弹劾，被降级，于是干脆辞官归里，这叫“陔余”。他的《陔余丛考》四十三卷，是我的常备书，进养老院也带上了。陈从周用赵翼逝世一百七十周年纪念封写信给我，岂有考我知否赵翼曾任广州知府乎？

信中提到的《春苔集》，即他在花城出版社继《书带集》出版的第二本散文集，两书印数很可观，也是很快再版，外国要求翻译出版，显然可见，他对花城出版社伸出的是强有力援手。

信中提到的邝雪林，是花城出版社一位副编审，杂文家，《书带集》《春苔集》的责任编辑，健在，九十好几了，还独自去钓鱼。八十几岁骑自行车去，今未详。此刻我不禁想到了沃克说的：

人的主要动力是竭力要理解生存的意义。动物寻求快乐与征服，但却不懂得生存的意义。

我们这些布衣芸芸众生，陈从周为我们这么高兴，当是在他眼里看到了我们也都是“竭力要理解生存的意义”的人，被视为“同类项”，那么这当是一种人生有幸。

陈从周在发来上信次日，又发来一信：

晨公阁下：

奉华翰甚慰。近年文思之敏，行笔之快，令人倾倒（苏按：这是对我的谬赞，我可不敢当）。愿晚晴天气，再发云霞，此正共勉其望者（苏按：鼓励当鞭策，我当努力）。

赠书（苏按：指此前寄去的几本拙著）无一本收到，但望早日再赐下，正大旱之望云霓也。老实说，有些书不愿看，有些书不释降手，大作属后者。

花城之书，上海几乎无法买到，何流通之难也！如此《当代中国游记一百篇》省人新书，介绍已写好送《文汇报》，奈市上未见书，为憾！因文一刊出，便要书也！

此书乞代购者，（仍请）寄下……

即颂

大安

弟 从周

十七日

这又是说，他这位“急性子”老头儿，已经当即读过《当代中国游记一百篇》，还写了书评寄给上海《文汇报》。人生得有这样的亦师亦友，可谓太也幸运。至于他在信中说什么：“公是良师，亦益友”；“我对老兄，以师事之”，还在字的旁边画了红圈儿，那可绝对只能反着看。我甚至觉得，我和他还难成比例。尤其是当时我正处在一种只能忍气吞声的坎坷中，于是这也使我油然想到培根说的那句话：

友谊的主要效用之一，也是使人心中的愤懑抑郁之气得以宣泄释放。

好个性情中人

“夫画者，成教化，助人伦，穷神变，测幽微，与六籍同功。”这是张彦远在《叙画之源流》中言。陈从周既为一代宗师大画家张大千的入室弟子，早年还曾执教苏州美专，听说他的画还是限制出口的，不确知是真是假。让我有些纳闷儿的是，弄不明白他为什么对当代画界，似乎别有让人感到不太平常之言？

如我因为花城出版社和生活·读书·新知三联书店香

港分店联合组织“中国当代作家书画展”去香港展出，看到他的画很喜欢，写信向他要画。他在复信中竟是说：

晨公赐鉴：

奉手教，潜读再三……（我右手不能写字，左手写字，他赞我左手书的一段长话还涉及某名人，不录。关于《书带集》的外译问题，又是一段专题长话，也从略。）

小画昨日寄上一张，请正。明日又有一张托好（苏按：指“托底”），送来再奉。我一不买（苏按：疑为“卖”之误）画，二不发表画，三不加入美协（苏按：指美术家协会），四不参加展览。公肝胆相照，俯允所嘱也！

从周

十二日

我收到他的赠画，给他复信致谢。他在复信中更谈到，他“耻向人前称画师”……这到底是怎么回事？何出此言？我明明见到他那间雅致的梓室墙上，正挂着大画家吴作人画给他的沙漠中的骆驼；大画家李可染画给他的也惹人多思的山水。这是说，他本来是热爱绘画艺术的，不然他拜师张大千为入室弟子干吗？他早年到苏州美术专科学校去执教干吗？“耻向人前称画师”，我想他可能是他对当今画坛的某些不良现象，有所不满。我最近在网上看到一个“书法家”也叫“写字”，一个“画家”也叫“作画”，真的相信陈从周把他们的那一套称作“实杂技团也”，杂技团看了也会不满。

如他的这封信所言：

晨公赐鉴：

国庆节奉到华翰，翘首同乐，想南国盛况，必胜沪滨也。

小画无足珍，公留下可也，弃之亦可也。我对于自己的画，看得一钱不值（苏按：拍卖场上很值钱）。我恨画，尤恨画家，“耻向人前称画师”。我不参加展览会，不登报，也不愿加入美协。总之，今日（有的）艺人，实杂技团也。因此我对（一些）画，越来越讨厌，这种骗人的技术，有无可言也。我觉得世上没有比（某些）画再无聊、再骗人的东西了！（苏按：括弧里的“有的”，“一些”，“某些”，都是我代加的，相信不失他本意，为免“一船蒿打了一船人”。）

《说园》承为加评（苏按：我哪敢“加评”，述学习之体会而已），感激不尽！有公一言之加，当得高身价矣（苏按：这可更言重了）！

最近去鞍山开全国风景会议，我说今日风景：“四面树木皆砍尽，一路天窗直到山。”无处不砍树开山，风景从何言也？奈何，奈何！

林业部是“剃头部”，“专剃光头，一发不留”，如何是好。（苏按：陈公宜息怒，“大跃进”！林业部何敢不“大跃进”？）国家园林局要我们大叫大喊，此事还望大力呼吁！（苏按：从园林部门的渴望，可见什么叫“心有余，而……”）

……（苏按：此处又隐去批评对叶圣陶《谈书》宣传失当的一段）我想，新华书店（提出）《书带集》再版已定，重印时我那张照（片）换一张，已早寄联海兄，如已遗失，可再寄上！

弟 从周
二日灯下

信中提到的李联海，当时是花城出版社散文编辑室副主任，经手《书带集》再版事宜。《谈书》不是花城出版社出版，叶圣陶老人只 1982 年在花城出版社出版过《日记三抄》，和陈从周的《书带集》《春苔集》都是大受读者欢迎的书。如《书带集》，同济大学校园内的新华书店门市，初版预订四百本，书店开门一扫而光！再版又预订八百本，还是书店开门一扫而光！

有话不藏不掖

陈从周这人，用我辽东故乡里间方言说，是个“透亮的人”，有他认为该说的话，即他认为应该对人民负责的话，向来不藏着掖着。

如北京要扒北京城，梁思成反对，反对屁用没有，还要受批判。陈从周和梁思成是朋友，对城的观念相同，苏州要扒苏州城，陈从周还是反对，尽管依然屁用没有，依然受批判，他也还是要把话说出来。

1949 年，徐志摩的两首诗受批判。他觉得批判不当，写过两篇文章争鸣。因为陈从周和徐志摩交情不一般，徐志摩还是他夫人蒋定的表哥，他了解徐志摩，该说就说，管什么回避不回避。争鸣胳膊扭不过大腿，他有著作《徐志摩年谱》，此《谱》迄今是国内外研究徐志摩不可多得的重要资料，事实胜过雄辩。

他的这类故事颇多。如那年他过昆明，旅游局、园林局两局领导，殷勤陪他游滇池。滇池边一座高级宾馆的总经理，知道陈从周何等人物，摆出文房四宝，高低请他留下墨宝，让他们高挂增光。当陈从周知道了宾馆是填滇池一角而建，不肯。请之再三，再四，他就毫不客气濡笔给题了“回头是岸”四个大字。后来诗作有“惆怅滇池唯一角”之句，还写了一篇《滇池虽好莫再来》，引起新华社对填滇池造地也做了批评报道。

一些事对我说没有用他也说。也许是因为不吐不快？如他在信中告诉过我：

> “鞍山会议”干脆不去参加……
>
> 承德函电邀我去避暑山庄参加学术会议，我婉言恳辞，盖空洞无物可言，且有外国学者参加，更觉无聊矣，等于演戏，不当配角了……

人家称他为作家，他自称：

> 我是布衣门外“作家”……
>
> 私意布衣之文，终胜馆阁之章，公意何如？官廷艺术已成程式，但纱帽官气煊赫一时耳，自古传布衣文章……
>
> 历史上素来宫廷作家可红极一时，到头来“扬州八怪”亦未能没有一席之地，天下事就是如此微妙……

对文化市场也有不满之处，如：

……弟深感“老八股”“新八股”泛滥成灾，“大众食堂”无一点清新之味。由于杂志太多，市场有货无佳品，“回锅肉”“炒冷饭”，皆应客矣！尤以旅游文章，笑话百出……

对于他这些可能不受欢迎的话，我以为也不是什么“无稽之谈”。不引，不老实。还是略引几句，点到为止，以为他这位性情中人“存真”。相关方面听了，有则改之，无则加勉，言者无罪，闻者足戒，也就是了。

再说几句收笔。建议谁要想更深入了解陈从周，不如到杭州湾一侧嘉兴市海盐县澉浦镇，万苍山麓，北湖之滨，西涧北侧，与著名古迹西涧草堂为邻的“陈从周艺术馆”（也称“梓园”）去看看。他此生的“始发站”在杭州西湖之滨，却是活着就交待过“终点站”要“魂归南北湖”。为什么，我说不上来。从网上知道，“陈从周艺术馆”有一个展区，展览他“保护和开发南北湖的贡献”，想必是也有故事。

去看看吧，网上说那儿陈列展览着陈从周的艺术思想，艺术成就，一生经历，本人书画，收藏文物，数百幅教学生活和与国内外著名人物交往的照片，大量与各方人士交往的书信……他的骨灰也在那儿“魂归南北湖”。

南北湖是宋朝就开发了的名胜之地，三面环山，一面向海，是钱塘江口的一座泻湖，湖面四十五平方公里，核心区 1.2 平方公里，环湖十一峰，是天目山余脉。

原载 2020 年第 1 期《点滴》

“六十白石印富翁”朱屺瞻

友谊是人生的美酒

古希腊的大哲学家伊壁鸠鲁认为：

“在智慧提供给人生的一切幸福中，以获得友谊为最重要。”

东晋的大诗人陶渊明有道：

“落地为兄弟，何必骨肉亲。”

唐代大诗人李白也说：

“相知同一己，岂唯弟与兄。”

今人对友情的诠释，更有许多通俗易懂的语言，如：“友情是精神的默契”；“友情是心灵的相通”；“友情是美德的结合”……

我想，大抵也正因为友情在人的一生中被这样看重，友情才会被称为“人生的美酒”。

古罗马的哲人西塞罗才会说：

“人生没有友情，就仿佛世界失去太阳。”

英国的大学者培根才会说：

“没有友谊则斯世不过是一片荒野。”

我喜欢篆刻，我有不少已故篆刻大家钱君匋、周哲文等一辈给我篆刻的印章。岭南的春天多雨，有时候要把印章搬出擦拭一下，一时想起多个由印章牵线结下的友情故事。先说一个齐白石、朱屺瞻两位已故大画家刻在印章上的友情故事。他们笃重于这种刻在印章上的深情，终生不渝，如陈年的老酒，越久越醇。

1983年6月1日，我奉命为一件急事，从广州去济南公干。那时候从广州去济南要先坐飞机到上海，从上海转上去济南的火车。我算走运，买到了6月2日晚上发车的火车票。这样我就只需在上海停留一天。

时间不可白过，得“见缝插针”干些事情。当天下午我去看望了巴金老人，见面的情况，第二天早晨我写了一篇题为《吉兆》的散文，发表在《花城》杂志。第二天上午去看望那年就已经九十二岁的著名老画家朱屺瞻老人。那一天，风颠雨横，我又偏偏把老人住家的820弄，错记成了280弄，下得车来把的士打发走，才发现自己闹了“马大哈”！

冒雨从280弄走到820弄好长的一段路。来到朱屺老的住处，见是一栋连体二层小楼，灰色水磨砖正面墙壁，黑色改良鱼鳞瓦屋顶，江南常见的一种半老半新式建筑。我按响门铃，朱夫人从楼上窗子望见是我，忙下楼给我开门。

上到二楼，见朱屺老坐在一把圈儿椅上穿着厚厚的两层毛衣，流着鼻涕。他要站起来，我忙上前阻止。老人鼻音很重地说：

“我起床就在画室等你，等好久了。”

我把我弄错地址吃了苦头又迟到述说了一遍，向老人道歉。

朱夫人给我找出替换的衣服，让我：

“赶快换下淋湿的衣服，我给你拿去弄干。”

我换衣服的工夫，朱夫人给冲了一杯热咖啡。

这时候已经到了吃午饭的时间，朱屺老要请我先到饭店去吃午饭，说着就张罗要动身。

朱夫人见情况有变，建议说：

“看来一位正感冒，一位半路淋雨别再感冒了，还不如就在家里烧几个菜，虽然怠慢了一些，二位也好多得些时间好好聊聊。”

朱屺老不同意，说：

“在家里吃，那不太怠慢了！”

我巴不得在他家吃，赶忙说：

“还是照朱夫人的意思在家吃好，您把最近画的画和齐白石给您刻的那七十六方印章拿给我看看，就比什么都厚待了。”

朱屺老这才同意说：

“那么这一次就先在家里吃，下一次再补。”

朱夫人下楼去张罗午饭，朱屺老便满足我的愿望，先是把他近期画的油画、国画，一幅一幅拿给我看。这是美不胜收的，可是要说与印章关系不大，还是略去不谈。或者简单概括几句：一段时间以来，朱屺老在致力于探索油画的民族化。对他的国画我写过《壮美》《常砺》两篇散文发表，他送过我多幅画，这都一笔略过。

看完画，招待我吃午饭。吃完饭，给我看齐白石给朱屺老篆刻的那七十六方印章。

两老刻在印章上的友谊

朱屺老很珍视齐白石给他篆刻的那七十六方印章，集中珍藏在一个保险柜里。他打开保险柜，把用特制锦盒装着的印章，一盒一盒拿出来，轻轻放下。每一个锦盒里，嵌装着两方或三方印章不等，所以七十六方印章装了二十几个锦盒。我看着朱屺老对这七十六方齐白石篆刻印章的珍视，不禁想起古罗马哲人奥古斯丁的一句话：

“人与人的友谊，把多数人的心灵结合在一起，由于这种可贵的联系，是温柔和甜蜜的。”

我真的见到朱屺老对这一批印章，特别有一种“温柔和甜蜜”的特殊感情。

这七十六方印章，在“文革”中曾经被“红卫兵”、“造反派”在“除四旧”的时候抄家掠走。一时多少祖国传统文化的精品文物，被野蛮地毁掉！“文革”中我有七年被“群众专政”在北京，人们应该记得，那时候日本有一位西园寺公一，不断来中国“访问”，岂不知他有一项“顺带”，就是搜集那些用大铁锹装箱、以有限价钱卖给他的抄家抄出来的宝贵印章，运回日本，交给他夫人在东京开设的“雪江”古玩店高价出售。

我在北京有一位被评为特级书法篆刻家的好友徐焕荣，字柏涛，是琉璃厂“萃文阁” 的台柱子，因为他们被指定负责为外国总统或政府首脑等篆刻印章，有幸花三千元买到一箱这种抄家印章，可是他们用其中的一方田黄印章磨去原印重刻，压低价也给公家收了三千元；如今至少该卖三十万元。

“文革”寿终正寝，国家实行拨乱反正，落实政策，或许也是天祐善事，这七十六方在“红卫兵”、“造反派”眼里一钱不值的“破石头”，又有幸一方也不少地回到了朱屺老手中。有人说可能是因为齐白石送过毛泽东画，“红卫兵”、“造反派”头头没敢等闲视之，放在什么地方后来忘记了，这七十六方印章才逃过大劫……

我问朱屺老：

“在七十六方印章中，哪一方印章是齐白石给您篆刻的第一方印章？”

朱屺老找了一会儿，找出印文为《心游大荒》的一方白文印章说：

“是这一方印章。得来经过是那一年老同学大画家徐悲鸿在上海举行个人画展，我去参观，他陪着我欣赏。在一帧画上见到这一方《心游大荒》印章，我喜欢极了。问他是哪一位篆刻的，能不能请他也给我刻一方。他告诉我是齐白石老人给篆刻的，等他回北京一定代我求一方。就这样，画展结束，他回到北京，不久他就从齐白石老人那儿给求到了这一方《心游大荒》印章……”

朱屺瞻也就这样结识了齐白石老人。“心游大荒”，深刻地认识大自然，深刻地理解大自然，有效地正确表达大自然，正是老画家朱屺瞻毕生的追求。

这时候我又问朱屺老：

“别人向白石老人求一方印章都不容易，白石老人怎么给您刻了那么多方印章？”

朱屺老笑笑的也不直接回答，他在那七十六方印章中找出了一方印文为《六十白石印富翁》的印章，递给我，让我看看印章的边款。我摘下近视眼镜看了个清楚，印侧那一则边款是：

屺瞻仁兄最知予刻印
予曾刻《知己有恩》印
先生不失白石知己第五人
甲申 白石

我还是平生第一次见到“知己有恩”这个词儿。可是也如培根说的：“友谊在感情方面使人出于烈风暴雨而入于光天化日，而在理智方面又能使人从黑暗和乱想中入于白昼……”故而可以是“知己有恩”？白石老人把朱屺老视为“知己”，而在这一位老人的心目中，“知己”竟然是属于“有恩”的；“知己”的人也就是“恩人”。当然，有恩就理当图报。

我又想，友谊到了“知己有恩”这种地步，并且“知己”的程度还能排出名次来，那大概也就应该是人间友谊或知己之交的巅峰。彼此一片赤诚，不是“第一人”就说不是“第一人”，是“第五人”就说是“第五人”。既是这样，当然也就难怪别人求白石老人篆刻一方印章都不容易，而白石老人竟然给朱屺老篆刻了七十六方印章，还在刻到第六十方《六十白石印富翁》印章的时候，刻了那么一则边款。

我求朱屺老给我选拓几方

我求朱屺老从这七十六方齐白石给他篆刻的印章中，选几方拓给我，并且亲笔题记。

朱屺老想了想，也是选出《六十白石印富翁》这方印章。接着选出《心游大荒》那方印章。想来有可能是因为这两方印章是他们两位大艺术家友谊之始，和继而达到高峰的信物。

接着他选出印文为《兴不浅也》的印章，我猜想这可能是齐白石和朱屺瞻的金石之交到了一个重要转折的时候，白石老人篆刻给朱屺老的，有“阶段性”纪念意义，不可不选。又后，朱屺老选了印文为《形似是末节》和印文为《乐此不疲》的两方印章。他停下来，告诉我，“形似是末节”“乐此不疲”，都是白石老人在追求绘画艺术上对他的提示，他在他《癖斯居画谈》一书中有谈到。

他凝神想了一会儿，再找出印文为《敖寒》和印文为《崛强风霜》的两方印章，还特别对我说明，这是在日本帝国主义统治下的年月，齐白石老人给他刻的两方印章。没有多说什么，不过有了篆刻时间的说明，我也就不难明白：齐白石老人教朱屺瞻“敖”的是什么“寒”，对什么“风霜”要“崛强”以对，不言而喻，那当然都是指对日本帝国主义的侵略和法西斯统治。

朱屺老数了一下，已经选出七方，便从他的几方《梅花草堂》堂号印章中选出他最喜欢的一方，凑足八方一个整数，一个吉利的数字，然后按印面大小、朱文白文搭配布局，给我钤在一页宣纸上，用毛笔题了《白石为予所治印选拓》九个字，落“屺瞻”款，款下钤“朱屺瞻”名章，“起哉”字印，这两方印章也是齐白石所刻，全纸共收十方齐白石篆刻的印章，成一帧“朱屺瞻手拓并题齐白石刻赠梅花草堂印”的小小作品。

我很宝贵这帧不起眼的印拓

朱屺老很宝贵齐白石给他篆刻的七十六方印章，我也很宝贵朱屺老亲手给我钤制和题签的这一份小文物，一直好好地收藏着。这天也顺便翻出来欣赏一会儿，一时间深为感叹于两位大艺术家的这种刻在印章上的深情；这等勒石其上的友情，怎么能不是人生走在奋斗征途上一种向善的巨大推动和鼓舞力量？

1982年7月末，朱屺老签赠我一册他的精装大著《癖斯居画谈》，那是他的美术理论著作，用中国古代画论那种传统写法，总结他几十年的中国画创作经验。我见书中第一页开宗明义就说，他在绘画创作上：

多年来以“独”“力”“简”三字自求。

齐白石教我“画须独立”。

唐文治教我“画须有力”。

“独立”，即忠于自己面目，不依傍门户，不盲目拜倒于某家某派座前。

“力”,即力量,它不仅指笔力,更指作者内蕴的“心力”，作者的思想深度。

“简”，是简练、简洁。这是我自求遵循的一种创作标准。

那年8月初我出差到新疆乌鲁木齐开会,带上了这书,路上认真阅读一过，就地写了《常砺》五千字评论文章，发表于何处已记不准，有辑入我在岭南美术出版社出版的散文集《窗外那么美》并作为首篇。

朱屺老几十年如一日砺技,砺艺,砺心,砺志,常砺不断。他说：

作画在我是劳动，也是无上的精神享受。所谓乐此不疲也。孔子云：“好之者，不如乐之者。”乐之者，欲罢不能。

他又说：

> 唐卢同咏饮茶云：“一碗喉吻润，两碗破孤闷，三碗搜枯肠，惟有文字五千卷。四碗发轻汗，平生不平事，尽向毛孔散。五碗肌骨清，六碗通仙灵，七碗吃不得也，唯觉两腋习习清风生。”而玉川子吃茶到五碗后的神情，我作画数十年，颇能时复感到。

他还说：“画之为道大矣！”他“作画数十年，时觉有‘得’，然而今日之‘得’，到明日又往往自觉为‘失’。与其说确有所‘得’，毋宁说一切都在‘求得’之中”。

他在论述中不忘“齐白石教我‘画须独立’”。齐白石下江南，有人问他此行贵干？他也是申言：“此行要会梅兰芳、符铁年、朱屺瞻三位。”

齐白石在上海一见到朱屺瞻，就执着他双手忘情地连呼：

“想煞我也！想煞我也……”

无倦苦斋主人钱君匋

为出版《鲁迅印谱》而结识

中国作家协会吉林分会的机关刊《长春》杂志，1980年就是双色印刷，用纸好，装帧讲究。他们也大方，免费赠阅给我。最记得我的散文《工作午餐》发表在该刊，版面处理得很美，因为写的是《中国特产风味指南丛书》分册《陕西特产风味指南》主编美食家（《秦馔古今谈》《素食纵横谈》等书作者）王子辉教授，请我在西安名店西安饭庄品尝秦馔（我为出版人的花城出版社是国务院有关文件指定的这套丛书的“牵头单位”），西安饭庄还把那篇文章从杂志上拆下来装进镜框挂上墙……

我在1980年的一期《长春》杂志上看到，有一篇写钱君匋教授的散文，称他为“著名的多才多艺的音乐家、美术家、装帧家、书法家、篆刻家、诗人、散文家……”我想称他为音乐家，大概因为他是所谓“资产阶级音乐代表人物之一”（非贬义的称谓），作品如《恋歌三十七曲》，20世纪50年代初他还是人民音乐出版社的副总编辑，他的著名长跋巨印《夜潮秋月相思》和《钟声送尽流光》，就是篆刻于人民音乐出版社副总编辑任上。说他是装帧艺术家，大概因为他20世纪30年代就已经是鼎鼎大名的“钱封面”，30年代新文艺书刊的封面大量出自“钱封面”之手，如茅盾的《蚀》，巴金的《家》《春》，《小说月报》《东方杂志》……1950年初人民美术出版社出版的《君匋书籍装帧艺术选》，是共和国出版的第一部书籍装帧艺术画册。其他的“家”好理解，不多嘴。

我曾经是出版人，我只想再说一句，其实他也可以称为出版家。我这辽东老兵，战争年代大军南下，战后落籍广州。且举一个与广州相关的例子：如他有两方大印，一方是《雪行三省到珠江》；一方是《广州三月作书贾》。

前一方大印的边款是：

> 一九三八年三月九日大雪，余于琼瑶万里、玉屑粘天中，自汉抵穗（苏按：“抵”应为“赴”，或“穗”当为“粤”），车过砰石，雪始绝迹。
>
> 延安大纛足兴邦，奴骨独夫向敌降。
>
> 为著文章张正义，雪行三省到珠江。

后一方大印的边款是：

> 一九三八年三月十一日抵广州。所经冰雪载道，奇寒切肤。至此花叶弥旺，娇暖袭衣。居盐运西，与作家巴金、茅盾开书铺，出杂志，宣传抗日，沪上文人云集。六月十四日，敌机投弹寓外，未发，得免于难。是夕即与巴金、靳以诸人别广州，赴九龙，计为书贾适得三月。

这是说抗日战争中上海沦陷，他们先是搬到武汉。武汉危急，又搬来广州。在广州西门口附近的盐运西路，接着办著名的生活出版社，出版抗战图书，发行《烽火》周刊、《文丛》月刊。巴金主编的《上海抗战时期文学丛书》第二辑，钱君匋著《战地行脚》散文集，前面部分即连载于广州的《烽火》周刊。

1938年10月11日，日寇华南派遣军第二十一军，在五百艘战舰、二百架飞机支援下，在大亚湾登陆。10月20日，进抵广州郊外。广东省主席吴铁城发表《告同胞书》，下令“所有机关公署、重要工厂、公共设施实行爆破”，实行所谓“焦土抗战”……钱君匋他们是在日寇的炸弹已经丢到生活出版社门外，即广州就将沦陷，才撤离广州。在边款中没提茅盾去了哪儿，他去了别处……

至于我和钱君匋结识，那是“四人帮”被粉碎，“文革”收摊儿，我从北京《光明日报》调回广东，分配到广东人民出版社工作以后的事儿。他在“文革”中被“红卫兵”“造反派”抄家损失惨重。他觉得最惨重的损失，是他一向特别珍视的鲁迅写给他的亲笔书信，也被抄走！他总觉虽然自己为夺回已经被打得头破血流，但是究竟被抄走了，还是要怪自己没能珍护好，对不起鲁迅！于是他发誓要篆刻一部《鲁迅印谱》流传，借以稍“赎”其“罪”。

他千辛万苦把《鲁迅印谱》篆刻出来。这“千辛万苦”要多几句话才能表达，后面再讲。可是千辛万苦篆刻出来了又如何？找不到地方出版！这时因为一个偶然的原因，找到了我。

《鲁迅印谱》终于出版

也好，这篇文章就从钱君匋的《鲁迅印谱》切入，只简单写写他的篆刻，“挂一漏万”，准备不写多长就收笔，

“贪多嚼不烂”。

“文革”中像他这种起码也有“资产阶级反动学术权威”黑牌挂的人，批斗后不必司法论罪的，多半是下放到“五·七干校”进行“劳动锻炼”，改造“三观”。“五·七干校”的繁重体力劳动，加上种种“再教育”，空隙时间不多。可是他这位三米之外分不清来人是张三李四，行动不大利落的矮胖子古稀老人，还是讲求“人”“言”为“信”，应该说到做到，这便立即开始了躲躲藏藏偷偷摸摸篆刻《鲁迅印谱》。前后用了八年时间，好不容易才把这166方印章篆刻出来。他轻轻抚着这166方印章，吁了一口长气……

这事儿我当年写过一篇题为《落霞》的散文，发表在《花城》杂志。生活·读书·新知三联书店香港分店出版《回忆与随想丛书》，1984年3月出版拙著《小荷集》为丛书之一种，也收入《落霞》一文。该文意在表述：刘禹锡有诗句：“莫道桑榆晚，为霞尚满天。”人到了已是“落霞”的晚年，在即将沉入西山之前，还应该是能“灿烂”一番就鼓足劲儿再“灿烂”一番好。可是我在大陆出版那么多本散文集，没有一本记得收入《落霞》，忘记了！

再说“五·七干校”学员钱君匋，却是“屋漏偏逢连阴雨”，“批林批孔”运动紧锣密鼓开台，不知是有人告密，还是怎样，领导上知道了他偷刻《鲁迅印谱》，于是作为他不老实接受“改造”“复辟”“回潮”的“罪证”，将之强行没收。

这一打击对钱君匋说来，无疑相当沉重！可是他又想，能这样就善罢甘休？不能！眼睛越来越坏，万一瞎掉，那就是再想重新篆刻一部《鲁迅印谱》，也来不及了！于是他愤然揩干两行老泪，决心严守秘密，多在放假回家时没日没夜赶工，再一次千辛万苦，硬是又重新篆刻了一部《鲁迅印谱》。

只是他这位国内外知名的当代篆刻界顶尖儿大家，篆刻得那么好的作品，粉碎“四人帮”以后，费尽奔波，也还是找不到出版社肯接受出版。

一天，他在路上偶然遇到故人陈少峰。陈少峰弟弟是著名漫画家陈奇峰，两兄弟都和他熟。陈奇峰被“反右派”运动吓怕了，没打成“右派分子”也不敢再画漫画，去香港改行替朋友做了茶楼经理。陈少峰在广州工作到退休，来上海探亲和他偶遇，他们找一间咖啡馆儿喝咖啡聊天儿，钱君匋聊到他的《鲁迅印谱》找不到地方出版。赶巧陈少峰和我熟，1956 年、1957 年，我在广州华南缝纫机械制造厂任厂长，他是财务科长。他让钱君匋等他回广州和我谈谈，有门儿，就让他来广州找我试试。

陈少峰回广州后找我谈过。我知道钱君匋其人，表示欢迎他来，他便来了广州。那天是星期天，我在大同酒家请钱、陈二位饮早茶。钱君匋带了他设计好的胶印本《鲁迅印谱》书样，也带了他亲手拓制的手拓本《鲁迅印谱》书样。

我多少略懂一点儿篆刻。“文革”十年我有七年被“群众专政”，批斗够了无所事事，除了看书，也刻印章，刻砚台，刻笔筒，自我调节生活。2010 年 3 月，岭南美术出版社还给我出版一本写篆刻史和篆刻艺术的《印章的风景》。当时我一看《鲁迅印谱》书样，不禁眼前一亮，确信可谓当代篆刻第一流作品！我知道他没有拜谁为师，是私淑赵之谦、黄牧甫、吴昌硕三家，我也确信他的篆刻真的是兼有赵之谦的浑厚飘逸、黄牧甫的清隽平整、吴昌硕的老辣奔放。我想接受出版，我有这个权力，因为我这个副社长兼副总编辑，在分工上虽然主要是负责文艺编辑室，主持文艺图书的编辑出版业务，但是也规定学术编辑室、美术编辑室“提高部分”（原文如此）选题由我负责终审、签发。不过我到广东人民出版社工作不久，也有点儿担心出版这种非“大众读物”的“小众读物”，赔了钱“背黑锅”。还好，我还是把出版社有责任从事文化积累的任务摆在前，我和钱君匋仔细计算过胶印本的成本，考虑了可取的价格，初定了不会亏本、不至于积压、又有钱赚的印数，定下来就按钱君匋设计的书样，由广东人民出版社接受出版。

这时我无意慨叹了一声，自言自语道：

“若是也能出版手拓本，那就美了！”

钱君匋立即接话：

“出版社若能提供启动资金，我可以在上海义务组织完成这个任务。我算过，按一函上、下两册，出版300本手拓本，每本定价150元，就不会亏本，还有钱赚。”

他可能怕我信不过，也给我算了细账。我喜出望外说：

“能这样，可是求之不得！提供启动资金，是出版社应该应分的事儿。那就干脆请您代劳，在上海出版手拓本。”

出版《鲁迅印谱》胶印本、手拓本两种版本的事，就这样定了下来，剩下的是由钱君匋和美术编辑室，善始善终在广州、上海两地，分别圆满完成其事。事后很快销售一空，没有积压，还有钱赚，有幸也赢得了名声。至少《鲁迅印谱》手拓本的文化积累意义很不简单……不过世上“吃不到葡萄嫌葡萄酸”的人太多，我怕其事“涉我”而被说成“王婆卖瓜”，不敢说。其实成其事者是钱君匋和美术编辑室的使劲给力，我动动嘴皮子拿拿主意而已，好在那意义不说至少篆刻界也懂得！

这位无倦苦斋主人

前面已经说起，钱君匋的篆刻艺术成就不是拜谁为师，从哪门哪派得来，而是私淑晚清篆刻巨擘赵之谦、黄牧甫、清末民初篆刻巨擘吴昌硕三家自学得来。

他有两个响当当的斋馆名号：一个是“无倦苦斋”，一个是“抱华精舍”。这儿单说与他自学篆刻艺术相关的“无倦苦斋”。

而这也似可从他有一方《无倦苦斋》印说起，那方印的边款，足以说明他这位“无倦苦斋”主人取这个“无倦苦斋”斋名是因为：

> 余得无闷（苏按：清代书画篆刻大家赵之谦一号无闷）、倦叟（苏按：晚清书画篆刻大家黄牧甫晚年一号倦叟）、苦铁（苏按：清末民初书画篆刻大家吴昌硕一号苦铁）印均逾百，堪与“三百石印富翁”齐大（苏按：即齐白石）比美，乃珍护之于一室，效沈均初（苏按：清代文人，收藏家）“灵寿花馆”，缀三家别署之首字以名之；且《战国策》有“无劳倦之苦”一语，益其巧合，此亦好古之乐也。癸卯夏六月君匋并记。

有一次我出差上海，到他家小坐，他曾把这三百多方超级名贵的印章拿给我看过。它们被分嵌在若干个特制的同型、同大“家机粗蓝布”（他嫌锦缎不够装它们的水平）印匣里。我看了很是震撼，什么是国宝？这就是国宝！日本篆刻家几次三番，说破嘴皮子，愿出惊人的高价，恳求钱君匋把这三百多方名印让给他们，让他们为“汉文化圈各国篆刻界”妥善永久宝藏。钱君匋高低不肯，他甚至认为“偷拿国宝换钱自私堪称汉奸”。

曾经让钱君匋一想起来就老泪纵横多年的，是“文革”之初，“除四旧”，这三百多方他视若无价珍稀的国宝，被“红卫兵”“造反派”抄家抄走！可是他没想到这一批“红卫兵”“造反派”里也有明白人，他们没毁掉这些国宝，而是原物完整交给了有关方面。“文革”收摊儿，“落实政策”，又物归原主了！他不迷信也烧高香叩拜一次苍天……

我问过他：

“钱老，您为什么不拜师，而是选赵之谦、黄牧甫、吴昌硕三家私淑？”

他想了想说：

“没有兴趣拜谁为师，可能是清代著名诗人袁枚的《续诗品三十二首·着我》，对我有影响。袁枚说：‘不学古人，无法一可；竟似古人，何处着我？’……”

没待他接着说，我就又追问：

“那您为什么要选赵、黄、吴三家私淑？”

他又想了想说：

“喜欢是吸引的开始，我很喜欢这三家的篆刻艺术，这三家各有我想追随的东西。举个例，如在你们广东始名声大震的黄牧甫，他不为明、清流派束缚，但是遍学各派，又能入能出。他在清代最高学府由三位大名家指导，专门儿研究过篆刻艺术美学，他把他的深厚金石学知识，与篆刻艺术很好结合，不但把古鉨印艺术介绍到当代，还变革几百年来以铜印为拟汉的唯一标准（苏按：中国是推崇唐诗、宋词、汉印、元曲的），指出篆刻艺术的宽阔发展途径，就是他篆刻的‘寓险绝于平正，峭拔而雄深’，这种风格也是我想学的……”

我见他也可能是因为突然承问，担心一时思考不足，“一说还休”，似乎不愿多说，也就到此而止，没有多问下去。

因为我从说“无倦苦斋”，说到了他的文物收藏，那么我见缝插针，顺势也交待一句，他极富收藏，也可以说也是一位收藏家。可是他把得死死不让国宝流出国外，对人民又是极其大方。如 1987 年，先是把他收藏的 4083 件文物，无偿捐献给了他的故乡桐乡市，他是桐乡屠甸人。桐乡为他建立了“君匋艺术研究院”，开幕时他发来邀请信，邀请我去参加，我已经离休，路费没处报销，退休金要用来养老，没有去。1997 年，他九十岁那年，即告别我们这个星球前一年，他又把一千件文物，无偿捐给了海宁市，海宁为他建立了“君匋艺术研究馆”。

我还想见缝插针，顺势再留下一句。我虽然是辽东老兵，但是随东北大军南下，我到了海南岛的“天涯海角”，又调回广州落籍，已经是一个花甲有多，可称“新客家”。我觉得广东人应该记得，钱君匋举例的黄牧甫，是粤系篆刻艺术独树一帜的开山祖，清末他两次被湖广总督、广东巡抚请来广州，前后留驻广州十八年（先四年，后十四年）。这样说来，是否也可以说，钱君匋的篆刻艺术，也多多少少有粤系篆刻艺术的文脉？

那年元旦他在广州

自从广东人民出版社出版了钱君匋的《鲁迅印谱》，

他在和出版社同志的愉快合作中，与广东人民出版社建立了友谊。到文艺编室扩大，成立花城出版社，他始终是我们求到他什么，他一定有求必应。

如《花城》杂志创刊，我写信求他给《花城》杂志篆刻两方印，他就给篆刻了一方朱文《花城》印，一方白文《花城》印，即《花城》初期用在目录页的那两方印。

又如刘逸生著《唐诗小札》《宋词小札》两书，很受广大读者欢迎。两书人见人爱、刘逸生更是赞不绝口的封面，是我写信请他代劳设计，他篆刻了《唐诗小札》《宋词水札》两方印章，横平竖直用两印印拓分别组成封面，在上端恰如其当位置留出小块空白，用他擅长的魏碑字体题两书书名，新颖，雅洁，又大气，又美……

不多说这些，就再说说他两次在广州过年，一次过阳历年元旦，一次过阴历年春节，两次到我家贺年的故事，然后收笔。

改革开放初年，北京、上海的书画大家，常被广州的一些大宾馆，请来广州过冬，提供理想的生活环境和创作条件。当然书画大家们也不会白吃白住，会给宾馆留下作品，宾馆经理们，爱书画的地方高官，自然也都有份儿，一时各方皆大欢喜。

记得1980年元旦，钱君匋教授客居广州讲学兼过冬。大年初一一大早，他突然来到我家，给我祝贺新年，让我很不好意思！

他和我生肖都肖马，他有一个号，午斋，午马、未羊的午。他有一方用马纽印石篆刻的生年印，印文是《生于丙午》，边款是：

椭石之巅，一马临川。
我生午岁，得此有缘。
以刊我印，美意延年。
君匋铭并刻于午斋

从这一方印章的边款可证，1980年他该是73岁，我比他小得多，按照中国传统礼仪，应该是由我去给他贺年。而他不但抢了先来我家给我贺年，还早起特地篆刻了两方印章，带来送给我作新年礼物，这让我很是不自在。

这两方大印，一方是用大块儿卧马钮高档“干黄”古旧印石，篆刻的《辽东老兵苏晨》“汉凿印”，也称“将军印”；一方是用大块儿深绿色浮雕山水人物“薄意”钮高档“灯光冻”古旧印石，篆刻的苏东坡诗句《休将白发唱黄鸡》“汉铸印”。我接两印在手，高兴得无以言状。可也因为失礼在先，惭愧非常！

“汉凿印”“汉铸印”是“汉印”的两种主要风格，“汉凿印”是汉代两军阵前凿刻在铜印坯上颁授将军的急就印信，书法、章法、刀法上别具一种韵致。因为我是少年从军，北从黑水白山，南到海青岛最南端“天涯海角”的辽东老兵，他以“汉凿印”给我刻了这方有些象征意义的“闲文印”。边款刻的是：

晨兄正之
庚申元日
君匋 广州

他还送我一帧当天早晨在篆刻这两方印章时的照片。

我明白他以马纽印石篆刻“辽东老兵”印送我，是知道我当时脚下的路不平坦，在鞭策我振作龙马精神，当知任重道远。

古书有道：“地精为马……故人驾马任重致远利天下。”又认为：“马八尺以上为龙，七尺以上为骥……”强调人有龙马精神，是成事的要义。所以我们的祖先春天要祭“马祖”，夏天要祭“先牧”，秋天要祭“马社”，冬天要祭“马步”。那么，他显然是意在要求我这个生年肖马的后代子孙，也自当遇事不忘振作。

另一方《休将白发唱黄鸡》闲文印，看来也体现着同样的鼓励，印章的边款是：

苏晨道兄
属刻 东坡句
即正　君匋

看来他是相信我会知道，在苏轼苏东坡的诗句中，与“休将白发唱黄鸡”对应的，是“门前流水尚能西”。我心里明白这又是在勉励我什么。这方很名贵的大块“灯光冻”，四侧和顶部深浮雕的山水人物，古意盎然，形神兼备，当出自高手刀下。印石之所谓“灯光冻”，是因为石上有若干如灯光似的“痕”；而“冻”，是寿山石标志诸“坑”所产石头品质的高等级，如田黄冻、天蓝冻、桃花冻、水晶冻……这方名石是当年北京书法篆刻名家魏长青老人送给我的，他说是明代之物。我为名石不如归名家，转送给了钱老。他却篆刻成印章，又送还给我。至于他谬称我为“道兄”，不过是因为我对篆刻多一些喜好。

这天和两方贺年印章一起，他还送给我两套他的巨印长跋拓片，一套六枚，共十二枚。我见他的巨印长跋很美，有过想编一本“印边文学”之思。应《人民日报》海外版编辑之约，我在那儿发表过两篇短文，举钱君匋和古今印章的边款长跋和附诗为例，试谈一兴“印边文学”之必要。我还在《厦门文艺》杂志上发表过一篇稍长的《印谱新读》，也举例谈了一兴“印边文学”之必要。人微言轻，自然谈过就被风儿吹到太平洋去了！

钱君匋的巨印长跋，真的很美。如据那一套《夜潮秋月相思》大印和长跋的拓片，是印面，边长七厘米正方，用“汉铸印”篆刻法治成，白文。长跋为隶书大字，刻于印石的四侧，又加顶部，其文为：

> 故里海宁观潮甲天下。在乡之日，每于春汜秋汛之期，登镇海塔，俯瞰钱塘江潮，惊险万状。尤于秋月之夜，银光无际，东望潮来，初则一线横破水天，有声如群蜂鼓翅。俄而白练千寻，亘江之两岸，声若列车运轨。旋即状似粉垣，猛扑而前，作春雷继响之声。移时但见惊涛高水面数丈，声如千军冲杀，万马奔跃，怒卷长塘，排山倒海而西，咆哮搏突，喧阗动地。至是恶浪淘天，大江几溢，汹涌澎湃，直指杭州，诚壮观也！今久客都中，每当月夕，不无夜潮秋月相思。一九五四年十二月钱君匋并记。

钱老是音乐家，还是被指为“中国资产阶级音乐家代表人物”的一位。《夜潮秋月相思》大印的长跋，透露了是他在北京任人民音乐出版社副总编辑时所作。或许是正因为他身兼多“家”，才能在一则印章的边跋中，也尽显绘声绘色之能事，活灵活现地描摹出钱塘江秋月夜潮，跃动的画面还具有音乐感，情绪奔放激昂，读来也让人感受鼓舞。

另一套《钟声送尽流光》大印和长跋，形式、刻法同上，其长跋为：

> 余幼居屠甸寂照寺西，昕夕必闻寺钟。及长，客杭之吴山，山寺钟声，或透晓雾而荡漾枕衾，或随暮霭而飘堕几席。期年，徙沪之澄衷中学。讲舍之侧，有层楼巨钟，憩迹其下，至移十霜，报时之音，晨昏不息。一九三七年秋，日寇侵沪，仓皇离校，奔波湘鄂等地，不复再闻钟声。翌年还沪，寓海宁路，每值南风，江海关巨钟犹可隐约而闻。溯自幼而少，而壮，钟声送尽流光！回首一事无成，今老矣，初明成事之途，唯与工农结合。壁间小钟滴答，促余践之。余决尽余年以赴！一九五三年冬，君匋刻，并记。

这一则他老来抒衷肠的长跋，情真意切，感人肺腑。文从静夜的“壁间小钟滴答”起兴并结篇，通篇把叙事的氛围高度凝聚在历历钟声之中，缅怀此生大半岁月，在一处处与钟声相伴的环境中“送尽流光”，老来才“初明成事之途，唯与工农结合”，决“尽余生以赴”……读来颇有余音袅袅之感，壮哉！

那年春节他也在广州

1980年春节，开始我不知道钱老和几位大书画家还留在广州，我以为春节是中国人心目中的第一大节，他们必是回上海和家人团聚，没想到春节他们也还留在广州。

多亏我特地打听了一下，得知其实。我本来决定先去给钱老拜年，再不可以落得被动。可是估计他不会那么早起床，还没动身。而他却是又赶在了我先，再次抢先来到我家，给我祝贺春节，弄得我无地自容！

而且这一次又是篆刻了两方印章，带来送给我为春节礼物。

一方印章是用“仙人麒麟”钮、米黄色大块儿古旧浙江青田印石篆刻的《积微以著》，朱文“闲文印”。印石也是北京著名书法篆刻家魏长青老人“文革”期间送给我的，是他被抄家的“漏网”之物，他还说可能也是明代之物。本来也是我以为自己不配用这名贵的印石而送给了君匋兄，他同样也是篆刻成印章又送回给我，这方印章的边款刻：

庚申春日 君匋为
苏晨道兄作 即正
时在广州

我知道“积微以著”这个词儿是先秦古籍《管子》中的词儿。木玄虚《水赋》中的“累微以著”也是同样的意思，不过是把“积”换成“累”。不管是“积微以著”，还是“累微以著”，都是通俗的词儿，谁也一看就明白。我更知道这对我这个少年从军的“半大老粗”说来，又该是多么重要，我深深感谢钱老的叮嘱！

另一方印章，是用“六面平”的福建寿山难得的“桃花水”印石，给我篆刻的《积微小室》斋馆印（不是我放大刻成门口“小匾”的那一方《积微小室》印，那一方印面长方形，是他先前给我篆刻的），这一方印面正方形。印石是钱老送的，多谢！边款刻草书：

诗云 日就月将　学有缉熙于光明
管子有 积微以著　试释
苏晨同志室名 然否 君匋

“积微小室”，是我背地里“凑热闹”，给寒舍取的两个象征性斋馆名之一，另一是“砺堂”，都是叫叫而已，并无实体。还有，他这个边款，不知怎么竟会和大作家端木蕻良给“积微小室”题的一个书法斗方相似。边款中的“诗”，指古籍《诗经》。“日就月将”，指一天掌握一小点儿，一个月掌握一大点儿，“学有辑熙于光明”，通俗今译可谓：终究会学出可观的名堂。至于钱老问我：“试释苏晨同志室名，然否？”那还用说！

这两方印章的印文与边款，说明著名篆刻大家刻印送朋友，每有对所送对象的针对性深思，这在钱老篆刻给我的闲文印中可多见。

他多年间陆续给我篆刻了几十方印章，有不少方印章的印文都是既富文学美，又富哲理深意。谁说“石不难言”？我看那些石头印章都是“会说话”的，因为是篆刻给我的，我看得懂那许多印文、边款，都是一位有识有谅有多闻的可敬诤友，苦口婆心对我的谆谆之嘱。

随便举出若干方印章为实例：

如他给我篆刻过一对“闲文印”《高掌远跖》《钻坚研微》。印文出自已故著名书法家、书法理论家郑诵先老人用章草大字书赠我的一副对联。那是有一天晚上，我去他独居的小屋串门，我们谈起平实与会通的问题，老人兴来给我题了一把折扇，一幅中堂，接着又给我写了这副对联。我明白，郑诵老是教我求学要探讨得高一些，“高掌”；探讨得远一些，“远跖”；不放过猛攻那些“坚难”的，注意“钻坚”；也不忽视那些看似“微小”的，注意“研微”。

钱老看过郑诵老这副对联，引来给我篆刻了《高掌远跖》《钻坚研微》二印。篆刻《高掌运跖》的一方印石是云朵“薄意”平钮的“牛角冻”，商承祚教授送我的；篆刻《钻坚研微》的一方印石是上端刻了子母狮立钮的古旧“干黄”印石，也是北京著名书法篆刻家魏长青老人送我的。

再如钱老给我篆刻的“闲文印”《不惑》，印石是署名“三桥”的一方《一砚梨花雨》“闲文印”，我看倒未必真是明代篆刻家文彭文三桥篆刻的印章，但是印石实是一方相当古旧的高档青田石。钱老在印章的一端依石面呈权（秤砣）形，刻了这方印章。我明白这是意在警示我：大千世界，无奇不有。人一过百，形形色色。放浪其间，特别是在某些“权威”的治下，欲求“不惑”，须得不为“利害场”“视角阈”“知识障”等所扭曲，可谓实在是相当不容易的事！

又如他给我篆刻的《慎得意》“闲文印”，印石是“六面平”的“白青田”旧石，因为石头特好，雕钮有伤石头，所以保留“六面平”，只由 20 世纪 50 年代国家最早命名的寿山石雕刻大师郭功森兄在顶部给我雕了浅浅的古图案“薄意”。这方印章是在我经受过一次可怕的整肃后，钱老篆刻给我用以警惕：切不可“好了伤疤忘了痛”。

又如他给我篆刻的《坚不顽》“闲文印”。印石是魏长青老人送我的螭虎钮椭圆形淡青色寿山古旧印石，印文出自纪晓岚《九十九砚斋砚谱》中一方端砚的砚铭：“坚则坚，然不顽”。钱老把六个字化为“坚不顽”三个字，那是他不赞成我有一次受到一位大人物指名“批判”，还逞能“以卵击石”上书争辩。他主张“认个错怕什么？”有一次他显然是拐弯抹角批评我，我只望着他笑，他大概是不想让我当“耳边风”，稍后给我篆刻了这方《坚不顽》“闲文印”。

又如《勤开卷》“闲文印”。印石是“巧色双螭虎”立钮寿山石古旧印石，印钮的一双螭虎是白色的，印体是红色的，故称“巧色”。边款刻：

苏晨道长法正
庚甲　人日
君匋。

阴历正月初七是“人日”，广东较重过“人日”，欧阳山的长篇小说《三家巷》就是从过“人日”开篇。人生一世，“开卷有益”，我受学校正规教育少，“半老粗”，怎能还敢不“勤开卷”！

例子多的是，不再多举。如钱老给我篆刻有大大小小不同形状的多种《苏晨》名章、《求是居》《砺堂》斋馆印，还有《辽东苏氏积微小室》《积微小室图书》、《苏晨藏书》《苏晨珍藏》《苏晨藏作者签赠书》《苏晨藏手自签发图书》等印章，本来也多有讲究。如一方竖长方《积微小室图书》印的边款刻：

少而精 藏必读

此苏晨同志信条也

君匋

《南方都市报》记者发表采访我的长文，此印被彩色选印出来当插图。

原来在广东省新闻出版局图书处工作、有三次和我一起出差的老友宋浩，辞职“下海”，经营“汇正艺术”当老总。2016年5月，出资并代请王大文、夏穗、王翔三位专家无偿友谊为我拓制、出版了每部一函上、下两册的手拓本非卖品《积微小室印拓》，上册为钱君匋给我篆刻的印章。2018年我在一家拍卖行的拍卖画册上看到，不知哪位手头紧，拿一部去拍卖，起价一万元，想必与书中有几十方钱君匋篆刻印章的印拓有关。

2016年6月，也是由这位热心“扶老济老”的老友宋浩出头，请得花城出版社社长詹秀敏为出版人，崇正拍卖公司老总许习文为策划，他和“汇正艺术”副老总戴新伟为主编，由该公司张绮华小姐精心设计（该书获评“最美图书”），还有出版社和两公司多位朋友参与，给我出版发行了一部相当精美的大画册《砺堂自珍集》，内中可见钱君匋篆刻给我的诸印真容。有的网上也可见。

程十发“造假”的一段古

乙未羊年正月初五牛日，想起戊午马年牛日程十发赠我的《孺子牛图》，加题为“戊午牛日遥赠苏晨同志法家，十发并题”。从画上的初题可知，那是他“丁巳嘉平之月，天暖如仲春，小楼试笔《孺子牛图》……”即蛇年腊月所画。

这之前我还得到过他一幅画。那是1975年所谓的“无产阶级文化大革命”步入末路，我经过七年失去自由得到“解放”。《光明日报》总编辑莫艾把我找到他的办公室劝我留在北京工作。我说：“还是让我回广州吧。留在北京天子脚下，动不动就被上纲上线稀里糊涂拉扯进这个司令部，那个司令部，我水平低，做不了京中工作……”莫艾见我铁了心思要回广州，让在一旁记录我俩对话的秘书别再记，嘱咐我：“那你就先回广东主持广东记者站工作也好。不过工作可干可不干，最要紧千万别写人物‘内参’，不然给江青批上点儿什么很麻烦……”

回到广州我悠哉游哉一段时间，常是访友聊天。有一天我去广州美术学院著名人物画家杨之光教授家做客，看到几幅程十发画赠他们夫妇的佳作。最引起我心痒的是程十发画赠杨之光夫人鸥洋教授的一帧长长的横幅，画面上是长长一队姿态各异的羊阵，美而别致，惹得我很是心馋，很想也能淘到一帧程十发的画。

又有一天，我去也是著名书画家、广东美术家协会秘书长黄笃维教授家串门，见到他家客厅的正面墙上挂着一帧程十发的画：《晚晴图》，题："辛丑三月十日写旅次所见"，画面是在夕阳余晖的斜照下，一个骑着大水牛赶路回家的西南少数民族小女孩儿，好美！

我站在这帧画前凝神细看，久久地兀立在那儿一声不响。笃维兄拿出他的潮汕名茶"凤凰单丛"沏好斟好唤我："你老是痴痴站在那儿看画干吗，是看着程十发那张画心里痒痒了吧？"说着即刻把镜框摘下来，取出镜框里的画，加题了四行字：

此画乃十发于一九六二
在穗展出之作品，
特转赠给苏晨同志
笃维　一九七五年

更让我喜出望外的是笃维兄还说："你先拿了这幅去。等晚上我给十发写封信，请他专门儿给你画一幅，题上你的上款。"又是哪曾想，没过几天程十发就真的寄了一帧题了我上款的画到笃维兄处，请他代转赠我。这帧画由笃维兄转寄到我家，画面上的题款是：

十发遥奉
苏晨同志
法家博笑

画面是一位双手捧着一些山果的彩裙彝家女，身后跟着一头鹿。我想那姑娘手里捧着的山果，该是献给画外那位她心仪的人的。

笃维兄在把程十发这幅画寄给我的时候，把程十发寄这幅画写给他的附信也一并寄给了我。这封信实在也是一件相当漂亮的书法作品，也是一件“文革见证物”。招人珍藏。只是看了以后，我心情有些沉重。

这封信不长，不如全文录下：

笃维学长如握！

石风转来大札，极为快慰。又知兄即日送审年画赴京，极为忙碌。弟身体因天热，血管扩张，所以较为适应。迩来上半班，亦临摹一些青年作者优秀作品，聊为饭店给各种旅客服务。亦十分安好，望勿念。蒙苏晨同志征兴，此种画（苏按：约指受批判的“仕女画”）弟已久不作了，特检旧时之制加上款以奉，至祈原谅！祝：

阖府大安！

弟十发顿首

八月九日下午

从程十发的这封信看，不是真的可以称为“文革”中的一段“今古奇观”式传奇的见证物：“文革”中登上大位的新权贵，逼着患高血压的一代名声赫赫大画家程十发，造一些“得道”小萝卜头的假，为他们旗下旅店“创收”！

高尔基说：“人首先应当是一个有人性的人。正义是不可缺少的东西。”有人怀疑，那么把病中的大画家当成“变相奴隶”进行“文革”式超经济剥削，变着法儿摧残他为旗下单位“创收”，这种新权贵，在本质上不知和奴隶主差多远？

原载 2015 年 10 月 29 日广州《信息时报·艺术周刊》

关山月和我在 1975 年

重又投入正常工作

1975 年，“文革”进入第九年。我被“打倒穆记王朝的末代黑总管苏晨”（一米见方一字的上街大字报，苏晨两字倒写，打红叉），由“造反派”实行“群众专政”七年，得到也叫“解放”，也叫“平反”，重又可以投入正常工作。

“穆记王朝”，指穆欣为总编辑的《光明日报》。他更惨，先是“中央文革小组”第一批成员，最早成为阶下囚，不过他也“因祸得福”，“文革”后同样儿得到平反，依然出为著名学院的党委书记，中共党史出版社给他出版了公开发行的《办〈光明日报〉十年》一书，书中写到“文革”中的他，也提到我。

其实我在《光明日报》只是一个驻广东记者。“文革”开始，先在广州被原来的工作单位，打成“反党反社会主义反毛泽东思想”的“三反分子”，铅印出版了《苏晨毒草集》，饭堂里挂满批判我的大字报，我被画成“饭铲头”（眼睛蛇），嘴里喷着“毒液”，一滴滴的“毒液”上，写着我被临时借调为“广州市轻工业局、化学工业局、纺织工业局、手工业局传统产品、名牌产品检查鉴定委员会”办公室主任，具体组织实行其事，其间，奉检查鉴定委员会主任、中共广州市委第四副书记兼工业部部长曾志的当面之命，用“陈上殊”“舒与沉”两个临时瞎取的笔名，在《羊城晚报·晚会》副刊上发表的一系列关于广州传统品名牌产品的奉命文章，如《王老吉和王老吉凉茶》《冯了性和冯了性药酒》《钱澍田和钱澍田回春丹》之类，还有一些由参加这次工作所得，派生的学术文章，如《巧明火柴厂与我国火柴工业的建立》（广东省经济学会第一次会议印发论文，《羊城晚报·学术》副刊第一期摘发，国家工商管理局《火柴工业》一书采取了我的论述）等等，这些都被定“罪”为“替资本家树碑立传”“反党反社会主义反毛泽东思想”！可是我正准备着挨批斗，却因病住院，病没好就被赶出医院，我正把手头现有的钱买成药品，估计抄家可能不至于连药品也要抄走……可是还没开始批斗，我又得到了有正式平反文件的平反！

平反过后，广州的“旗派”“总派”两派，都拉我入派。我哪一派也不想入，躲回报社。回到报社，见《光明日报》也是“革联”“总部”（还有一另立名目的小派，其实也如“总部”）两派。“革联”，保穆欣。“总部”，打倒穆欣。看来到哪儿也躲不过两派，我便加入了“革联”。说老实话，不过是看在穆欣是“中央文革小组成员”，自以为参加“革联”可能会“保险”一些。“革联”在办报，穆欣和我谈话，让我参加办报，我就参加了办报。想不到穆欣竟会被逮捕！这一子我可糟了，“总部”和“天派”勾结，“天派”司令韩爱晶黑夜带人来捉我，被我躲过。“总部”称我为“穆记王朝的末代黑总管”，那是为打倒我用的夸大之词。有点影子的是，我的任务为负责写社论、专论，还有两个半版的稿件由我签发，权力倒不小，这也得实话实说。做了七年失去自由被“群众专政”的“分子”，苦难重重……

但是过去了，我终于又可以重新投入正常工作。从新华社调来的新任《光明日报》总编辑莫艾，让他从新华社带来的总编室主任汪波清，先到我宿舍里和我“聊天”，劝我留在北京报社工作。我婉言谢绝。莫艾亲自找我到他办公室谈话，还是劝我留在北京报社工作。我说：“还是让我回广东吧，在广东，犯‘错误’也顶大不过是保了某一个‘走资派’；在北京动不动就是跟了‘无产阶级红色司令部’，还是跟了‘资产阶级白色司令部’，我‘阶级斗争’‘路线斗争’觉悟不高，不配在北京工作。”我苦苦要求离开《光明日报》，调回广东工作。他说那可不行。回广东也只能是回去主持《光明日报》的广东记者站。

“文革”还在进行，我刚刚得到“解放”“平反”，还不敢“放胆”说话，见总编辑不同意，暂时没门儿，沉默了一会儿，想想无论如何也还是先回广东再说，这便先答应下来回广东主持《光明日报》广东记者站，等以后有机会再说。

我迄今仍然感念莫艾的临别叮嘱，他说：

“那么你就先回广东也行。回去以后要切记两点：一是工作可干可不干，二是千万别写人物‘内参’，如……写了容庚教授的‘内参’，经江青一批，就给容庚带来很大的麻烦……”这两点难能可贵的叮嘱，可以说是掏心窝子的、带着危险的一种对下属的关怀。

回到广东，主持《光明日报》广东记者站，得先拿着《光明日报》的公函，到广东省革命委员会宣传办公室报到。来到宣传办公室才知道，主任李树夫，是解放战争时期我到第三十九军采访认识的老相识，他把我编在报刊组过党的组织生活，让我每周去报刊组过一次党的组织生活就行，工作上一切按报社布置。报刊组组长陈清，原来是《南方日报》记者，也是老熟人。应了“熟人好办事”，也是一种幸运。

荒烟来向关山月组稿

难忘的1975年！年中6月，报社的“上面”（“文革”时期惯用的代词，听说又是出于“中央文革”的姚文元），让《光明日报》邀请著名老画家、广州美术学院副院长、关山月教授，写一篇批判“一花独秀”言论的文章。那时候人们本来是对江青“样板戏”的“一花独秀”心存不满，怨言纷纷。“上面”让《光明日报》邀请关山月写这篇批判“一花独秀”文章的时候，把群众对“样板戏”的“一花独秀”不满，说成是对关山月的国画梅花仍然能在报刊上发表“一花独秀”的不满，所以请他一定要写一篇批判“一花独秀”言论的文章，回击对“一花独秀”言论的攻击，这是“上面”对他的关怀，云云。实际上为的是维护江青的“样板戏”。

姚文元抓报纸，抓得很细。如我一个受着“群众专政”、没有自由的“分子”，也有两次切身体会。一次是他给《光明日报》下达一项任务，让去扬州师范学院采访一位女学生杨本红，说是她民歌编得好，要写一篇人物特写，一篇评论，共占一个版。

说一句不中听也还实在的话，“造反派”大都“造反”在行，办报、写文章，不怎么在行。为了很快完成“上面”交下的任务，他们是临时“解放”我这个比较的“快手”，由文艺部编辑盛祖宏同行看着，去扬州完成这项任务。反正文章只准署“本报记者”，不准署名，完成任务可以记到“造反派”账上，回到报社再把我“打倒”，也就是了。

此前一次，是共和国建国二十五周年，“上面”让《光明日报》报道鞍山革命委员会副主任、电力工程师郑代雨和营口乡下的松树小学，这两个典型，也要每篇写一个版，日文版《人民中国》杂志也要翻译成日文发表。其实那些文章所署的“本报记者”，也都是我这个还在被“群众专政”中没有自由的“分子”，有记者部的张天来同行，他都是看罢说一声“就是它了”，完事大吉。同样是完成任务记到“造反派”账上，回到报社，再把我“打倒”，也就是了。

所以对邀请关山月，也是玩这一类套数，我不愿为伍，开始采取躲开的办法。如“上面”下达的这一次任务，在报社落实到了文艺部，文艺部主持《东风》副刊的张又君（即20世纪30年代就有些名气的老作家黑婴），打电话给我，希望我能帮忙办办这件事儿。我就谎说我不认识关山月，帮不了这个忙，还是由文艺部派专人来，显得郑重，关山月也可能不便推辞。

后来文艺部派了老编辑荒烟来广州，他也是广东人，著名木刻家，解放前就和关山月是老熟人。文艺部的“勤务员”（部领导的“文革”式称呼）和张又君，还以为我的意见“很好”，由老熟人荒烟专程从北京来广州，向关山月组这篇文章，真的是“更合适”。

荒烟这位“客家佬”，可也够鬼气。他来到广州，不是自己直接去找关山月，而是先找我，死活拉我和他一起去完成这项“上面交待下来的重大任务”。可见他也心里明白，不情愿独自担当这份“骗责”。

我又是谎说：

“省革委会宣传办公室明天有一个会让我参加，我明天走不开，还是你自己去吧，你们都是老熟人。”

他马上说：

“没关系，明天你没空儿，咱们后天再去，我先办别的事儿。向关山月组这篇稿子，还是咱们一起去更显得郑重，你就别推了，我也真的不知道关山月的住处。”

这样一来，我就非得陪他去不可！

隔天荒烟早早上门把我堵在家里。我和他一起搭 14 路公共汽车到晓港公园下车，关山月家在晓港公园后面的广州美术学院大院里，一座独立两层小楼。

来到关山月家，在楼下小客厅里交谈。寒暄过后，进入正题。荒烟用他那口客家腔的广东白话，对关山月谈起那套“上面”教下来的谎言。也谈到他是奉命专程前来约这篇稿的，希望关山月看在老朋友面上，不要推辞。

我对约稿的事，一言不发。只是在沙发上静静坐着，听着，我这“辽东老兵，岭南客子”，也懂广东白话即广州话，一边自斟自饮稍后关夫人送过来的那一壶香茶。

关山月忽然问我：

“苏晨同志，你怎么一言不发？”

这就把我“不认识他”给说露馅了！我还不知道荒烟听说没听说，我对张又君说“我不认识关山月”，便赶紧说：

“这是‘上面’交给报社，社里交给荒烟的专项任务，与我无关。他不知道你的住处，我只是给他带路来的。”转而明知故问，“在电视里看到你接待外国友人那间接待室，蛮堂皇的，在楼上？”

关山月说：

“那不是我的接待室，是‘毛主席主办农民运动讲习所’的接待室，硬说是我的接待室，骗外国友人，真叫人不好意思。”

老实的关山月，一点儿也不理解我的用意。荒烟精灵，忙把话题往回拉说：

“苏晨，你先别把话题扯远了，咱们先把山月同志的批判文章定下来，再谈别的。”

我明白，他急的是不把事情落实回到报社怎么向领导复命，报社又怎么向“上面”复命。好在荒烟也没有死乞白赖非让关山月马上答应，而是让他先考虑一下，考虑好了，再往他住的旅馆房间打个电话给他，他再来具体商定。说着，他从采访本子上撕下一页纸，写下电话号码，递给关山月。

我们告辞。关山月送出广州美术学院大门。

下午我单独去见关山月

离开关山月家，荒烟不知是回他住的宾馆，还是去拜访哪一位熟人，他在广州熟人不少。我回我家，各奔东西。

中午吃过妻子从工厂食堂打回家来的午饭，她回工厂，我午休的时候，心里很是犯寻思。

怕老实厚道的关山月上当，写这篇文章说出不该说的话，不得好结果。想想这些画画的，有时候比写文章的还可怜。如关山月有一幅好像叫“疾风知劲草”的画，右下是一丛被西风吹得东斜顽强挺住的葵，左上是几只迎风奋飞的麻雀……“红卫兵”“造反派”硬说一幅画和一幅地图都是上为北，右为东，左为西，这幅画画的是“西风压倒东风”，公开和毛主席的“东风压倒西风”唱“反调”，他在号召人们顶风大胆投奔往西方资本主义，他在为广东的“逃港潮”加油打气，摇旗呐喊……真的是被打掉牙也只能往肚子里吞！

于是我决定还是把这一次向他约稿的真情透露给他。可是又想，“文革”最讲究的是“一事当前先看线”“背靠背无情揭发”“面对面无情斗争”；我相信关山月绝对不会“背靠背无情揭发”我，但是万一不小心走漏，被别人“背靠背无情揭发”，我可就问题大了！姚文元当时是所谓“红色司令部”的何等人物！

思来想去，我还是想下午再单独去见一次关山月，既把真实情况偷偷告诉他，又不正面阻止他写这篇文章。只建议他千万别把人家对江青“样板戏”的“一花独秀”不满，自我拉到是对他的国画红梅还能不时见报的“一花独秀”不满。建议他写也只是一般性的谈谈“大时话”，如“一花独秀”不是春，“万紫千红”才是春，号召大家都动起手来，深情描绘我们伟大祖国的春天之类泛泛之言，管它是时候、不是时候，文章不能用更好。

于是下午我到底还是单独去了关山月家一趟。我把真实情况原原本本告诉了关山月，把给他出的主意也说出来供他参考。

对于在人人自危的“文革”期间，我还能这样老实地对待他，他大概是有点儿始料不及。他忽地站起来，我不知道他要干吗，也跟着站起来。他拉起我的双手，看着我，一时好像很动情。因为这件事若是泄露出去，被“上头”知道，我就难说了……他更加觉得我是一个值得信任的同志。

他对我说：

“我决定不接这个任务。”

我怕这样会对荒烟不利，建议他：

“还是先接下来，让荒烟回去好交差。以后再以眼睛出了问题，或身体出了问题，或学校近来事多，以及试写过一下，觉得达不到发表水平，实在拿不出手之类‘理由’，婉转推掉好。”

他想了想，也同意。至于他后来怎么和荒烟他们周旋的，我不闻不问，不知道。那天他倒是唏嘘间，一时对我倾述了一些同类让他很苦恼的事儿。

这些让人不愉快的事儿，我不想多说，因为说了没有用，弄不好还会惹麻烦，我九十岁了，已经没有多少时日可供为应付纠缠浪费剩下不会很多的时间。或者只举一个例子，如广东省革命委员会有一位副主任（他已经故去多年，姑隐其名吧），一次，他派人送一张条子给关山月。没有商量余地，下命令一般，让关山月马上给他画二十二张四尺宣对开的梅花条幅，他去北京开会，要来送朋友，还要求一定要用“硃砂”画梅花，不能用“洋红”画。开了他要送的二十二位的名单，让关山月对这些本来毫无交情的人，一一题上那二十二位的“上款”，落“下款”，写明作画时间。

我估计这很可能是懂行的“左右”，从旁给那位副主任出的主意。这些人，往往是造成那些大人物，因为不大懂得，也可能是在糊里糊涂中行事，有失为人分寸，所以这帮“左右”，可以说是一种可恶的祸种。据我所知，不然那位副主任老人家，大概不会懂得什么叫“四尺宣”，什么叫“对开”，什么叫“条幅”，画梅花还有什么用“硃砂”，用“洋红”之分，也未必明白，用关山月题了“上款”的画送礼，比用没题上款的画送礼，其“礼”的分量大不相同……

关山月告诉我，画那二十二张四尺宣纸对开的条幅梅花，用去他半锭硃砂！他说这还是他给北京荣宝斋画了一张大画，又掏了一百元钱，才淘到的半锭硃砂！本来是想留来用于一些比较有意义的画，只当“人算不如天算”吧！

我从报纸上看到，广州在文化公园举行“文革”收摊第一次画展，关山月展出的一幅不大的梅花中堂，被一位海外有头有脸儿的人物花十万元买去（关山月一分钱没收，全部捐献）。须知就按这个“优惠价”计算，那位省革命委员会副主任下的这一张条子，也等于一次性强收了人家220万元装入口袋自用！这叫什么？我什么也没说。一位国际知名大画家，在一位省革命委员会副主任眼里，不过是这样一个可怜的角色，这又让人说什么好？我什么也没说……

他要送我一幅画

告别的时候，关山月说，他想画一幅画送给我，问我想让他画什么给我。

他要送我一幅画，这自然是求之不得的事儿，我没有欣喜“若狂”，可也欣喜“有加”！

我想了想说：

“赵元浩转送过我一幅你的大幅红梅，你的大画很值钱，留着应付那些大人物吧，不必再送我……”

我的话还没说完，他插嘴问：

“那幅画在你手里了？你和赵元浩很熟？”

我笑笑说：

“还算熟吧，二十年前的1956年，他从广州市直属厂‘第一类型一级厂’华南缝纫机械制造厂厂长（他解放前在香港曾任达德学院教授），调去暨南大学任经济系主任，我是接他手的该厂第二任厂长。我们无端受处分的时候（已经平反），还在同一间办公室里办过公。”

他又笑笑说：

“想不到你们还曾经是‘难兄难弟’！你还没说你想让我给你画什么？”

我也就不客气地说：

“歌唱家郭兰英的丈夫画家万兆元，送给我一对酸枝的活动背板小镜框，适合装四尺宣一开六的小画，你要不怕我要的多，就也给我画四幅小画，一幅山水，一幅梅花，另两幅随便。我有点贪心是吧，我在李苦禅、关良等几位大画家处，都是一要四幅，都裱成了同大的镜心，不时换挂，不挂放在一起也像一个大画册，收藏不占多少地方。要体谅我们这类小人物的心理，小门小户，又好读书，书柜占去的墙面多，不能不打书柜上头那截墙面的主意。”

关山月说：

“没问题，我很快画好，让人给你送去。”

三天后，他派人给我送来四幅我约定尺寸的小画，附一封信。

这是我收到的第一批关山月赠画，第一封来信，四幅小画分别是：

一幅，画山水：雪山，青松，雄鹰，骑马巡逻的几位边防战士，在右上角的题款是：“苏晨同志属画 一九七五年 关山月于珠江南岸。”画面显现一种严峻的氛围，祖国需要战士的保卫。

一幅，画梅花：这张梅花被湖南一位同志郑重打了借条借去“学习”，还有朱屺瞻的画等共七幅，我以为对一位院长级的人物，大可放心借给他。后来他说和老婆打离婚，被老婆和儿子抢去，正在打官司往回要。再后来却没有了下文！有朋友对我说：“你多半是上当了，来得容易去得也容易。”我此后也再没有和这位院长级人物交往。

一幅，画了五只麻雀，题《雀跃图》，命运同上。

一幅，画了八只小鸡，题“山月试笔”。须知那时候画这种所谓“闲情逸致的玩意儿”，虽然安上了一个《雀跃图》、“山月试笔”的之类名目，弄不好也还难保不受批判，设法“掩护”一下，还不可少。

1976 年新春，关山月又给我画了两幅同前四幅尺寸的小画，还给我画了两个扇面，都是画的梅花。如一幅梅花，题的便是：“癸亥中秋画拟苏晨同志粲政　关山月。”

他后来再送我的两幅小画和两个扇面也都曾在正式发行的报刊上发表，题“苏晨兄”上款的扇面发表于《广东画院》内部刊物创刊号。不多说。后悔我有自觉少麻烦关山月，但是没少帮别人忙向他要画，如中华书局创办八十周年出版纪念画册，该局总编辑李侃求一幅关山月的梅花，就是我给要的……这也不多说。

这类事都是 1975 年带出来的

应该说，同志与同志之间，彼此的坦诚相见，确实是友谊的润滑剂。

如 1976 年“文革”收摊儿，我得以调回广东任那时还是省里唯一的出版社广东人民出版社副社长兼副总编辑。省里准备任命关山月为广东省文化局副局长，对于是当这个副局长好，还是不当这个副局长好，这样的问题，他竟然私下里征询过我的意见。他看人论事，不按“官位”，我有什么办法！

他不想当这个“官”。我建议他服从组织安排，有“官”当，还是当，当下还是“官本位”。如当时他正想去湘西张家界写生，我就举例说，他以广东省文化局副局长身份去，和仅仅以关山月教授身份去，工作中所得到方便程度，会大不同。不过我又建议他当了这个副局长，开会多听，少“创言”，两年后大可辞职。

我承认我的话可能有问题，与所处地位也很不相当。但是实属同志对同志的实事求是坦诚之言，听不听在他，话有错在我。我建议他两年后辞职，也是确信他不是当“官”的料。我们是朋友间的个别交谈，应该允许实话实说，不“打官腔”。

我还可以顺便坦白，中山大学著名教授金应熙奉调中共广东省委宣传部任理论处处长，他也登我家门，征询过我去不去好。我也是建议他服从调动，两年后走开。也是因为我确信他专长理论，不是适合新岗位需要的理论。

后来的实际情况，证明就算我是“碰”对的，行不？

广东人民出版社一社变数社，我已经到花城出版社工作。7月8日，关山月用他兼任院长的广东画院信笺，用墨笔，给我写来一封信：

苏晨同志：

你好。去年我曾介绍黄小庚同志到岭南出版社，未成。最近见到杨奇兄，他也认为黄小庚能在出版社工作较能发挥他的作用。听说你那里需要这样的人才，如果安排在花城，想黄文俞同志也会支持的。匆匆，

顺问

撰安

关山月

七，八

关山月是一位积极于做善事的人。我觉得关心革命同志的冤屈，知人善用，是很值得称道的一种善事。关山月信中提到的黄小庚，是一所小邮局的工作人员，一位老同志。他已经在岭南美术出版社美术编审任上去世多年，不怕说得稍为直白。他是朝鲜战争在美军战俘营工作的时候，不知怎么成为“特嫌”。几十年没找到任何证据，“文革”后得到平反。我和他略有接触，感受到他的实际水平不低，我见关山月竟然给他画了一大叠信笺，知道他们相知非浅，相信关山月的推荐，实出于荐用人才，绝非其他。

关山月信中提到的杨奇，是广东省出版局前任局长。黄文俞，是继任局长，也是中共广东省委宣传部副部长。我当然愿意接受黄小庚在花城出版社工作，但是我确信他在花城出版社工作，可能不如在岭南美术出版工作发挥作用大。于是我找了黄文俞，谈关山月的推荐，和我的看法。黄文俞同意由岭南美术出版社接受黄小庚。他参加工作后成绩出色，后来获评美术编辑的最高职称美术编审，说明我们谁也没错。

把失去的美找回来

——记石可

老气横秋的一张拓片

岭南的深秋和初冬，日子最好过，不冷不热，不用开冷气也不用开暖气，开窗睡大觉，空气清新，养老院里肃静，神清梦稳。

近日接二连三梦见山东石可，想想，可能与我白天在电脑上写作，曾用他刻赠的两方美丽的玩砚代替镇纸压参考书；这书里原来夹的书签，又刚好是用他刻赠的与我两本散文集相关的两方大印和印拓印制，或许是这样，不经意石可在我的潜意识里活跃起来，在我睡梦中演了“电影”？

先一个梦境，想来应该是 1982 年春天，我有一次出差济南公干，山东文艺出版社安排我住在珍珠泉宾馆。那是一个星期天，向晚时分，有人“笃！笃！笃！”敲门。我开门一看，是石可兄来访，他进门也不坐，约我到他家小聚。

我们出宾馆后门，在暮色苍茫中沿着大明湖岸安步当车。虽然有的住家电灯已经亮起，天还不算黑，我们边走边聊，很快到了他家。

石可兄的远祖出西域维吾尔，到他这一辈，除了长相还有点“遗留”，其他早已经彻底汉化。他先是我国一位颇有名气的木刻家。后是同样颇有名气的工艺美术家，也是一位学者。中间有一段时间默默，那是因为1957、1958年的所谓“反对反党反社会主义‘右派’分子运动”，给他戴上了那顶“帽子”，划归“地、富、反、坏、右”统称的“黑五类”，“文革”自然也饶不了他……

“文革”过后“拨乱反正”，平反冤、假、错案，他洗清多年的冤屈，被安排当了中国人民政治协商会议山东省委员会常务委员会委员，美术界选举他为中国美术家协会山东分会副主席，行政上出任山东省工艺美术研究所副所长。他是我国已故大学问家王献唐教授的高足，石可这位多才多艺的学者，当时学术上正研究“艺术考古学”。

我们在他那间小书房里聊个没完没了。小书房书卷气和工艺美术气都十足，地上铺的是用玉米皮编结的带淡雅花纹图案的间色地毯，沙发对面贴墙是一溜书橱，藏书不多，但是极精，书橱上、窗台上、床边大书桌上，摆满古董和文物，窗侧的墙上一处分两行挂着六个挂盘，一处挂着他一张、韩美林一张蜡染的民间粗布花包袱皮，代壁挂……

我在聊天儿间隙欣赏他那些美妙的藏石，沙发背后的墙上，一侧挂着中国画大家刘海粟教授书赠“石可仁弟”的“石敢当”特大字中堂，另一侧挂着琅琊石刻拓片立轴。

我站近一些仔细辨认，这张老气横秋的拓片，原来是他们山东诸城同乡清代著名大收藏家陈介祺的故物，一角空白处有我国现代大学问家王国维的题识。

从这张琅琊石刻拓片，我想到我国现存最早古石刻之一的那块琅琊石刻原石。据《史记·秦始皇本纪》记载：

秦始皇二十八年（公元前219年），这位嬴政大帝巡幸山东，“登琅琊，大乐之，留三月”，“作琅琊台，立石刻，颂秦德，明得意”。秦始皇的儿子秦二世胡亥接他老子的班，也到过琅琊台，学他老爸也立过一块石刻。我知道秦始皇立的那一块石刻早已不知去向，秦二世立的那一块石刻也丢失过，直到1948年才又找到。我对这位找到它的人充满敬意，一时见到石可家的这张秦二世琅琊石刻拓片，不禁对这人赞颂了一番。万万没有想到，这位替祖国把失去的美再找回来的人，竟然就是石可！

我很开心，一定让石可给我讲讲找到的过程。他扼要讲述了一遍。那曲折的情节，如实记下来已经是一篇很好的传奇，得留给石可抽空儿自己去写。我在这儿只简单说几句：那时候石可还年轻，有了一张秦二世的琅琊石刻拓片固然欢喜，但是他总还想替国家把原石也找到。这块石刻书法既美，历史文物价值也高，实在可以说是一件国宝。

当时石可正在胶东工作，他心想，琅琊台原址在如今胶南县夏河城东南五公里处，据《水经注·潍水》记载，秦代那一带还是黄海边。琅琊台的台基共有三层，每层高三丈，共有九丈之高，无怪乎登台可以“俯仰万里，海涛变幻，龙跳虎跃，气象恢宏”……

那么原石会不会已经被帝国主义者盗走？想来这种可能性不大，因为那时候帝国主义者根本不把中华民国的主权当一回事，如果他们已经弄到手，必会炫耀非常地在博物馆里展览出来。既然在国外也不见消息，那就很可能是还留在当地。再说远距离偷运那么大一块石头，也不会神不知鬼不晓。于是石可开始在胶南一带到处找线索……

也是老天不负有心人，后来这条线索还真被石可找到了。线索几次中断，他绞尽脑汁又几次接上，那艰难奇妙的过程，交待个大概也得不少篇幅，不去细说。反正是这块秦二世的琅琊石刻原石，后来到底被他找到。他说动人家答应，把敲断成几块，已经砌进一堵墙里的秦二世琅琊石刻原石，又从这堵墙上一块一块扒出来。他无比珍贵地包装好，恳请到一辆肯尽心尽力帮忙运送的马车，这便昼夜不离车地押车运到解放不久的济南，交到山东省博物馆，主持山东省博物馆的是他的老师王献唐教授。

提起这位王献唐教授，不能不顺便提到在山东传为佳话的一件事：经过著名的“济南战役”，解放济南的第二天，当时的中国人民解放军第三野战军司令员陈毅，进城就亲自到处寻找王献唐教授。找到便立即委以重任。是远见卓识又礼贤下士的陈老总，重新拨旺了大学问家王献唐教授的生命之火！

这块秦二世琅琊石刻，原石在山东省博物馆陈列展览十年。庆祝中华人民共和国建国十周年，北京在天安门广场上建起了中国历史博物馆，那时候特讲“全国一盘棋”，一份红头文件发下，这就奉调转藏中国历史博物馆陈列展览……离题的话，这里且不多说。

一个五代的石佛头

这引起我的兴趣，我仔细看他屋子里到处可见的文物，发现书橱上摆有一个挺大的石佛头。我走过去看看，开玩笑地问他：

“石兄，这顶石佛首级，总不会是你从哪儿偷着敲来的吧？是什么年代的造像？”

他把石佛头搬到桌子上，让我看个清楚，告诉我说：

“是五代的，五代相当于公元 907 到 960 年。不是我敲来的，是别人送给我的。”

我又问：

“怎么只有头？有一尊完整的石佛就好了。”

他叹了口气，摇摇头说：

“别提了，本来是一尊完整的石佛。说起它的被斩首，简直就是作孽……”

接下来，他不言不语了一阵子，才给我讲了那可怕的一段故事：

石可没在1957、1958年“反右”中被戴上那顶屈辱的“帽子”以前，本来是青岛市文联副主席，兼着在青岛美专执教。这时候市里的一位主管首长（石可不说这位首长什么官职，也不露他的名讳），“官邸”是一座原来一位好古的资本家的公馆。石可因为一项工作上的事，去这位首长家请示，见他家客厅里有一尊显然是五代的石佛，真是眼热心馋，恨不能要下来拉回美专去珍藏，但没好意思“夺人之爱”。

过些时候，石可再一次到这位首长家请示另一项工作，进屋再看，客厅里那尊石佛不见了。他四处搜寻了一阵子，才在一处窗台上找到那一尊石佛的头。石可走过去拿起来看看，是崭新的断茬！

他忙惊讶地问：

“这是怎么整的？原来不是一尊完整的佛么，怎么只剩下佛头了？”

那位“政治修养”很高的首长，一本正经地教导石可说：

“老石啊，你可别误会，这个石佛是这所资本家公馆里原来就有的，可不是我从哪儿弄来的。我们共产党领导干部住进来,家里还能照样儿摆着个石佛？那像什么样子？屁用没有，又碍事，说不定还会给人家怀疑是这位共产党首长也讲迷信。前几天我让人搬出去敲烂扔海里，谁知道怎么又把个佛头拿回来了，放在窗台上还没拿走，我还没来得及让人赶快扔掉。”

石可赶紧说：

“别扔，别扔，可别扔，这佛头你不要就送给我吧，我是搞美术的，有用。”

那位首长说：

“拿去，拿去，快拿去，免得摆在那里我看到别扭。”

石可这时候想起来还发笑，得意地说：

“就这样，我的收藏便多了这个佛头，后来受罪也没扔。”

这件事让我一时想起，“反右”运动有多少人因为说话不够完整或情绪化，被邪上“反对‘我们就是要外行领导内行’”，被打成“右派分子”！我对石可说：

“你看这是不是和马克思、恩格斯年轻时候都很欣赏的德国唯物主义大哲学家费尔巴哈说过的这两句话有关系，一句话是：‘我所不知道的东西，是不能使我感动的。’另一句话是：‘知识的界限，也就是求知欲的界限。就像不知道月亮实际上比看到的来得大的人，也就不企求知道它到底有多么大。’”

他大概是“反右”戴过那顶“帽子”,说话说得完整到位，他说：

“解放之初，急于接收各方面领导工作，中共哪有那么多各方面专家老革命可派？简单、片面‘反对外行领导内行’，未必都是善意。也有的‘外行领导内行’，因为民主，好学，尊重知识分子专家，大事、特别是废立之事，多商量，或不耻下问，也领导得蛮好。就怕片面理解，甚至欲加之罪，那就难说了！”

还议论过什么，我不记得了。

多才多艺与多难

其中一个梦境，是我们老两口还没住进养老院，还在番禺南浦岛左岸住家的时候。时当入夏以来，广州有半个多月淫雨连绵。好不容易迎来一个艳阳天，我得把石可兄刻赠的多方鲁砚、印章之类，拿出来打理一番，吹吹风，见见阳光。石可是一位多才多艺的多面手，是这个家、那个家，篆刻、制砚也是著名的“家字号”人物。

他未冠之年，拜在大学者王献唐门下，与孔老夫子第77代孙孔德成（曾任台湾“教育部部长”）同窗，也即他首先是一位学者。我替我们新创办的《花城》杂志向他约稿，他第一篇就是写他老师王献唐，发在《花城》哪一期我已记不准。关于石可这位学者，只要提一下1993年山东省在青岛隆重举行王献唐先生迁葬仪式，200多位知名专家、教授公推大师兄石可致辞，轮到给老师磕头，80岁的老学者关天相也是对71岁的石可说：“大师兄，还得您先磕！”也就不必多说。

年轻时候，这位精力过盛的学者，兴趣广泛也确实如此，1936年他受鲁迅提倡版旺盛影响，投身版画创作也非等闲之辈。解放前的作品，如：《春天的行列》《较场口五事》《鲁难未已》《这是什么世界》等；解放初的作品，《春天》《五分钟》《千亩棉田》《晨》等，都是获得好评的作品；《晨》

被苏联《十月》画报誉为“早晨的交响乐”，获得国际银奖。人民美术出版社成立后出版的第一部个人木刻集，便是石可的《人民的新时代》。

到了“反右”被戴上那顶“帽子”、“文革”差点儿没被“报销”以后，他专挑一些别人未必肯干、也未必干得来的行当默默地干。如1989年他从木板刻到石版，创作了山东曲阜孔庙高2.7米、宽60米的《孔子事迹图》“大理石减底线刻壁画”；这是对孔子诞辰2540周年在曲阜举行首届孔子文化节及召开国际儒学讨论会的献礼，结果却是如维摩诘的名言：“一默如雷”！被誉为“历史性贡献”，“永垂青史之作”，引起国内外重大反响，日中友好文化交流中心向他颁发了国际金奖。另一项作品曲阜“孔子《论语》碑林”，也获得了国际盛誉。

“文革”大难不死，伤心事，不多言。他先是仆仆风尘跑了山东71个县，发掘制砚石材，默默地为重振鲁砚而不辞辛苦。

今人多知道广东的端砚、安徽的歙砚，其实在唐、宋时代，山东的红丝砚还排在前头。大书画家如唐代的颜真卿、柳公权，宋代的欧阳修、苏轼、米芾，元明两代的倪瓒、徐渭等，都盛赞鲁砚，特别是红丝砚。

宋人姚令威在《西溪丛话》中说：“（蜀）王建宫词中之‘红砚’即红丝砚，柳公权亦喜用青州红丝砚，江南李氏（指南唐诸帝）犹重之。”又说：“欧阳（修）公《砚谱》以青州红丝石为第一。”

米芾的《砚史》同样称道“红丝石作器甚佳……”

宋人苏易简的《文房四谱》也认为：“天下之砚四十余品，青州红丝石第一，端州斧柯山石第二，歙州龙尾山石第三。”

宋人唐彦猷的《砚录》更是说：“红丝石华缛密致，皆极其妍。既加镌凿，其声清悦。其质之华泽，殊非耳目之所闻见。以墨试之，其异与他石者有三：渍水有液出，手试如膏，一也；常有膏润浮泛，墨色相凝如漆，二也；匣中如雨露，三也。”因而他“自得此石，端、歙诸砚皆置于箧中不复视矣……”

石可也是把山东失去的美再找回来，让鲁砚重振。

他送给我七方红丝石砚。一方实用大砚，有酸枝木砚匣，砚名《云海蒸日》。那是一块较大的自然形红丝石砚，砚下端的金黄色纹理似海浪，上端的金黄色纹理似云霞，中间偏左有一团圆圆的金黄色纹理似一轮喷薄而出的太阳，于是他在左上角篆刻了小篆《云海蒸日》砚名，砚背的《砚铭》刻秦诏版篆书：

天成奇异，得之青齐，
刀裁云破，霞萦红丝。
癸亥夏日制《云海蒸日》砚，
奉苏晨道兄雅正，东武砚公石可。

另外六方红丝石砚是“玩砚”，主要不是拿来实用，而是观赏把玩的。简而言之：《云水》玩砚，纹理如“黄河之水天上来”，砚上端浮雕云朵，刻小篆《云水》砚名，砚背的《砚铭》是大画家李苦禅教授所题：

惜南阜未见！
癸亥夏制《云水》小砚，
奉苏晨道兄清玩，东武石可。

“南皋”，指与李苦老和石可的山东诸城同乡、《砚史》一书撰著者清代名家高南皋。李苦老感叹高南皋没见这方小砚，是确信他见了也必把它纳入他的《砚史》。

织锦砚匣无名红丝石玩砚。自然形，砚背的《砚铭》也是秦诏版小篆：

近朱近墨，不渍不染。
苏晨兄清玩，壬戌石可。

看来是石可兄有见于世道，示我“近朱”不可“渍”，“近墨”不可“染”。

另一方自然形无名红丝石玩砚，砚石是硬的，可是不露痕迹雕在砚池边的一处设一凹陷，又好像是被石可兄“捏”成的“指印”，砚石就好像又是柔软的了。或许这就是艺术的所在？砚背的《砚铭》也由此而出，仍刻秦诏版篆书：

柔其外，刚其内，
有友如斯，生无愧。
苏晨兄以为然否？
石可弟问。

我心里明白，这是在直指我的个性要害，提醒我：“刚其内”还要“柔其外”！

不再一一。不如另说几方他赠我的其他小石玩砚：

民间鞋子形金星石玩砚。金星石产于书圣王羲之故乡，故在“鞋头”刻《右军乡石》篆书砚名，鞋堂开为砚池，砚背是大面积“虫蛀”的“破烂”质地，在仅余的中部完整处加刻篆书《砚铭》：

创满躯，劫余骨；
斯如人，磨不磷。
壬戌夏日，石可。

这既是石可兄的自况，也有对我的警示，当时我正在所谓“清污”（“清除资产阶级精神污染”）中受整肃。砚铭后半句出自岳飞《砚铭》的“持坚，守白，不磷，不淄”；磨也磨不烂，染也染不黑。

自然形田横石玩砚。砚石暗黄色有黑色细碎纹理，产即墨田横岛前汉“田横五百士”殉身处，故名田横石。《砚铭》是：

刚不露骨，
柔足任磨，
公意如何？
壬戌秋日
石可

铭文当指“磨不磷”须是“刚不露骨，柔足任磨”。

权（秤砣）形温石玩砚。温石也出产在即墨，深紫色，有青花、胭脂晕、朱线、朱斑、翠斑、豆绿石眼等名目，送我的这一方有八个多层豆绿石眼，篆书《砚铭》刻：

石名温，形如权，

玩砚弄权，鉴！鉴！鉴！

壬戌，石可。

秤砣的“权”和权力的“权”被巧用。

他制赠我的玩砚《砚铭》，也有的只是教我在“一滴水”中照见大自然的美，如淄石《老荷》玩砚。淄石产淄川，在北宋神宗赵顼时代淄石砚已经是贡品。明人余怀在《砚林》中说：“宋熙宁中（公元1068一1077年）尚淄石，神宗择其尤佳者赐司马温公（司马光）。”《老荷》玩砚石色深灰近黑，温润如婴儿肌肤，自然生成酷似一片老荷叶，新生婴儿肌肤与衰老的荷叶、无生命的石头与有生命的荷叶，能那么有机地共处于一体，赵朴初给这方《老荷》砚题的《砚铭》是：

天人合应

妙难知

赵朴初

另一温石玩砚的砚名则是：

不方不圆，

因其自然，

骨重神寒。

壬戌秋日

石可

石可制砚极重“因其自然”，而在粗和细、主和次、线和体、动和静、方和圆、刚和柔、有法和无法之间，刻意经营。

浮莱山石蚌形《秋水》玩砚。浮莱山石产莒县，理细质润，与墨相亲，发墨有光，色泽或绀青，或褐黄，或沉绿，赠我的这一方是沉绿质地、布柑黄色环形纹理，青黄相间，望去宛如一泓涟漪轻漾的秋水，真是造化之美，让人不可思议！砚背的《砚铭》刻篆书：

> 石蚌不言交最久，
> 地角天涯斯为友！
> 丁巳 石可

当是石可兄也愿意和我“交最久”。

还有一方薛南山石（或是徐公石）自然形玩砚。《临沂县志》载：“薛南山产石，皆天成砚材，若马蹄，若龟壳，四周若竹节状，小者尤佳。”又载：徐公石“其形方圆不等，边生细碎石乳，不假人工，天趣盎然，纯朴雅观。”我这方“若马蹄”形玩砚，《砚铭》是：

> 从今若许忘形友，
> 语纵不通心可通。
> 壬戌 石可

这或许是因为他对我每每心长语重，怕我吃不消？其实对于像石可兄这般“有识、有谅、有多闻”的诤友，我是求之不得任他耳提面命！

也有的《砚铭》只是“纪事式”，如孔老夫子诞生地产的尼山石。他赠我的两方尼山石玩砚，一方的《砚铭》为篆书：“尼山诞圣处，有石入砚林。”一方就是仅在砚头刻篆书《柏寿延年》砚名。

石可兄还相赠五方燕子石玩砚也该一提。燕子石是三叶虫化石，约三亿到五亿年前，三叶虫是地球的霸主。它形如飞燕，俗称燕子石，产泰安大汶口，明、清已有人用来制砚。王渔洋《池北偶谈》、盛二百《淄砚录》都有记载，《西清砚谱》也有收。为了保持化石的原始美态，石可兄所制燕子石砚，砚背保存美丽原状，只在砚的正面加工成砚型，在砚头刻砚名或短句，如篆书“天趣”、“燕来福至，其寿莫纪”之类。

他默默地重振鲁砚，又是“一默如雷”。1978年应邀以手制560方鲁砚在北京举行“鲁砚展”。不但重振了唐代排第一的山东红丝石砚，还以在新的制砚技术、艺术水平上开发出的多种上乘鲁砚，震惊了赵朴初、刘海粟、启功、李苦禅等一大批京中名信，他们纷纷题词、题诗、题砚铭，高度盛赞。多位中央首长也到会参观，盛赞有加。“鲁砚展”在日本展出也非常轰动，小小一方玩砚，售价140万日元（合两万元人民币）。石可撰著《鲁砚》《鲁砚谱》两书，从材料学、工艺学、艺术学，系统总结了他对鲁砚的开发。

石可书法擅长篆书秦诏版体。他取弘一法师李叔同名句给我题过一张扇面：

以冰霜之操自励，则品曰清高；
以穹窿之量容人，则德曰广大；
以切磋之谊取友，则学问日精；
以慎重之行利生，则道风日远。

乙亥仲秋以诏版体书弘一法师名句，
苏晨道兄法正。

石不能言最可人

石可字无可，号未了公。他 1924 年 8 月出生，2006 年 7 月逝世，享年八十二岁。生前给我篆刻的一方印侧刻有他的一首词：

来去太匆忙，六十年来梦一场，细数平生多少事，无限凄惶！

岱峰青未了，斜阳又夕阳，空余十指惭无补，补天有，石敢当！

心事未了的未了公去世，他的儿女石钟、石芃、石卉（女儿）、石盾四家（都是名家）共同策划、在青岛工作的二儿子一级美术师石芃编成、由香港新时代出版社于 2007 年 1 月出版了《无可印蜕》。石芃从香港生活・读书・新知书店前总编辑、总经理萧滋处打听到我的新址，有附信寄给我一本。从中不难看到，抗日战争年代石可随王献唐在重庆国史馆工作期间，也热衷于篆刻。

一天石可拿他篆刻诸印的印拓或叫印蜕，就教于老师。王献唐看了说："我看你需要先摹汉印。"说着从书架上取出一函十卷《石钟山房印举》，要求石可："从官印开始，先摹一千方。"

这可难了！四川不产印石！石可只好一方印石篆刻六面，用完磨去再用。当他篆刻到约七百方，带上印拓和部分摹印，再请教老师。王献唐审视半晌只说：

“我看你还需要好好练练字。”

石可问：

“从什么地方下手？”

王献唐说：

“金文、小篆、汉隶、楷书都要写。”并且从书架上拿出《散氏盘》《毛公鼎》《礼器碑》《段氏说文》给石可。

又一年的春天，石可再拿着自己的印、字向老师请教。

王献唐看后说：

“我看你还得好好念念书。”

石可问：

“念什么书？”

王献唐有点不高兴地说：

“什么书都得念！你念书太少。”还说，“在国史馆干上五年还无所成就，那就是个杀材（猪）。”

石可在国史馆已经干了三年，生怕也成了“杀材”，更加一切兢兢业业……

这是说石可之于篆刻，也是资历既老、根柢也深的一位篆刻家。我见《无可印蜕》中收有很多方石可为中共领导人、共和国领导人、著名文学艺术家、多位大学者篆刻的名章、藏书印、闲文印，可想他生前并不喜欢把他也是一位篆刻高手示于人。

我见《无可印蜕》也收有石可兄给我篆刻的印章。我永远不会忘记那两方闲文印：一方是《野芳发而幽香》，椭圆形朱文闲文印。印石是大块巴林鸡血石，我国第一位国家命名的寿山石雕刻工艺美术大师郭功森兄雕了一只肥肥的螭虎印钮；印文出自 1982 年 4 月天津百花文艺出版社出版我的散文集《野芳集》，大诗人臧克家老人对该书的评论文章题目就是《野芳发而幽香》，边款刻前面提过的那一首“岱峰青未了”词。

另一方是正方形《常砺不钝》白文闲文印。那是1983年初山东人民出版社出版我的散文集《常砺集》，百岁大画家朱屺瞻老人设计封面、题书名，石可兄以该书我的自序题目《常砺不钝》治印供装饰封底；印端的猫钮也是郭功森兄手段，他们三位都是在我身处困境中扶我一把。

石可兄还给我篆刻过两方巴林鸡血石《苏晨》名章，不多说。且说有一次他在一封信里给我附寄来《贵在主贱》《自以为非》《拙藏斋》《心存史镜》四枚印拓。我从印拓边的铅笔标注和来信所述得知，《贵在主贱》是著名艺术家韩美林求他给篆刻的。名声成就如日中天的多面手艺术家韩美林，却要在这时候以“贵在主贱”刻石明志，高人也！《自以为非》是国务院副总理谷牧请他篆刻的；这位在我国经济工作中有重要贡献的中央领导同志到老不忘谨记“自以为非”，亦高人也。《拙藏斋》是原国家建设委员会主任宋养初求他给篆刻的，为此两相结下知心之交。这段轶事很够味道，我想多说几句：

“文革”进行到“批林（彪）批孔（孔老夫子）”阶段，一批原来身居要职被打倒的所谓“走资本主义道路当权派”，在没完没了的残酷批斗中饱受精神折磨和皮肉之苦，没死暂被撂在一旁“靠边站”。宋养初来到青岛，谪居隐遁却“死不悔改”，依然以诗、书、画、印之类自娱。当时石可也在青岛，有一天他和王绍洛结伴去看望宋养初，交谈甚欢。

宋养初忽而对石可说：

“老石，在你心情好些的时候，能不能给我刻两方印章？我自己有石头，最好是刻一方名章，一方闲章。”

石可说：

“没问题，有正经活干，我的心情就好。”并问，“闲章刻什么印文？”

宋养初客气地说：

“悉听尊便。”

石可心想，宋养初必是胸有成竹，坚持：

“还是按你的意思刻好。”

宋养初便说：

“那就不客气了。你看闲章刻‘拙藏斋’如何？”

又唠扯了一阵子，告别。在回家的路上，石可摸着衣袋里那两方名贵印石暗自思量：“藏拙”，这是通常的用法；宋养初干吗要刻“拙藏”？可是这一颠倒，那意思可就大不相同了！

回到家里坐定，一时思绪绵绵，想到自己多年坎坷，险些灭顶，还不是因为面对极‘左’一套治下的政治风云，“敏于思，拙于藏”？进而推想……石可即刻奏刀，出印。在《拙藏斋》印侧刻下的边款是：

> “拙藏”，非“藏拙”也。
> 无拙可藏，何藏之有？
> 非不能也，实不为也。
> 非不为也，实不能也。
> 曰：“贤。”

改天他把刻好的印章送给宋养初，问道：

“你这张考卷，不知我答得对不对？”

宋养初读罢边款，兴奋地说：

“老石，你算是猜透了我的心思！”

如此看来谁说“石不能言”？“石不能言最可人”！刻在小石头一则的边款，把两位铮铮老汉的满腔幽怀，那么深沉地抒发了出来！

又一次相聚，宋养初濡笔写下四个字：“善不为斋”，再请石可为之治印，并作边款。

石可为《善不为斋》印刻的边款是：

> 某嫁女，诫曰：
> “善不为，为善招嫉。”
> 女曰：
> “不为善，为恶？”
> 某曰：
> “善且不可为，况恶乎？”
> 然否？

石可的边款改编自《淮南子》，寓意深沉。所以宋养初读罢边款，又是不禁大呼：

“然也！然也！高山流水，得一知音足矣……”

“善不为”在正常情况下有发牢骚嫌疑。但是在“文革”那种环境下，也不失为一种幽默。看来又是一方小石头，引起了两颗真诚忠于祖国、人民和社会主义事业的拳拳之心，再一次轰然共鸣。

石可寄给我的另一枚《心存史镜》印拓，那是他的自用印，印文的寓意不言自明。

他也常把篆刻用于治砚。篆刻砚铭且不说，有的砚造型本身就是一编“断简”，一块“碑穿”。他也用于刻磁，如他给我刻过一个挂碟，就是刻的一方《积微以著》（《管子》句）大印的印迹：黑碟红印，题款银色，相映生辉。女儿小虹酷爱，我就转送给了她。

田横岛上创新砚

后一个梦境，是石可在田横岛上创制海泥澄泥砚，邀我去参观。

其实我从来没去过田横岛，也从来没见过制澄泥砚，只是他曾写信拉我去田横岛看他创制海泥澄泥砚，我有过心动。他创制成功后，还托一位女画家带给我一品。那位女画家又说她家里装修，一时没有时间拿给我，结果放在那儿不见了，我能说什么？

这一梦倒是可证，根本没实践过的事儿，一样能入梦，而且梦中还可以似真有其事，始知这种情况，还真的不是说谎。

我只是在三十岁生日，妻子吕子玲送过我一个紫檀砚匣清代“檀香紫”双葫芦澄泥砚，正面墨池是一个大葫芦的形象，砚首是葫芦枝叶和一个小葫芦。砚背是借砚形而浮雕的一幅双葫芦文人画。这小砚很美，我入住养老院也带了来，它跟着我也有六十年了！

再就是我从有关的书上略知道一些澄泥砚浮浅知识，如它盛于唐、宋，清代雕刻最佳，可也没免了它没落、衰微，一说断产。

也许是因为生产过程也太复杂，如取河泥淘洗，澄结，就要一两年时间。“出泥后，令其干，入黄丹团和揉如面，作二模如造茶者，以物击之，令其坚。以竹刀刻作砚之状，大小随意。微荫干，然后以利刃刻削如法，曝过，间孔垛于地，后以稻糠并黄牛粪搅之，而烧一伏时，然后再用黑蜡、米醋相煎之，如此反复……” 不抄下去，难怪端砚、歙砚等石砚生产发展，运输渐方便，一时淘汰了澄泥砚！

只因有这么一个梦境，且略记几笔。

2020 年 5 月 20 日改定

诗人、装帧艺术家曹辛之

双　栖

2020年5月下旬，修改和发表《好个不服老的臧克家》，想到中国十大新诗派之一“九叶派”的骨干诗人杭约赫，也就是著名书籍装帧艺术家曹辛之。因为想到20个世纪40年代中期，他曾经和臧克家等一起，在光复后的上海办《诗创造》杂志和星群出版社，他于1995年5月逝世。

1981年，他们“九叶派”的九位代表诗人王辛笛、杭约赫、穆旦、杜运燮、唐祈、唐湜、袁可嘉、陈敬容、郑敏，出版了诗集《九叶集》。曹辛之也就是杭约赫，曾签赠该书寄给我，还有他的诗集《最初的蜜》出版，也曾签赠寄给我。我复信说我少小参军，哪懂什么诗，或可介绍一些评介，供我阅读参考。他就抄了三页每页四百字的稿纸寄给我，这是他的“诗集《最初的蜜》出版后的反映”，“部分来信摘录”，“按收信日期为序”，只是胡乔木放在了最前，虽然他比李瑛晚一天写的信。

这些“信摘”是：

3月14日，胡乔木信中说：

> ……我看了艾青同志为你的诗集所写的序，你自己为你的装帧艺术集所写的后记，方平的长文和王子野的短序，当然也读了两书中的部分作品。这些大大

帮助了我认识一位可惜早没认识的革命者、诗人和艺术家。近期我因健康欠佳，勉强参加一些活动都造成消极后果，但我仍很愿意参加书籍装帧艺术展览会并见到你……

3月13日，著名诗人，中国人民解放军总政治部文化部副部长李瑛的信中有云：

……这是一本真正的诗。诗是美的，装帧，版式，设计，印刷是美的。它们像是一个和谐的整体，是一件艺术珍品。什么时候我们的诗集能出版得像这个样子呢？也许我们追求诗，追求美，追求一生也不可得，那就只有抱憾终生了！祝贺你付出许多精力和心血创造的这件珍品的完成和出版，从中可以看出您的作品的思想感情力量，高度的审美水平和严肃的工作态度……

3月24日，中国作家协会书记处书记唐达成的信中说道：

……诗集《最初的蜜》收到。早在上海读书时，就对杭约赫的诗有了深刻的印象，有一阵很奇怪，这位诗人何以悄悄隐去。后来才知道著名装帧艺术家即诗人也。美术界固然以此为傲，但我却为诗坛抱屈，一位有风格的诗人的笔焉能只用于装帧，现在看到你漂亮的诗集，十分高兴，因为这是否透露了一点消息，艺术家将继读把笔伸向诗歌的王国，倘如此，我为诗坛兴奋，向您鼓掌致敬。我这点区区私心，是否会被美术界讥为狭隘呢？但也顾不得这些了，因为我是在文学领域工作的，诗人，归来乎？愿不久的将来可拜读到你的新作……

3月30日，著名文学理论家唐弢的信中道：

……政协会议小休，回家见到惠赠大著《最初的蜜》，翻读46年（苏按：指1946年）部分，折戟沉沙，当年生活，依稀状在眼前也。至装帧之美观大方，心折之至……

4月6日，著名诗人冯至来信说：

收到您的《最初的蜜》，内容之精，装帧设计之美，为近年所罕见。谢谢您这宝贵的赠品。谨寄上我的《选集》二卷，错字之多，标点之不准确，则为近年来所“常”见，与尊著适成对照，但仍希哂纳，给以指正……

我只择录了部分。从这些大名家的眼里，也可见出诗人杭约赫在诗歌界的位置，也兼及他在书籍装帧艺术界的位置。

曹辛之，1917年生，过了年就是1918年的苏联“十月革命”，很好记。在江苏省立陶瓷职业学校和教育学院学美术。中学时代开始写作。1936年与吴伯文、孔厥等办抗日文艺周刊《平话》。抗日战争开始，奔赴山西抗日前线。1938年到延安，1939年毕业于延安鲁迅艺术学院美术系。毕业后参加李公朴为领导的抗战建国教学团，到晋察冀边区工作，这时候又醉心于诗歌。1940 年调重庆生活书店办《全民抗战》周刊。“皖南事变”后到香港。太平洋战争起，重返重庆。抗战胜利，到上海和臧克家他们办《诗创造》和星群出版社，还和别人办《中国新诗》月刊。中华人民共和国开国，调到北京，从事书籍装帧艺术一发三十多年。

1959 年，他装帧设计的《印度尼西亚共和国总统苏加诺工学士、博士藏画集》，在德国莱比锡国际书籍展览会获得装帧设计金奖，这当是曹辛之获得种种装帧艺术奖项中最高的，始而知名国际。

播　种

曹辛之是中国出版工作者协会书籍装帧艺术研究会会长。我是广东省出版工作者协会副主席兼挂名的广东省书籍装帧艺术研究会首届会长。广东人民出版社社长马冰山，请了曹辛之来广州讲书籍装帧艺术。他的学术报告会，不知为什么，广东省出版局又让我来主持。大概是因为这种事情偏于版协业务？省版协副主席分工我负责研究、学习这两块，我和曹辛之人也熟，这就让我来主持？

那天马冰山没到会，我多少有点“不祥”之感。不过我来主持，可不是我有兴趣出这风头，我只是奉命行事，而且马冰山也是副局长之一，我还以为是局长们共同商量而定。

报告会在广州“文革”时期办起的，一个不大的图书馆的一个不大的报告厅里举行，广州的各个出版社来了不少人。我原想不把这个报告会,主持成传统的“首长训话式”,或“先生教学式”，我想开成“师傅领进门”以后，尽可以有问有答，不废“师生”对话切磋的欢乐方式。会后他还要去深圳参观海外版书市，顺便逛逛深圳特区，写写诗，我设想的是营造一种让他高高兴兴来,高高兴兴去的效果。

马冰山他们想不到，事先就弄出了一点儿麻烦，这位瘦削的江苏小老头儿，因为一行劳累，又吃不惯为他接风请他吃的“龙凤会”,也就是蛇炖鸡,第二天他就拉起肚子!第三天登坛讲学，他是发着烧，抱病登坛，因为不便顺延，他后面的活动一环紧扣着一环。

在这种情况下，让我主持他的报告会，我很怕他讲着讲着，支持不下，弄得报告会不欢而散。所以我特别不想把报告会开成惯常的“首长训话式”，力争尽可能活泼些，于是有时候在一定的节骨眼儿上，我也会适当插几句话，或是替他帮腔，或是替他打打圆场。

可是不料广东人民出版社一位“红卫兵后”(我借用“博士后”之“后”尊称之)新入行者，先是高喊让曹辛之“大声点儿!”我误把他当成已经是不把曹辛之这类人物还看成“资产阶级反动学术权威”，即有“文革后”思维的新同行了，就插了几句嘴，把曹辛之拉肚子，在发烧，请大家原谅，细心一些听，岭南美术出版社还会出版《曹辛之书籍装帧艺术》画册供大家参考，也就是诸如此类的话。天下本无事，只为轻松一下会场气氛。那位“红卫兵后”新同行就大声斥责我：“你不要插嘴!”我不知道他的名字，只记得有一次下乡劳动，避大雨，窝在帐篷里，听见他问一位年长的老编辑：“番号是什么意思?”当时我就很是惊讶，一位大学中文系毕业生，竟然连番号是什么意思也不知道！为防这种人什么都干得出来，我怕他万一“红卫兵本性”大发，上台扇我几个耳光，我白挨不说，也给广东编辑同行丢人，这时候只有脸上一阵通红，看看曹辛之，轻轻摇摇头，他也看看我，轻轻摇摇头。他继续打着幻灯讲他的书籍装帧艺术，我一时感到了一种不便言说的悲哀……

曹辛之以为“四人帮”已经被粉碎有些时候了，怎么还在兴这种使“文革式红卫兵性子”？大概也感到不太是滋味。他本来带了大批多年来设计的书籍装帧艺术作品幻灯片，可是本来设想的由他打着幻灯片，讲一些基本设计理念，多是有问有答大家聊，此路不通，于是也就得收场时便收场。

在大庭广众之下无端被训斥，被羞辱，我倒是也能忍受得来。这要归“功”于受过“文革”中的批斗“锻炼”，脸皮厚了许多，比起“文革”中的批斗，这“文明”千百倍。我的“忍为上”蛮有“功夫”，只求报告会不出什么大问题，我得以“安全”交差。而对这次报告会总的估计，我依然认为由于曹辛之讲得相当精彩,还应该算是大体成功。至于对那种“红卫兵精神不死”，“惹不起躲得起”是我的事儿。

曹辛之在和我闲聊中曾向我说过，他的本意，真的是想着来“播种”的。看来既然不是为了普及书籍装帧艺术常识，不搞这种“大呼隆”也许更好。于是我通过“友谊的桥梁”，积极推动岭南美术出版社出版了《曹辛之装帧艺术》画册，以加强他的“播种”效应。

此时此刻，我也不知道怎么就忽然想起了屠格涅夫在他的短篇小说《浮士德》里说过的这样一句话：

谁知道每个活在地面上的人留下多少种子，这些种子要等他死后方才发芽滋长。

从这儿我又记起苏联作家巴甫连柯在他的长篇小说《幸福》第十一章里，通过对书中人物列娜的一段心理描写，所谈到的这样一种心地：

人们在地面上居住了千万年，大地考验了千万双人手的坚强性和力量。谁能说此刻吹来湿润凉风的峡谷，完全是由山溪所凿成，而没有人力的帮助呢？谁说得出有多少先代人的骨灰和血液混合在地下的石块之间呢？

列娜突然像渴望幸福似的想把自己变成一小块土地；变成大石的一角或路畔的溪流，以便在肉体消灭之后仍旧生活下去……

辛之兄当时已经是向古稀之年走近的人，我从报刊上注意到，他有两种新迹象：一种是，他的关于书籍装帧艺术的论述多起来；另一种是，他出外讲学的活动也在多起来。我没有正面问过他，是不是意识到自己已经到了该是进入最后一轮“播种”大忙“季节”？但是他的行迹替他作了回答。

他刚刚绞尽脑汁为《郭沫若全集》做了装帧设计，又在酝酿着为《茅盾全集》进行装帧设计。他也给我们花城出版社收老作家新著的《花城文库》做了装帧设计。巴金曾写信给我谈到他的满意。接着还有哪些这类名目会落在他的头上，他心里可能已经有数。然而我国的整个出版事业像汪洋大海般汹涌澎湃，一个人或少数人究竟能有多少精力！而我国许多地方的书籍装帧艺术都急待提高，况且还有，以后呢？

于是辛之兄，想到了他的那“两种”。想到了趁着还能走得动，多到一些地方讲讲学，开开座谈会，更多地与出版界同行交流经验，以收取更直接、更便当、更广泛的效果。

可敬的书籍装帧艺术家曹辛之，你这书业界的“老农”！有知者都在欢迎和支持他的很有诗意的“播种”。有人不支持他这种曾经所谓的“资产阶级反动学术权威”的所谓“反扑”，也别打扰吧，他的日子不会很多了！

人　情

是在那以后的事。在同一天，我上午先收到曹辛之的来信，下午又收到赵清阁的来信。读着，使我不期然，想到了“人情”这两个字。想到了我们从我们的祖先那时候起，就很讲究做事近人情或不近人情。到后来，见到“文革”期间有的可怕情况，我就更是从“人情”，想到“人性”，这，我就不好说了，我还是只说“人情”……

我想过，既然马克思在《关于费尔巴哈的提纲》一文里指出过：

> 人的本质并不是单个人所固有的抽象物，实际上，它是一切社会关系的总和。

那么，人在社会生活中，在人与人的交往中，哪能不顾“人情”这两个字？

1976年岁尾，曹辛之手制了一张贺年片，寄给茅盾恭贺新年。

茅公在人与人的交往中，可不轻看“人情”这两个字。他收到曹辛之手制的贺年片，赶快赶在除夕前一日，用一张女作家赵清阁为他手绘的诗笺，写信向曹辛之同贺新禧。

辛之兄有一张这一封信的照片送我，信的内容是：

辛之同志：

接奉贺年片，谢谢。此为您自制，新奇大方，当永藏以为宝。

新得赵清阁自制诗笺一张，此纸即是。作为覆书，亦投桃报李之意，不过我这李是借来的。　匆覆　即颂

春祺！

沈雁冰

1976年12月30日

茅公年高，体弱有病，而且岁尾多事，可是他仍然不忘亲笔及时“投桃报李”。淡淡的情，融融的意，谁看了，也不能不为茅公的十分注重“人情”，而感到人间的温暖。

这张复信的诗笺，是同年8月赵清阁画了送给茅公的。我想也许不独这一张吧？不知道赵清阁在记述她那几年和茅公交往的《哀思茅盾先生》一文中，为什么没提到？大概是人也年纪不小，忘记了。

我是从辛之兄送给茅公的这张自制贺年片，想到1987年开年，他也给我寄来一张自制的贺年片。那是用他篆刻

的陈毅元帅词《满庭芳》拓片为封底的《红旗》杂志，再加钤“贺新春”印，签名，盖章，而成。

可是我却收到了也就收到了，只当“印刷品”，连一封普通的信，也没有回。一时想到与茅公对比，如今的自我判断是，简直可谓不通“人情”！

为什么会是这样？我想了好久，一时想到了苏联著名作家巴甫连柯的长篇小说《幸福》中，有一处谈到联共区委书记柯磊托夫。

从欧洲前线下来的独腿军团政治部主任伏罗巴耶夫上校，一天去见他，对他讲起自己所在集体农庄里，战后医治战争创伤的艰苦劳动中，一位又一位忘我奋斗的可敬庄员。

他听了却是说：

“老兄，我对你说的个别人，可不感兴趣。我感到兴趣的是人们，我喜欢概括……”

罗巴耶夫就回话说：

“你对单个的人不感兴趣，这是什么意思呢……自然，你是说，像伏罗巴耶夫这样的人，有上千个，所以他，伏罗巴耶夫，就不能引起你的兴趣，因为他只有千分之一的价值。你把人用批发的方式去估量，以为分开来，就不值得去研究。可是……这里，就连马克思主义的气息也闻不到一些！”

我一时警惕起来，想到我是不是在生活中不自觉地接受柯磊拓夫一套影响多了！而不注重个别的关心人，落入“大批发”“概括化”对人、对事，而这种情况可能便是不讲“人情”的一种自我开脱！我越想越怕，进而又觉得，对“人情”麻木不仁，很可能也就是一个人通“人情”不通“人情”的关键所在。想起我对曹辛之贺年片的麻木不仁，一时深感无地自容……

再看5月间曹辛之来广州讲学，我请他们夫妇吃过一餐便饭，事后陪他们到深圳看了看外版书市，再就是我们广州人手头“外汇兑换券”比他们宽绰，他看中一个八元钱的公事包，可是人家只收“外汇兑换券”，他没有！我替他出了。这本来是芝麻大小事，丝毫不值得一提。可是辛之夫妇回到北京，一再写信来道谢。

6月间我出差外地，返穗路过北京，辛之在家里请我吃了一餐很像样儿的饭。临别，送了我一个贵重的汉唐瓦当，同时也是一个“瓦当砚”，还有一把他在“五七干校”接受“变相劳动改造”之际，亲手摩挲很长时间才磨成溜光瓦亮的宜兴紫砂壶。或许这也因为他是宜兴人，曾经是学陶瓷的？最记得他当时还给我讲了这样一个故事：

有一天，上海一位作家，到他家来看他。见他在用着一把很名贵的紫砂壶，冲茶请客人饮茶。那位上海作家就劝他，不要拿这把紫砂壶作寻常用，告诉他，这把壶的时价是六十五万，可以换一台名贵的丰田小轿车。他便听劝换了一把紫砂壶，把那把时价六十五万的紫砂壶，洗干净，放进微波炉里，想烤干它，收起来。结果一拿出微波炉，那把名贵紫砂壶炸成了数片，一钱不值了……

我很看重他送我的这两件小礼物，带回广州，把瓦当挂在墙上，把紫砂壶摆在玻璃门书柜里，闲来望见它们，就会想到文化，想到美，想到“人情”，想到友谊，想到报答……想到许多许多。2017年进养老院做“养老院院士”，我也带进了养老院。

又后来，辛之夫妇在广州买的三角牌电饭煲指示灯坏了，辛之写信求助于我。我不懂，可是我那位任工厂总工程师的老伴儿吕子玲懂，一家四口“总动员”，分头上街去找，很快就帮他们解决了问题。事情又是不过芝麻大，但是我从心里往外高兴。是辛之教会我，要具体懂得朋友间的“人情”这两个字，知道能帮助朋友一点儿忙，报答朋友一丝“人情”，是一件很让人快乐的事。

我越想越觉得，同志之间，朋友之间，还是应该多一些正常的“人情”才好，它是友谊的“发酵剂”，不见得总是什么“背靠背无情揭发”“面对面无情斗争”，总是在革命同志间也“与人奋斗，其乐无穷”才够“革命”，经验事实倒是证明这不利于人民的“团结就是力量”。

瓦　当

我把曹辛之送给我的那一个既是汉唐瓦当、又是一个瓦当砚的小古董带回广州，在一侧钻了两个小眼儿，用从法国干邑白兰地酒商标铭牌上解下的一条漂亮的金色短链儿穿成一个可挂起来的附件儿，挂在客厅的墙上，粉白的墙，金灿灿的吊链儿，吊着一个两千年前的小古董，又雅气，又美观。

谁也知道，秦砖汉瓦是名贵的文物。我在所谓的“无产阶级文化大革命”中被“群众专政”七年，心想，别白白浪费时间，沉下心来认真读书，连《马克思恩格斯全集》《列宁全集》，这些几十卷一套的大书我都看过，看了街上还能买到的《史记》《汉书》《后汉书》《三国志》，别的什么史也都看，连《中国陶瓷史》《中国建筑史》《中国建筑材料史》这些偏门也都看。说到中国古代建筑用来装饰檐头的种种瓦当，我还一丝不苟地精确临摹下来青龙、白虎、朱雀、玄武“四灵瓦当”“鹿纹瓦当”，“水车纹瓦当”“长乐未央瓦当”“长生无极瓦当”等二十多种汉唐瓦当。那时候市上有一种京郊房山县生产的带盖小圆砚，很便宜，我买回来在砚盖上刻上瓦当图案，也选刻《中国兵器史》上的几种远古“玉具剑”图案，用光图章的方法打磨出来，再经过“上蜡”，也变得相当美。后来送朋友当小摆设，很受欢迎。

有一天，我去看望1956—1958年在华南缝纫机械制造厂做厂长时的老同事、退休财务科长陈少峰，他是漫画家陈奇峰的哥哥，家里收藏不少汉唐瓦当拓片，说是清代大收藏家陈介琪的故物。少峰兄见我喜欢，就捡了“长乐未央”“长生无极”等几种瓦当的拓片送给我。少峰兄要寄到北京去托弟弟陈奇峰给裱。我说别麻烦人家，自己拿到街上去裱。高高兴兴送到一家裱画档口，结果给新学徒当“琐碎玩意儿”自作主张“抢着干粗活”，把拓片的空白，本来供题识的地方，都给剪去了，只留瓦当部分给裱成镜芯，害人不浅！

拿回家里，我坐在椅子上，看着那几件“创造性”裱件，看看墙上挂的辛之兄所赠瓦当实物，想到种种至少是无知的自以为是。进而又想到“文革”的“破四旧”，又觉得与那种空前规模、无孔不入、扫荡性疯狂毁灭祖国文物比又算不上什么了……

也想到过后来参观九龙海关的一个内部展出，看到一个有红木砚盒的汉代“长乐未央瓦当砚”，那是一个走私犯花言巧语托一个不识其贵重的老太婆“帮忙”带出国，被海关扣留下来的。这时我就想到了马克思的女儿让马克思说出他最喜欢的一句格言是什么，马克思给女儿们写下的是一句古拉的格言：

> 人类的一切东西，对我都不是陌生的。

我想我对辛之兄赠我瓦当的致谢，也莫过于尽量多掌握一些知识。

还有什么可说？

辛之兄去深圳，我给当时的深圳杂志《海石花》写了一篇文章谈他。

我感到我对他 1976 年给我贺年片不当一回事，有失人情，在《羊城晚报·花地》副刊写了一篇《“大批发”和“概括化”》，实为清算自己。

我还引陈毅元帅致中山大学退休教授朱师辙的一封原信，展开来写了一篇《具体地关心人》，发表在可以当一组文物，把陈毅元帅那三页墨笔原信和信封同时登出来的，全彩精印杂志《收藏·拍卖》，感念陈毅元帅和叶剑英元帅在同一件事情上都那么具体地关心人……

2020 年 6 月 15 日作于南海金沙洲泰成逸园养老院

和黄永玉的淡淡交往

初识黄永玉

因为受新冠病毒肺炎疫情的影响，巴金故居、巴金研究会的刊物《点滴》杂志，2020 年第 1 期 5 月才发行。这一期发表了拙作《性情中人陈从周》。首篇是黄永玉长长题目的《哈哈！三剑客光临，欢迎欢迎——〈无愁河的浪荡汉子〉中的巴金与萧珊》。拙作和黄永玉大作同在一期，让我想起了和向百岁冲刺的大画家也是大作家黄永玉的一段淡淡交往。

上一个世纪 70 年代，“四人帮”发动过一次“批黑画”运动。实话实说，是幸喜时间不长，规模不小而折腾的范围不大。不少著名画家的作品被“黑化”，如大画家齐白石的高徒、那一段时间我俩多有来往的著名画家许麟庐，画过一幅《荷花鳜鱼》；一丛荷花，两条鳜鱼，被“黑化”为：“宣扬和（荷花）为贵（鳜鱼），替‘大叛徒、大内奸、大工贼’刘少奇的‘三和一少’张目。”许麟庐画的一幅《白菜柿子》；一棵白菜，三个柿子，被“黑化”为“标榜自己三世（三个柿子）清白（一棵白菜），而他父亲和他自己都在天津做过面粉厂经理，这是‘鸣冤叫屈，阶级反扑’。”……如此这般，等等等等，欲加之罪，何患无辞？但是不知道这批“黑画家”沾了什么光，好像对他们并没有进大规模批斗的人身迫害，多是批归批，并没斗，人们对这些事儿也不太怕了，如我还在受着“群众专政”，也敢向许麟庐指明就要他给画那两幅“黑”画，他也敢照样儿画了送给我。大概人被斗“皮”了，也就“账多了不愁，虱子多了不痒”。

一个星期天，我吃过早餐，写一张“请假条”，给奉命同住一楼暗里看着我的两位善良老工人，他们二位从来不闻不问不向“造反派”报告，实际上起了“掩护”我的作用。我从住处虎坊桥就近乘直通北京火车站的公共汽车，又去住在北京火车站附近芝麻胡同（如今已经不存在）的许麟庐家串门，我很喜欢听他给我讲书画篆刻方面的知识，讲一些著名书画篆刻家的故事。

中午在他家吃过午饭，我向他告辞。他却提议：

“忙什么，反正星期天，也没有什么事儿，走，咱们到离芝麻胡同不远的罐儿胡同（如今也已经不存在），去罐斋看看黄永玉去。他也是一个大好人，他夫人儿童文学作家张梅溪的咖啡煮得特好。”

我知道黄永玉的《猫头鹰》，也是在这一次“批黑画”中被“黑化”，当然很乐意和他结识，就开心地说：

“好呵，知此君久矣，得一识更好。”

我跟着许麟庐，从芝麻胡同拐两个弯儿，就来到罐儿胡同，来到黄永玉家罐斋。

黄永玉是因为画过一幅睁一只眼闭一只眼的《猫头鹰》；猫头鹰本来就常是这样，被“黑化”为：“这是恶毒攻击，暗示对今日中国，只能睁一只眼，闭一只眼看。”

我心里明白：被“黑化”的种种说道，不过是胡说八道，如“黑化”齐白石的另一位高徒、著名画家李苦禅的画，就说他为一处外事活动场所画的有“八朵”荷花的一池“残花败叶”，是在讽刺江青的八个“样板戏”。其实我在他家亲耳听李苦禅老人对我说：

“这些人也不认真数一数，就瞎邪，其实那幅画上，明明是九朵荷花，不是八朵；再说，我也根本不知道到底有几个样板戏！”

一些“文革”发烧友，为了维护他们的一时利益代表者“四人帮”，就是这样，绞尽脑汁，歪曲事实，入人以罪，以效忠主子！

也有向他要画

黄永玉为他这时候的家，取名罐斋，真的是很实在，窄小得像一只罐子，后墙上没有窗，他就画上一扇窗子。他用为刻木刻淘到的梨木段子，放在地上代“沙发”，也是又“艺术”又“实用”，又解决了没有地方“仓储”的难题。

初次见面，不会谈得很多、谈得多深，但是短短的谈话中，也能察觉到彼此谈得来谈不来，我谈得心情舒畅，自然是谈得来。

我有时候说话声音大了一些，他常要指一指薄墙，把右手食指往嘴前放一放，让我“别吵了邻居”；我当然明白其意……

我从屁股底下的梨木段子，想到我买过的一部《中国文学书籍插图选》，那部画册的封面，是黄永玉刻的哈尼族民间故事人物阿斯玛形象的套色木刻，很美，内中也收有多帧黄永玉的《阿斯玛》套色木刻，都很美。于是我拍拍屁股底下坐的梨木段子，问黄永玉：

“《阿斯玛》木刻的原版，还在不在？”

他拿开嘴里叼着的烟斗，想了一下说：

“还在。不知道压在哪儿，得找找。”

我就问他：

“能不能给我拓一幅？我很喜欢那些木刻。”

黄永玉很慷慨，满口答应说：

“行。得等我弄到好油墨。”并主动提出，“我先画一幅画送给你。”

木刻我所欲也，画也是我所欲也，我忙说：

“好极了，就画睁一只眼、闭一只眼的‘黑画’《猫头鹰》吧，许麟庐已经给我画了他的‘黑画’《荷花鳜鱼》和《白菜柿子》。”

黄永玉笑笑说：

“我给你好好画一幅画，一定给你好好画一幅画。”

稍后我由七年不准离开北京的“群众专政”，获得也叫“解放”，也叫“平反”，先回广州主持《光明日报》的广州记者站，得与家人团聚。行前归心似箭，没有再去罐儿胡同罐斋，找他兑现他答应的赠画事。

还是回到广州，因为《光明日报》总编辑莫艾临行当面郑重交待：“回到广州，工作可干可不干，千万别写人物‘内参’，不然给江青一批就麻烦了，如……中山大学的容庚教授就是。”（这是原话，我只略去了写容庚教授‘内参’者的名字），我在悠哉游哉中依然时间多多，才想起给黄永玉写了一封带点儿刺儿的信去催。

他收到我的信，立即给我挂号寄来一幅花朵勾了金边儿的那种《荷花》。想来他是为顾“文革”还在进行的“大局”，没有给我画他被“黑化”的《猫头鹰》。大信封中附有一封他用墨笔写在高丽纸上也带点儿酸味儿的信给我，内容是：

苏晨阁下：

来信一催，随即奉上拙作一幅，虽不成气候，或可稍熄余愠，以赎疏懒之罪。广东能手林立，冷热兼备，弟之作野狐禅也，为纪念尚可，交与装裱或以之示人则大不宜也。（苏按：他当时身居天子脚下，不能不顾虑多多。）

见笃维兄（苏按：指当时为中国美术家协会广东分会秘书长的已故著名书画家黄笃维教授）请致意。木刻（苏按：指我在北京时要的《阿斯玛》木刻拓本）眼前无好油墨，

容后补上。

祝

好！

黄永玉

五、十四，

这幅《荷花》，是一个四尺宣纸对开横幅，画得很下功夫，画面辉煌，漂亮，上款题：“苏晨兄雅正”，下款落：“黄永玉乙卯于京华”。

他人在“天子脚下”的北京，不能不有信中的嘱咐。我在“天高皇帝远”的广州，当然不会听他的。不但请广州裱画“头把手”黄师傅给精裱过，还张挂了起来。

“文革”过后，我离开《光明日报》，调回广东任广东人民出版社副社长、副总编辑。黄永玉先后两次应邀来

广州画画，我都去看过他。待到他名声如日中天，特别是出国画画，世界知名，人家已经大富大贵，我还在变相患难，自己心里明白，已经到了“该退则退”的时候，后来便没再和他联系。

他送我《永玉三记》

事隔很久，1984年春天，我已经又是在花城出版社工作的时候，不知怎么，黄永玉忽然从香港半山他那个不知是自己的还是借住的豪宅，托生活·读书·新知三联书店香港分店总经理、总编辑萧滋，给我捎来一套三部的《永玉三记》，还郑重其事，每一部都题了我的上款，落了他的下款。

估计是三联书店香港分店有样书送给他，他可能是见到三联书店香港分店1984年3月在《回忆与随想文丛》中，出版了我的散文集《小荷集》，想起了我？要不就是听到在所谓“清除资产阶级污染”中，我被谣传怎么怎么了，向我伸出关怀的手？他没留下地址，我理解为这是不必联系的意思。我没有回信致谢。但是人总得讲点儿礼貌，我于是在湖南《书屋》杂志上，发表了一篇《到罐斋去看黄永玉》，当作“心到神知”的礼貌也就是了。

《永玉三记》的三部书画集，我很喜欢。这书也是由三联书店香港分店出版，后来北京也有出版社出版，这样就在大陆也可以不算“非法出版物”了，所以我住进养老院，也带了进来，这不，还又翻看了一遍。

这三部书画集，最明显的特色，是三集里的每一幅画，都附有诗一般隽永并且深具哲理的题句，与所画内容相得益彰。

这三部书画集统名《永玉三记》，是用一个长方形阳文篆刻印迹，标示在封面的右上角。这三部书画集的各集名，由黄永玉署名盖印用墨笔自题于封面的左侧。

《永玉三记》之一，是《罐斋杂记》，内收八十二幅画，八十二则自称“动物短句”的题句；

《永玉三记》之二，是《力求严肃认真思考的札记》，内收六十八幅画，八十六则曾经在北京《诗刊》杂志上作为诗发表过的哲理性题句；

《永玉三记》之三，是《芥末居杂记》，内收107幅画，107则短短的寓言。

这是多么耐看的三部书画集！

先说《罐斋杂记》。黄永玉在《代序》中说：书中的八十三则“动物短句”，是他1964年在河北邢台参加“四清”，“无聊烦闷”之余，写来“消遣时光”的。当时有人看了，甚至“笑不可抑”。可是这位“笑不可抑”者，“文革”中却是选准时机，把事情抖露出来以“立功”。“红卫兵”和“造反派”勒令黄永玉交出本子，随即掀起了对他的批斗。还是“文革”收摊儿，这些原本已经失散的短句，才由一些认识的，不认识的，各位朋友重又汇集起来，交回给他。

《代序》的末段说：

> 这八十多个“动物短句”曾经是我沉重的十字架。扛过它，然后被牢牢地钉在上面。后来居然又被放了下来。
>
> 我被放下来，有些人是不会再微笑的。
>
> 但是，我是多么希望这些人早一点能用正常人的

心地真正的微笑或大笑起来，过人而不是过像我所写的禽兽虫豸的生活。不再兴风作浪，靠偷血为生。

这八十多个“动物短句”已经散失了，又经认识和不认识的朋友汇集给我（当年他们抄自批判我的大字报）……”

黄永玉后来想到要把这一批作品交给出版社出版，是因为他发现：虽然已经几十年过去，但是这些“动物短句”的生命力似乎并没有稍减。可也是的，比如，我据以生发开来写过文章的第二十五幅《雁》：画面是五只高飞的大雁，组成一个“人”字；题句是：

欢歌历程的庄严，我们在天上写出“人”这个字。

看着这一幅画，这一则题句，我一时想起一位又一位，为了维护人的尊严，“在天上写出‘人’这个字”的男女老少“文革”后得到平反昭雪的先贤……

我以为想一想还是可以的吧，为了记住教训，干吗不可以想一想？广东民谚有：“画公仔何需画出肠”，我连“絮叨”也没有再“絮叨”，应该算说得过了。

再如第三十二幅《公猪》，画面上那只肥肥胖胖的“老淫虫”，还恬不知耻地自傲于：

我天天结婚，无须离婚。

不过我也以为，这话得两说着。如简单化称“种猪”为“老淫虫”，也只能是玩笑之言。因为身负“配种”任务的“公猪”，

“配种”是饲养者赋予它的“职责”。从前多见有垂垂老者，经心饲养一只良种“公猪”，应约赶着它去为别人家的母猪“配种”，收几个小钱以营生，这也应该是一种正当职业。

我看黄永玉的《公猪》，主要是对权势者的经营“权色交易”“色权交易”，得势的沾沾自喜，而言。“我天天结婚，无须离婚”，是一种“极而化之”的表述。我看黄永玉这幅《公猪》，对于“打虎拍蝇”打出来的那些贪污腐化祸国殃民“大老虎”一类人物，还是蛮适用的。他们位高权重，呼风唤雨也是“小菜一碟”，似乎已经是要什么有什么，许多都应该是已经满足过头。

还有什么不满足？只剩下因为中国有庄严的《婚姻法》，中共有铁的纪律，再怎么位高权重，也不能公开如皇帝万岁的“三宫六院七十二偏妃”，或王爷千岁的“福晋侧福晋成群结队”。于是，靠推行“权色交易”或“色权交易”解决问题，就寻常见了。怕的倒是，他们还不成“问题”的时候，“理论”上有被歪曲了的“小节说”给他们“说和”，打成贪污腐化祸国殃民“大老虎”，也只有讳莫如深的“生活腐化”四个字给他们“兜底”，《婚姻法》又怎样？铁的纪律又怎样？他们照样儿长时间地，大量地，经营他们的“权色交易”或“色权交易”！被歪曲了的“小节说”，还是“纸船明烛照天烧”了吧！

1980年我在《羊城晚报·花地》上发表过一篇题为《“小节”不小说》的短文，大大胆子谈了一下，也只能算是浅浅一说。此刻想往深里说说，还是怕“说不透”惹麻烦！须知“榜样的力量是无穷的”这句话，办好事管用，办坏事也管用！

第三十四幅《猫》，画面上是捉住猫用舌头洗刷自己的特点，比对一种犯了错误也必有“犯错误有理”说道的行为，题句为：

> 用舌头洗刷自己，自我开始。

不多言，事例大大小小多的是。华君武有一幅漫画，一个人，拿着一只鸡毛掸子，对别人真真假假的错误，瞪起眼睛拿藤条那边狠狠地抽，对自己实实在在的错误，则是眯着眼睛笑嘻嘻用鸡毛这边装模作样轻轻掸一掸，那是这种人物的另一形象。上面议论《公猪》谈到的对“小节说”的歪曲利用，都是“同类项”。

读着这八十三幅画，八十三则题句，谁都自会想到一些本来应该鄙视的东西，或许还有人会想到马克思在《爱之书》中说过的这句话：

> 在古往今来的尘世上，有两重天永远亮闪闪——一重天在我们头上镶着星星，飘着云彩；另一重天在我们心上，里面有悲欢在激荡。

用心灵放开来去迁想吧！勇敢，纯洁，真诚，为维护社会主义道德去迁想，这应该是心灵自身的准绳。

严肃认真的思考

《力求严肃认真思考的札记》，据黄永玉的自序说，这是一些“乘兴而行”的作品，似乎并没有什么特别的讲究：

原本只一条两条，过两天又一条两条，日子稍长，成了几十条的数目。有一天，邹荻帆（苏按：《诗刊》主编）兄来坐，为《诗刊》索诗。诗倒没有，把这几十条拿去了，也发表了出来，而且给起了这个怪题目。

《力求严肃认真思考的札记》，札记了什么？请看第一幅《速度》，画面是一个脸孔半边黑，半边白的人面，题句是：

速度：物质运动的形式。比如，坏人一下子变成好人，快得连闪电也颇感惭愧即是。

想想“那一段”时间，高高“舞台”上的“出将入相”，将相们今天红脸儿，明天白脸儿，过一过，又是今天白脸儿，明天红脸儿，真叫人触目惊心！

我们多么渴望对人，对事，对历史，对今日，客观标准还是真正的存在！《实践是检验真理的唯一标准》的全民大讨论，造福我国人民不浅。

如第二幅《桌子》，画面是一张长方形的桌子，题句是：

桌子：把人们聚在一起消耗青春的工具。拉丁文叫做“磨人的砂轮”。

对于这一点，像我们这些经受过“磨人的砂轮”长时间“修理”过的人，体会深深。诚然，学习，开会，永远不可缺。但是，民谚有：“国民党的税，共产党的会”，是拿这两者相提并论！过去我们惯以这是指国民党的税多，共产党的民主多，而自豪。其实只有这一成意思？过去的长时间，没有必要的“学习”和“会议”，太多了！“文革”后相当长时间不再，让人开心。多怕它卷土重来……

第三幅《椅子》，画面是一把普通的椅子，题句是：

> 椅子：桌子的亲密战友。它起着把人的坐骨突起部分搞平的作用，这将给千年以后的人类史学家鉴定和分期工作带来极大的方便。就人类史说来，绝对没有任何时期的人的屁股，能与我们当代人屁股的平面美学价值相媲美。

《桌子》和《椅子》的这两幅画，两题句，对照着看，更容易明白，生命中被残酷而又无谓地消耗掉的宝贵生命年轮太多，是很可惜的事儿……

得仔细想想

《芥末居杂记》的自序全文为：

> 这个册子，是闲时之作。凑满一百，印之成集。虽有所指，均系瞎编，此不用挨板子即可招认。
>
> 钟书先生（苏按：指钱钟书）有云：“狗一类的东西，照什么镜子？”诚然，可见狗还是爱照镜子的，不过，容易生气就是。
>
> 辛未暮春湘西黄永玉作于三里河南沙沟罐斋。

《芥末居杂记》的一百幅画和一百则题句，有一些是一看就明明白白。这一类，如图之四，《二罐》，画面是两只互相碰碎了的自吹自擂的罐子，题句是：

> 二罐路遇。
> 问曰："尔盛何物?
> 曰："学问。"
> 反问曰："尔腹中何物？"
> 曰："知识！"
> 皆疑之。曰："可一观乎？"
> 答曰："学贵含蓄而毁于随。"

可悲这种人往往还是一定位置上的人。

另一类是要稍动动脑筋，才能弄明白。如图之三十五，《老手》，画面是一位鼓足干劲吹喇叭的赤膊老头儿，题句是：

> 宋徽宗召画师于内苑，逐一垂询。一老者七十呈山水幅，帝赐以锦缎三疋。一老者八十呈花卉翎毛卷，帝赐博山炉。一老者九十呈人物册，帝赐狐裘一领。后二内监搀百五老者至，所呈笔墨如蟹爬沙，且呐语无所不能。帝笑慰曰："年岁堪嘉，赐喇叭一具，待精神好时吹吹！"

我觉得细心阅读《芥末居杂记》，我们在各自对经验事实的迁想中，识别那些以不同面貌出现的狗模人样者的真实嘴脸，会大有帮助。

想起康乐村二商老

凡事都有个由头

我入住养老院之前，在番禺南浦岛左岸住家时候，大约是过八十五周岁生日，小女儿小艾送给老爸的生日礼物，是她去韩国旅游，在济州岛给我买的一只美丽的韩国风铃。

我的“回礼”，是给她讲了中国古代从军中乐器画角，到挂上高层建筑檐角的风铃，包括明太祖朱元璋钦定风铃的声音是在说什么，清人钱琦《语测》一书对这一段历史的解释不确，引一首杜甫的诗就可以推翻他……即一些关于风铃的知识和故事，还写了一篇题为《一只风铃》的散文，发表在广州《南方都市报》文学副刊《大家》。

装这只风铃的盒子，是装“济州岛代表性旅游纪念品”、名曰“石头爷爷”的盒子。我于不经意间谈到，朝鲜战争期间的1950年尾1951年头，我作为中国人民志愿军的随军记者，参加第三次战役、第四次战役，在韩国境内作战时，就注意到了“石头爷爷”这种韩国村头神祇。中国和韩国建交那年，我随即应韩国外交部国际交流财团之邀，访韩三个月，反正每月津贴不少，还可以续期。在韩期间，我曾经特地到韩国名也叫岭南、城市名也叫广州的地方，去实地考察过这种多称谓、不同形象的“石头爷爷”。顺便谈到了有关知识和故事，赞扬了济州岛的旅游业界聪明，他们早在1971年8月25日，就抢先把“石头爷爷”注册下来，成为济州岛的“版权所有”。

讲者无心，听者有意。大女儿小虹听在耳里，记在心上，她去韩国旅游，便在济州岛买下一盒两个、具体而微的“石头爷爷”，送给老爸为另一个生日的礼物。

我的“回礼”，也是给她讲了有关“石头爷爷”在韩国、在朝鲜、在我国延边朝鲜族自治州，多样的历史存在，和有关故事。也同是写了一篇题为《石头爷爷》的散文，发表在《南方都市报》文学副刊《大家》。

2019 年 11 月 15 日，再过十三天，我将在养老院里过八十九周岁生日，跨过一个“生命的高坎儿”，进入九十岁初度。小女儿小艾，由于旅行社排定行期，要出发去西班牙、葡萄牙、摩纳哥三国旅游，我生日那天回不来，提前送给我的生日礼物是一只精致的日本钟造型小铜铃。盒子上标的是“趣味の风铃”，直译应该是“趣味的风铃”或“趣味之风铃”，但是附带的中文标签上译为“趣味乃风铃”，想是让译文味道“文”一些。

日文说明书上图文并茂，说它是日本“南部特选”，是“国家指定”传统金属工艺品生产商、有四百年“炎の艺术”（许是指“火焰的艺术”或“火热的艺术”）生产史的“高岡铜器”制造。还说现在日本 90 % 的金、银、铜、青铜、白铜、黄铜、铁、铝合金、镁合金等金属工艺品，都出自该制造商。所列品种包罗万象，有不少照片，美不胜收。这家四百年老字号制造商，创立于日本江户时代。明治时期就已经在法国巴黎万国博览会上获得殊荣……

其实，关于可贵的“工匠精神”，保持“老字号的历史传统和荣誉”，本来有很多话该说。香港凤凰电视台的王鲁湘教授，志在传播真理，甘心做个电视台的节目主持人。

他懂得在今日中国，多么需要重拾我们民族先人无比珍视的“工匠精神”，多么应该无比珍重老字号的光荣传统和荣誉，为此他风尘仆仆，远去日本，深入生产实地，采访代表人物，用事实说话，召唤在今日的中国，让本来不该失去的“魂兮归来”……

我不插嘴，因为我只是一个辽东老兵，“养老院院士”，广东叫“老糠”的“老不死”。但求马克思在天之灵保佑，别再像1958年，我因为职责所系，奉中共广州市委分管工业的副书记当面之命，在《羊城晚报》副刊《晚会》上，用临时凑的笔名为广州传统名牌产品写了一些如《王老吉与王老吉凉茶》之类不干政治的短文，“文革”一来，也被“发掘”出来，搜集起来，铅印成《苏晨毒草集》，定下“为资本家树碑立传”的罪名，打成“反党、反社会主义、反毛泽东思想”的“三反分子”，把我画成“饭铲头”（粤语，眼镜蛇），那些短文成了“饭铲头”嘴里喷出来的一滴一滴毒汁，一时害得我全家大小跟着遭殃。好在马克思的在天之灵真的“显灵”，后来得到平反。

“商记”小铜铃

我还是从“一号小铜铃”，说到“二号小铜铃”；即从我女儿小艾送给我的那一只小铜铃，说到已故中山大学著名教授商承祚老人送给我的“商记”小铜铃。

我移步把那一只“商记”小铜铃找出来，轻轻一振，发出“叮铃”“叮铃”，清脆的响声，比那只日本小铜铃的响声还大，也是悠扬如乐。

老伴听到，有些奇怪，从她住的小屋，走来我住的小屋，看明白，笑我：

“你怎么把这东西也带进了养老院？”

我反问她：

“你还记不记得，这只小铜铃是谁送的？”

她不屑地说：

“怎么不记得。是那年中大商承祚教授拿来，亲自指导你装上门框的。”

她说得完全正确。那是1979年，我调到广东人民出版社任副社长、副总编辑，领导创刊《花城》《随笔》等杂志，并且自己动手试编头四期《随笔》，约商承老在《随笔》上开《契斋东西南北谈》专栏，他不时来我家商量关于专栏稿件的事儿。

他从中大来我家很方便，第14路公共汽车的一端总站，在中大校门外，在我住家的楼下，刚好有站。不过登上我住的四楼可就麻烦了，因为一时还不大太平，楼下大门晚上必定关着。他有一天晚上来我家，碰上楼道大门紧闭。便在楼下喊：“苏晨同志，开门，我来了，我是商承祚！”喊多次，我也听不到。到楼前边再喊：“苏晨同志，开门，我来了，我是商承祚！” 再喊多次，我还是听不到。他只得“废然而返”！

“废然而返”是他后来写给我的信中之言：

> 夜间走访，得门而不得入，仰天高呼呼不应，只好废然而返。我认为你们这座楼的住户，不人人安电铃或拉绳铃，只能拒来访人于大门之外……

就这样，两天后，他拿了我现在手里这只小铜铃，和组成拉绳铃的一切所需，大白天来我家，现场指导我安装起来。此后他再夜里登门造访，就不用“仰天高呼呼不应，只好废然而返”，他在楼下把我门框上安起的拉绳铃拉响，我会立即下楼给他开门。

这位中山大学中文系主任商承祚教授，字锡永，号驽刚，契斋，室名：决定不移斋，古先斋。他和我本来是辽宁同乡，他祖籍铁岭，先辈作为“汉军旗人”，从黑水白山，松辽大地，来到南海之滨，落籍番禺，所以他现在填表，籍贯已经改填广东番禺。

他生于晚清光绪二十八年，公元 1902 年，农历正月二十八日，和沈从文教授刚好同年。卒于 1991 年，5 月 18 日，夏时制 16 时正，享年九十岁。

他是著名教授，著名古文字学家，考古学家，文物鉴藏家，出色的书法家。但是身上不见著名教授、大专家那种似乎难免的架子。如他对我这样一个不见经传的小人物，也称兄道弟，有事真诚上门商量。

我一时想到他送给我的这一只“商记”小铜铃，他现场指导我装起“拉绳铃”，也与我一时怀念起那时候出版社编辑和作者的关系有关，行文也免不了向这方面倾斜。

“文革”收摊儿，国家拨乱反正，改革开放，一片新兴气象。出版社编辑和作者的关系，也一片新兴气象。如“文革”的“除四旧”，使出版物或可出版著作，遭到大量毁灭。“文革”期间的出版，除了特例以外还有什么，我不知道。社会上书荒严重。编者作者同心同德，都想齐心协力，尽快使这种情况得见改观。

在编辑，工作起来，什么社里、社外，什么八小时里、八小时外，看得很淡，有时候就在编辑室里过夜。编辑与作者，如年轻女作家张洁，在北京一家医院看病，说她头里长了个瘤。她想住院治疗，没门儿。她去找夏衍帮忙，夏公说："你没见文联领导还住医院走廊？去广东，找苏晨去！"张洁搬出夏公原话写信给我，在编《花城》杂志的编辑听说，也跟着着急，张洁是《花城》的作者。

我对李士非说：

"她是病人。我复信让她坐软席卧铺来，她不够资格，出版社按特例负责报销。一切她报销不了的费用，出版社都负责报销。这我办得到。找医院入院，可得你替我想想办法。"

李士非是痛快人，他拍拍胸脯说：

"行，这事儿我包了。她来，我带车到车站接她。我马上去给她找可以住院的医院。"

他说"马上"，就"马上"。找到人民解放军广州部队空军医院一位《花城》作者帮忙，空军医院收留了张洁。诊断证明，北京的医院是误诊。但是张洁的身体还是需要"修理"一下。期间，巴金老人听说，写信给我让代他问候张洁。我去空军医院转达巴老的问候，见张洁穿着军人肥大的病号服，在床边坐一小凳子，就着病床当桌子，在给《花城》写那篇一再获奖的著名中篇小说《祖母绿》……

人心都是肉长的，编辑动情，作者知报；作者动情，编辑也知报。我是福建《中篇小说选刊》顾问，也是该刊评奖委员，我推荐佳作《祖母绿》入选《中篇小说选刊》，获得第一个奖项。按该刊规定推荐者要写一篇万字评论文章，我写了《〈祖母绿〉的光彩》，先在该刊发表，又附录在获奖作品集的《祖母绿》后边。

不过我可和后任花城出版社总编辑的已故著名诗人、

作家、编辑家李士非不成比例。如他推荐了本来是阳江农村民办小学教师的《花城》作者林贤治，先是在《花城》杂志参加工作。这是一位非常出色、十分难得的人才，李士非想留住他,希望我想办法把他和家人的户口迁来广州。我找花城出版社副社长罗兰如商量，正好广州市民政局办公室主任是他在军中当兵时候的部下，给出主意说，按规定只要林贤治有一本书出版，就可以作为专家，把他和家人的户口转来广州。

可是因为花城出版社有人诬告我反对谁，我自知就将交权去做有名无实的广东省出版局编审委员会先任副主任再任主任，可是林贤治还没有一本书出版，这怎么办?

李士非这一次是用右手拍了拍额头，说：

“有了，你看这样行不行，他正在经营一本诗集《骆驼和星》，我看可以出版，但是分量还不够。我先报，你先行使权力批准出版，出书马上给他迁户口，好不？”

我是一拍桌子，说：

“好，就这样办，你马上报，我马上签字，趁着我签字还有效……”

林贤治，从他近四十年的编辑业绩，特别是近四十年创作成就看来，尽管他连个社级出版小“官”儿都没当上，我依然坚信他是我同事过的广东出版编辑中，真正的排头兵。

李士非，妻子在佛山，他一个人在广州，下面作者来广州办事儿，住不起旅馆吃不起饭馆儿，他在出版社又走不开，会把家门钥匙交给人家，让去他家拿他家的米、菜自己做来解决问题。一位作者住在他家，拿他家电话和法国巴黎的什么人通国际长途电话。他那个月的电话费在出版社补助限额外超支四百多元，一个季度的工资没了！

我对这位作者可能是想揩出版社的油，持摇头态度。我问李士非：

“要不要让他知道一下，不声不响这样干不好？用不用我帮你承担一半儿？”

李士非说：

“不要了，人怕伤脸。他大概是得陇望蜀，想求人在国外给他作品找出路。让他知道一下这没有那么简单，钱也算没打水漂。你也不用理，我还有点积蓄，翻得过身来。”

那年结识二商老

话又得收一收，更收近“康乐村的二商老”，康乐村是中大校园。

1962 年秋天，阶级斗争“紧一紧”前，有过一段“松一松”。中央和各省都在开“神仙会”。广东省的一些高级民主人士，也齐集从化温泉宾馆开“神仙会”。我是作为“民主党派”报纸《光明日报》的记者，与会采访。

熟人，广东文史研究馆副馆长、老作家胡希明提醒我：

“苏晨，注意抓紧三个人：一个是清末甲辰探花商衍鎏，一个是大革命时期北伐军总司令姚雨平，都快九十岁了，另一个是中国无政府主义元老郑彼得，九十二岁了……”

我明白他为什么让我“抓紧”。

期间，我有一次到商衍老住处，见一屋子人，胡希老也在，他忙说：

“来来来，苏晨，你也算一个。对了，你不是和我说，想求商老老一幅字么，此其时也。”

这话是他为我特编的。人们分称商承祚教授和他父亲甲辰探花、中央文史馆副馆长兼广东省文史馆副馆长商衍鎏，儿子称“商承老”，父亲称“商衍老”，只有他，分称“商老”，“商老老”。我明白他的意思，也就“顺竿儿往上爬”，忙说：

“当然很想了，还没敢出口。”

商衍老大概正在兴头上，就说：

“行，我这就给你写。”

正好房子里有一大叠宣纸，有现成的笔、墨、砚、印泥。商承老带着父亲的印章。他按老规矩站在一边给他父亲备笔，磨墨，牵纸，用印。那年八十九岁的商衍老，一时兴来，先给我写了一幅中堂，写的大概是他画竹的一首题画诗：

晴日蒸雲射畫廊
炎敲今正盛南方
願將繞舍清風竹
送與勞人蔭晚涼

在商衍老还只习惯写繁体字。落款下由商承老代钤了“商衍鎏鈢”“甲辰探花”两方印。

令我更开心的是，商衍老写完这个中堂，又给我写了一幅嵌有我名字的对联：

蘇春鶯語傳佳報
晨月雞鳴起壯心

他起了小草，征求过别人意见。下联原来是“晨月鸡鸣警壮心”。胡希老看了说：“‘警壮心’不如‘起壮心’。”在场的广东省文史馆馆长侯过教授也说：“还是‘起壮心’好。”商衍老就最后写了“晨月鸡鸣起壮心”。

也许该着我走运，更让我开心的事还有，那是商衍老忽然又说：

“来，我再给你画一幅竹子。”

这就又给我画了一幅墨竹。画上的题诗，更是把“《光明日报》苏晨”六个字都嵌了进去，那是：

光明晨日照湖濱
雨露昭蘇萬物新
更喜平安聞竹報
清風常送太和春

我“趁热打铁”，想请商承老也给我写一幅字。他摆摆手说：

“这可不行。我父亲在这儿，我只有伸纸研墨的份儿。等回广州以后，等回广州以后……”

是由这样一个契机开始，使我以后和商承老的交往多起来。

商衍老回广州后没过多久便驾鹤西去了！显然这也就是胡希老说的要“抓紧”。

“文革”期间，我被“造反派”实行“群众专政”，限制住在北京七年，不准回在广州的家。商承老是所谓“资产阶级反动学术权威”，自然也没有好日子过。“文革”接近收摊儿，我得到所谓“解放”。我向当时的《光明日报》总编辑莫艾要求调回广东工作。他让我还是留在《光明日报》，后来同意我先回广州再说，还大胆交待：

“那你就先回广州主持广东记者站的工作。但是：第一，工作可干可不干；第二，千万别写人物内参，不然给江青批上点儿什么，就麻烦了……中山大学的容庚教授，就是被你也知道的人写了内参，落得后来结果……”

他的这两点嘱咐，等于批准我尽可以“逍遥”过日子。说来也巧，我回广州第二天，就在海珠桥南岸桥头小广场上，撞见了商承老。他穿一套白布唐装，皀袜，小圆口黑布鞋，蛮潇洒，一看就知道他大概也有“自由身”了。久别重逢，长时间双手拉着不放。

过了一会儿他问我：

“这些年，你过得怎么样？”

我叹了一口气，摇摇头说：

“一言难尽！您的日子过得又如何？”

他左右张望了一下，轻声说：

“还不是彼此彼此。这儿不是谈话的地方。”

那时候我家就住在海珠桥河南桥头附近，一座临街小楼的四楼，我邀他到我家里小坐，他在我家坐了很长时间。从此我们往来日多，我常去康乐村中大校部近旁他家那座小楼去看他，他也每周必来我家一次。

两种“扶一把”

“文革”随着“四人帮”的被粉碎而寿终正寝。接着是我调到广东人民出版社工作。那时候省属还只有这一家出版社，我在社里主要是分管文艺编辑室，兼管美编辑室“提高”部分（对普及部分而言）书稿，文化编辑室学术性较强部分书稿的决审，也归我。

投身新的工作，最希望多得人“扶一把”，康乐村的商承老，也是我渴望的一位。

他很关心相关图书的出版，而且非常关注出书质量。如应他的提议，我请美术编辑室出版他收藏的《颜勤礼碑》。美术编辑室责任编辑去他家取碑帖，碰上他不在。他放心不下，便写信对我具体交待：

> ……颜勤礼碑，来人取时我刚巧不在家，未能谈及我对印刷方面的设想问题，现补述如下：
>
> 一、印时墨不要浓，更不要光，浓与光看起来都不美感，必须色浅而淡如墨拓。可参考解放前民国中叶有正书局等所印的各种石印碑帖的颜色。这一点，在印刷技术上必能做到。如能给我看一下打样就更好。
>
> 二、线装本不可少。块巴钱（苏按：东北方言，一元钱左右）一本有的是人买，许多人都说两种本子皆买。印万册以上只少不多，不要小看外销。两个版本一出，当不胫而走，缺货可立而待也……

信尾还特别加问：“您家悬铃失灵未？莫再使来者仰天而号不见应，废然而返矣。”

对出版《颜勤礼碑》，他真的是写了专信，依然放心不下，还要再到我家来，当面嘱咐。老人对我这个出版新手的“扶一把”，可谓无微不至。他的榜样，更让我感受到什么叫“认真”，什么叫我们东北方言民谚所讲的：“不干拉倒，干就干好！”

有时候，他来我家，也是为了要当面批评我。如文化编辑室编辑的《端溪名砚》一书，由我决审，签发。出版后被商承老发现了差错。他先在1981年8月22日的《羊城晚报》上发表批评文章。我还把剪报夹在样书里，并作了小跋检讨，可惜这本样书不在手头，内容记不住了！

他又于8月31日写信给我，信中有：

> ……你们出版社出版的《端溪名砚》，质量可差！我有一文评之，载晚报22日，见否？看老兄面子，隐审稿问题，一笑……

批评文章有"看老兄面子,隐审稿问题",来我家当面"教训",可是再也不"隐",而是直言快语,不管话难听不难听,如：

> 老兄往后决审这类太过专门儿的书稿，千万不可以不懂装懂（苏按：看，多"难听"）。谁能什么都懂？最怕不懂装懂。你就是犯了这个大忌，我有我的教训。所以我今天不管主观只论客观,直接搬出来"不懂装懂"四个字，给老兄加点儿刺激！

我们民族的先人讲求："有直,有谅,有多闻",看重"诤友"；我这民族的子孙，由"刺激"而来的是感激！

我更记得，当出版社有时碰上困难，他的热心帮忙。如文化编辑室改称的学术编辑室，编辑郭沫若致容庚的《郭沫若书简》一书，又是由我决审。发稿到印刷厂后，迟迟不能付印，是因为里面有许多古文字，铅字里没有，要专写专刻。

他听说后，即于1981年2月28日写信给我：

> 我校古文字研究室应届毕业生许君，年轻好学，在毕业分配填志愿有出版社一条。我想起“郭、容通讯”至今未能付印，原因是里面有不少古文字，写、刻特别是写无人。你社能考虑吸收否？备此人才，我想你们也需要的。如何？便示……

写信后，他又到我家，详细介绍许君的情况……

商老来信称我“晨兄”或“苏晨兄”，落款也总是“商承祚上”或“祚上”。可是急起来，就变味儿了！如他的书法集，出得较慢，他于1月14日来信发牢骚竟是：

> ……拙书册，远在1979年冬交稿，去年5月已送释文给我看，计算有十四个月了，发稿，发稿，怎么搞的？使人对贵社的工作，能不齿冷……

不过，过了些日子，他又到我家登门道歉，说：“话说重了。”我可是总觉得，重也不重，要看为的是什么，他为你好，重与不重还那么重要？这种人，才可以称之良师益友。我从他处受教多多，他也乐得从我这儿多知道一些猫在他那个“决定不移轩”或“古先斋”里难以得知的某些世态炎凉。

我创办《随笔》杂志，先和商承老聊过。他说他举双手赞成，欣然在《随笔》上开了《契斋东西南北谈》专栏。他的稿子都是寄到或送到我家，让我立马给他看稿、提意见。

他说客气话是所谓让我给“把把关”。他稿子高质量，大都是难得的好稿。遇到有可商量之处，他也总是好说好商量。对于我的意见，他同意的当即在我家改过。或拿起稿子认真斟酌一番，然后双手推到我面前笑道：“就按阁下意见，敬请代劳！”偶有意见相左，他也必能征引多多，说得我口服心服。他非常不喜欢别人不和他商量就随便改他的文章。他在写给我的信中认为：

> 表述一定的事物，传递一定的思维，不同的作者，各有不同的习惯、不同的方式、不同的语言风格，只要不出大格，编辑干吗非要别人都跟自己一个鼻孔出气？

他寄稿子来，从不摆大学者架子，总是给编辑预留下不能用时好下的台阶。如他 1980 年 8 月 8 日的来稿附信：

> ……多日不见了，我因身体不怎么好，终日伏处斋中。不出门，脑子是安静不了的，这是知识分子的特点。
>
> 《东西南北谈》又写了几节呈正。如不用的稿，则望退回，勿客气也……”

又如同年 9 月 25 日的另一封寄稿附信：

> ……我近来又整理了六七篇短文，可续《契斋东西南北谈》。有些与老友开玩笑的文，是否可附入……

《随笔》发了他的文章，他必高高兴兴地致信编辑道谢，述说感想，和编者交通心灵。如1980年11月13日这封信：

……久未面，亦曾在想念中。见拙文《漆器艺术和广州的汉代漆器》载《随笔》。该年（苏按：指初见广州出土汉代漆器那年）我尚梦想不到日后会成此书（苏按：指他1950年编著的《广州出土汉代漆器图录》一书）……

接下来感慨系之谈到许多。谈到他一生出版过多种这类学术性图录。如1933年至1935年在南京金陵大学执教期间，编著出版过《福氏所藏甲骨文字及考释》《殷器佚存》《十二家吉金图录》《浑源彝器图》；抗日战争期间，编著出版过《长沙出土楚漆器图录》；1950年还曾编著出版了《广州光孝寺古代木雕像图录》……

商老有一个特别之处，是发表后常要求退回原稿。所以我总会交待发稿编辑在发排时标字号、指示版式，一定要谨慎从事，来得及尽可能在复印件上做，别弄花了他那工整非常的原稿。按说这也是应该的，编辑不可发烦，因为像商承老这种高龄大名家大学者书法又极讲究的手稿，本来就是文物之属。

书法家的商老

商老是著名书法家，墨笔字写得极好，特别是写小篆如写行书，篆书也能写得那样活泼，生气勃勃。晚年他又出新作秦隶，一样儿深受欢迎。

我得过他三幅小中堂，都是他70年代末80年代初主动送给我的。因为听说他“惜墨如金”，那时候交往还不很深，我哪好意思开口向他求字。

他送给我的第一幅小中堂，是以他的“拿手好戏”小篆写的张问陶的一首诗：

书笺日千纸，
心动手无据。
满眼墨蛟蟠，
一笔忽飞去。

商老在那篇近百字的跋里，说明了他干吗要把这幅字送给我。那是因为他：

去年自夏徂冬，在北京参加银雀山汉初墓葬出土的《孙膑兵法》竹简摹本校正工作，时与实物相俯仰，以至目眊。迩来作书，每感心手不能相应。因忆所藏张问陶自书诗轴句，似为我而咏也。录之，以博苏晨同志一粲。

一九七五年夏　商承祚

原来是从1975年夏天起，他开始感到自己写字有时候会出现“心手不能相应” 的情况。他担心随着年龄日大，这种情况也许会进一步恶化，于是他赶快写一幅字送给我，还亲自送到我家，亲手交给我。深情厚谊，令我感动。这一辈老人的师友之情，不动声色而又海洋般深沉。

他送给我的另两幅字，一幅是因为有一次我们偶然谈起汉简的书法，谈到兴致盎然，他忽然提出要把《流沙坠简》中他最喜欢一条汉简临成小中堂送给我。过了不久，他就写好，来我家串门时给我带了来。再一幅是他一度热衷于写秦隶，一天写得开心，想到我还没有他的秦隶，就写了一幅拿给我。

看来他也并不“惜墨如金”，于是也就厚起脸皮；求他给写册页。拿了一本日本制品的八开大册页去，还预先打了格，要求商老用秦隶给写苏轼的《念奴娇·赤壁怀古》。岂不知一下子就暴露了我的太过粗心大意：求人家写秦隶，却不是打长方格，而是稀里糊涂打了方格。这可难为了商老！

他 1980 年 8 月 31 日写信给我说：

> ……属件之久未书，一以方格近百，如画纸为牢，我有点不甘心自投。我不能楷且不能行草，汉隶非所长，无已其秦隶乎？可是许多字非“创造”不可，能不费时日？再请稍等，如何……

这时我自知理亏，不敢再催。他去成都出差，10 月 2 日回广州，10 月 6 日赶快给我写。写好，让人送给我，里面夹了这样一封信：

> 晨兄左右：
>
> 二日从成都会后返，读手教，促书册。放置经月，误了别人题识，为之惶悚。所打之格小而方，无法写篆。且字近百，可谓谑而虐矣。乃为之写秦隶。词中字，基本上未见，不能不为之“创造”，嘘！亦苦矣。何

止破半日工夫乎？以两句结束谈话：看似寻常最奇崛，咸如容易却艰辛。敬候

著祺！

商承祚 上

一九八〇年十月六日”

册页上的落款也是：

一九八〇年国庆后五日　苏晨我兄属正　商承祚拟秦隶。

还有，此前我请商老题北京著名书法家魏长青老人送给我的《魏长青临怀素自叙帖》手卷，更是让我连想都不敢想，商老竟是认认真真以墨笔行书小字在拖尾上题了千字长跋！还说什么“小病新瘥，录上述求正苏晨同志，必有以教我也”。我把他的长跋以《论怀素草书》为题，发在了广东高等教育出版社的《学土》杂志创刊号上；因为我离休“失业”，该社聘我为主编。商承老太过认真，太过拿朋友当回事，他更老了，此后我再也没求他给我写什么或题什么。

姑苏梦苕庵首访钱仲联

《海日楼文集》的出版

2019 年 9 月，广东教育出版社出版了清代大学者沈曾植著、已故苏州大学著名教授钱仲联编校的《海日楼文集》。银灰色布面精装，凹陷的白字书名等等，看去显得很是精神。想不到这么偏门又难读的学术著作，竟然也能很快就得第二次印刷。该书特约编审宋浩（现“汇正艺术”公司老总，当年广东省出版局图书处干部）、特约装帧设计张绮华（“汇正艺术”公司设计专家），9 月 14 日寄赠该书初印本给我。

宋浩在该书后所附《校读后记》，谈到广东省出版局本来有一个大的计划，该书是其中的一种。1995 年 5 月，由我们共同去苏州向钱仲联教授组得书稿，可叹二十四年后始得出版！也谈到广东省出版局“局领导请苏晨先生总其事”，其时我已经离职休养，多谢出版局领导不讲常见的“人一走，茶就凉”。宋浩的《校读后记》中有：“苏晨先生说这部文集篇幅较少，指定我做责任编辑”……而相比之下我很惭愧，书稿是局里带队、局已定负责出版该书的出版社领导、加上我，“三人小组”一起组得，局里给该出版社的补助款也已发下，我就再也不闻不问。宋浩才真的值得一赞，如这部《海日楼文集》，他既为“责任编辑”，就“责任”了二十四年，直到千方百计争得它的正式出版！难得。

怎样才得出版？他没说。我从旁得知一点点儿，那是刚过去不久的9月13日中秋佳节，宋浩和妻子——资深杂志编辑李亦彤，还有装帧设计家张绮华，一起到养老院来看我。张绮华不小心说漏了嘴，原来是宋浩和李亦彤两口子，自掏腰包，先把书排出来（因为是古籍，繁体字，竖排，自右而左行文，文中又单行夹双行，大字夹小字……），才请得非原指定出版该书的广东教育出版社领导看了同意，共同为增加国家的文化积累，不怕费事又可能赚不到钱，舍得慷慨拿出一个这年头值大钱的书号来，接受该书出版。出版界的这种风气已经少见了，难得！

宋浩辞去“铁饭碗”，当时他主持三种杂志、一份周报，“下海”办“汇正艺术”。之前曾经和李亦彤一起到我家和我谈过，我和宋浩是辽东同乡。他当时就有争取赚一点儿小钱，支助有增加国家文化积累价值，而出版社多难接受的费力又很可能赚不到大钱的著作，也能得到正式出版机会这种宿愿。难得李亦彤也那么支持他，表示不怕日后跟着他“喝稀粥”。我做过出版社的出版人，应该说是对出版界情况不太陌生的人，真希望我国出版界多出几位宋浩这一类我戏称之为“出版义士”的人，更特希望他发了财安乐下来也别忘了“初心”，并且原谅我一个九十岁“养老院院士”，无权，无势，靠领养老金度晚年、粤语叫“老糠”的“下脚料”，除了一分钱不用掏地说“风凉话”就什么也没有了，这是可奈何的事儿！

我没忘我也是得益者之一，知道花城出版社出版我的大画册《砺堂自珍集》（内容为已故多位各方大家送给我的堪称文物的书、画、印之类）；出版我的线装宣纸手拓本《积微小室印拓》（非卖品，一函上、下两集，内收我的印章，上集为钱君匋篆刻），这两者的得见天日，也多赖宋浩等各位出钱出力事先做好有关功夫！

周圣英的约谈

我和广东省新闻出版局从建立到撤销的先后多任局长都有接触，和已故的黄文俞、周圣英二位中共广东省委宣传部副部长兼广东省新闻出版局局长接触稍多。黄文俞在位我还在位，是他的部下。广东出版界是在他任内，从只有一个广东人民出版社，发展成有花城出版社、教育出版社、高等教育出版社、科学技术出版社、岭南美术出版社、新世纪出版社、旅游出版社、地图出版社、南方日报出版社、羊城晚报出版社、广州文化出版社（后被撤销，周圣英任上重建为广州出版社）、深圳海天出版社、珠海出版社（后被撤销）、中山大学出版社、暨南大学出版社、汕头大学出版社等十几个出版社，从“独立军团”变成有十几“军团”而且“军种”接近齐全的“方面军”！

周圣英在位，我已经离职休养，简称“离休”。不过我还是广东省出版工作者协会副主席，他是主席。他第一次引起我注意，是在他来出版局以前。1989 年中国作家协会广东分会召开大会，选举成立广东省作家协会；从此各省归各省，不再是“分会”。他以中共广东省委宣传部副部长身份在大会上讲话，因我们介入过一件不让介入的事儿，我被不点名宣布为取消选举权、被选举权的人之一。不过后来又不算事了。

第二次引起我注意是出版界评选“有突出贡献专家、国务院特殊津贴领取者”，这时候他已经兼任出版局局长。

出版局上报有我，上面还要算上一次的老账，他力主不应该，才没影响我取得这一身份，让我感到这人挺实在，都说是“为人实在者，宜相与”。

第三次是局里要创办《财富》杂志，想试试局里一分钱不出办杂志，他挂社长，终审，签发，让我做总编辑，办实事。从第二期开始，他又不挂社长了，让我挂社长。我也学他，只终审，签发，由原副总编辑、北京作家关山任总编辑运作。他硬是不拿局里一分钱，还能按月向局里交管理费，每期发行三十五万份左右，他们是三丁人马，“包打江山”，直到出胶片，真能者也。后来出版局的一位副局长要接手，我和关山便知趣“让贤”。可惜没有多久，《财富》就……关山却摘编他在办《财富》时候发表在《财富》上的文章，在北京出版了三本书。

再说 1995 年开年过些时候，周圣英又约我谈，问我：

“广东出版界能不能出版几种大陆别的省还没出版，广东可以率先出版的现当代大学者文集或全集？”

我笑笑，停顿了一会儿，不抱多大希望地说：

“能出版当然好。沈曾植、罗振玉可以考虑。但是有麻烦。”

他让我讲：

“请说说提出沈曾植、罗振玉的理由，麻烦在什么地方，有必要，有可能，麻烦咱们可以想办法解决。”

我先是简明扼要介绍了沈曾植。这位外国学界尊为“中国大儒”的学者、诗人、书法家，晚清的官儿倒不是做得很大，最后做到安徽布政使、署理巡抚，副省级；不过那时候的副省级可不像现在，一个省有几十位！他的学问，最可贵的是后期专治辽、金、元三朝史，边疆历史地理，中外交通史，学界认为是“开辟了前人未窥新领域”。主要著作有《蒙古源流签注》《元经世大典签注》《西北舆地考》。关于法律的，有《汉律辑补》《晋书刑法志》，属诗词的，有《海日楼诗集》《曼陀罗呓词》，都是名著。麻烦的是这人参与过溥仪的复辟活动，1917 年 7 月张勋复辟，他被发表文部尚书。复辟失败，他也是到死奉清朝正朔。

也扼要简明介绍了罗振玉。

我提到的麻烦，也包括因为编辑较难，又可能赔钱，出版社不一定有兴趣。

这时周圣英说：

“我看可以定下来。‘麻烦’可以在出版说明里讲清楚。赔钱，出版局可以补助。不过得辛苦你一趟，请你带高教出版社副总编辑熊福林教授去约沈曾植书稿，带教育出版社社长黄尚立去约罗振玉书稿。”

我坚决地说：

“那可不行。我参加可以，拿主意可以，得出版局派人带队。”

他质疑：

“怎么不行，你是‘版协’副主席。”

我坚持认为“版协”不是行政机构，是群众组织，不适合带队。他问让图书处的宋浩去行不？我说行，他在中山大学学过。事情就这样定了下来。

在我看来，周圣英在我接触过的七任出版局长中，可能是思想解放和工作魄力仅次于黄文俞的一位。可惜他英年早逝！是那年回海南岛老家过春节，吃汤圆，不小心吃到气管里，得不到及时抢救，不幸逝世，很可惜！

钱仲联两复函

去约沈曾植书稿的小组组成：出版局图书处宋浩带队，高等教育出版社副总编辑（该社无总编辑）熊福林教授参加，我算一个。大概是因为我年纪大，要联系的都是比我还年纪大的老头儿，老头儿和老头儿说话方便，由我出马。

5月6日，我写信去和钱仲联老教授联系。他用特制的“梦苕庵用笺”，“梦苕庵”是他书房名，复信的内容是：

苏晨同志：

6号大函，今日收到，敬悉一是。

贵处计划出版近代学者全集一事，是学林盛举，深佩毅力。

关于沈曾植集一事，奉复如下：

1. 沈曾植集中的诗集（用联的详注稿）及词集（用木刻本及商务印书馆本对校，不加决），已由北京中华书局约定，由该局出版，因诗全部原稿分有二十七巨册之多，付印成本浩大，久久拖延，现已由“国家古籍整理出版规划小组”拨出巨款，付给该局，专用于沈曾植集的刊印，闻现已付排。

2. 沈曾植的文集，尚未刊行，联于四十多年前客曾植的嗣子慈护先生家时，曾抄录一副稿（慈护逝世已久，其子从事自然科学，对此不甚了了，恐原稿无法可见到矣）。于1990年《文献》（北京书目文献出版社出版）第三期，以后，次第将其中序跋碑传各文抄出发表，称为“佚序”“佚跋”……等。其实不是文集外佚文，而是集中之文，少数几篇，是《文集》所无，是联辑入之作。其他未发表之《文集》中文章，联已抄出，付上海王元化主编之《学术集林》卷二发表，其余将在卷三以后发表（卷三还没未见书）……

3. 你们想出全集，全集不仅是诗文词，联客慈护先生家，曾受慈护委托，整理其全部学术笔记，编为《海日楼札丛》，附《海日楼题跋》于1962年由中华书局上海编辑 所（即现在的上海古籍出版社，与北京的中华书局无关）出版，仅印2500部，久已绝版未重印。台湾的“台北河洛图书出版社”，却于1975年9月将此书出版，是上海出售 版权给它，还是台湾书商偷印的惯技，我不了了。

4. 诗词札丛，是由大陆国家级、市级出版机关计划出书或已出版。不能再印，再印是要引起诉讼纠纷的。现在只有《文集》虽已在《文献》《学术集林》零散发表，尚非原书原样。按法律是否可出版，我不了了。《文集》只有我处有副稿。不论请人抄录（还要标点）或复印，都要钱，我是穷教授，教授之穷，各处一样，并非我一人，无此财力支付此项支出。

贵处可能有权出版的，也只有《文集》了，请妥善考虑。匆复 即颂编安

八八叟钱仲联

1995.5.10

我处只有博士研究生来上课，他们是学习还不暇，不可能帮我抄写。我自己抄写，不可能了……

收到钱老的复信，我想只出《沈曾植文集》也好。征求周圣英意见，他也赞成。5月17日，由我致信钱老，约见面时间。钱老再次复信：

苏晨同志：

17号大函敬悉。承询

大驾来苏时间，随时可来。但不要在每个星期三上午，因整个上半天我要给博士生上课。其余日子，基本上都在家，但校中临时大事要我作为主要人物参加的，也常有。如上两个星期中，为招待本省当局专家十多人来校预审申请批准进入211工程事，又为招待中央教委会两位首长来校参观并指导我校文学院中古典文学教学研究情况事，都费去很多时间。以后如恰有类似情况发生，联是终身教授，不退休，理应首先为本校服务。

大驾如恰巧值其时（不能预测）到苏，只能在宾馆略等（也不过等待一天左右）。大驾来苏可住东吴宾馆（即在葑门苏州市招待所内），离我处较近。校内另有“东吴之家”宾馆，招待外来宾客，但常客满。

沈曾植海日楼文集，我处所录副本，也是复印。内无标点，沈氏文章深奥，不易标点。凡在《文献》上《学术集林》上发表的，都是我亲自标点。照两刊物过录就行。未发表的，还要增加标点，还要整理次序。标点较费时，整理次序尚可快一些。你省为浙西学者出书，极佩魄力与胸怀，沈氏及罗氏（苏按：罗指罗振玉）之书，是传之天下后世的，当然在目前情况下，学术著作，经济效益太差。

沈氏是我舅祖翁同和相国的门人，又是我业师唐文治先生的老师，关系极深。贵社盛举，我在此表示由衷感谢。匆复 即颂

编安

钱仲联顿首

1995.5.22

端午过苏州

接钱老复信,我们一行三人立即动身去苏州和他面谈。那天是端午节。最记得在路上,我一时闭目无语。宋浩忙问:“苏老,你有什么不舒服吗? ”我说:“没有,我在闭目养神。”其实我是在调动记忆，设想和钱老交谈沈曾植的时候，可能会遇到些什么:

沈曾植，生于清末咸丰元年（公元1851年），卒于1922年，字子培，号巽斋，别号乙庵，晚号寐叟，还有一大堆的别号,不必记。国学大师王国维《观堂集林》卷十九《沈乙庵先生寿序》对沈曾植的评价是:

> 先生少年固已尽通国(苏按:指清代,下同)初及乾、嘉诸家说，中年治辽、金、元史，治四裔地理，又为道、咸以降之学，然一秉先正成法，无或逾越。其于人心世道之污隆，政事之利病，必穷其原委，似国初诸老。其视经史为独立之学，而益探其奥窔，拓其区宇，不让乾、嘉诸先生。至于综揽百家，旁及两氏（苏按:指释、道），一以经史之法治之，则又为自来学者所未及。

沈曾植医学、乐律、绘画都有相当高水平，别不信，或许这也是恩格斯说的不做“分工的奴隶”。特别是书法，很了不得。大学者、华南师范大学教授陈三立（大学者陈寅恪之父）尊称他为“博大真人不可名”，还有他和广东大学者陈澧、李文田的交往，我们从广东来的不能不知道一些。他与洪钧、文廷式、杨文会探讨学术；和罗振玉、王国维探讨古音韵；和陈衍、陈三立、朱祖谟、张尔田探讨诗词，也都知道一些好。在国外，日本学者那珂通、藤田丰八、内藤虎次郎、西本省三，法国学者伯希和，俄国学者卡伊萨行等诸位博士，都是研究沈曾植的专家，西本省三有《沈子培小传》一书出版，卡伊萨行也有《中国大儒沈子培》一书出版，这些也都知道一些好。万一谈到，“一问三不知”，不好……

来到苏州，我们按钱老的意思入住离他家不远的东吴宾馆。在宾馆休息，我又心里暗自归拢了一下记忆中的钱仲联。要记得他清末光绪三十四年即 1908 年 9 月 26 日生于江苏常熟，却从来自报浙江湖州人，原名萼孙，号梦苕，称诗人，词人，古典文学研究家或文学家，国学大师。代表作是除了沈曾植研究诸种，还有《黄遵宪人境庐诗草笺注》十一卷，这也和广东有关。还有《清诗纪事》《近代诗抄》《广清碑传证》，特别是《清诗纪事》，要知道编撰历时八年，做卡片八万多张，从一万多五千家清诗人中录入六千多家，北京大学季镇淮教授称之为“填补了中国古典文学领域的一个空白，为传世之作也。”还有，他叔父是大名鼎鼎的钱玄同，他的业师唐文治，张勋复辟时候也是一品大员某部尚书，民国早年却又是上海交通大学首任校长……还有什么要记住的？记不住那么多了！

在宾馆我凭窗看了看周围环境。最明显的是宾馆傍着一条小河，不远处河上架有一座小桥，我想这必是有写“梦苕庵”文章提到的望星河和望星桥。离东吴宾馆不远处有一条不长的新建小街，全是一色新建江南古式小楼，民间故事或评书中说的“青堂瓦舍”。我们没在宾馆开午饭，熊福林抓紧时间去看一位朋友，宋浩和我去那条新建的仿古小街看看有没有可以吃点儿什么的店子。

这条小街似乎以卖文物的店子为多，也有卖小吃的店子。在苏州过端午也得应节，我们吃粽子当午饭。吃过粽子也逛了逛几家店子。我在一家店子里见到货架上陈列的用来篆刻的寿山石印石质量不错，印纽雕得也不错，买了三小方印石，二十五元一方，比广州便宜。宋浩要买一只周身浮雕缠枝花卉的象牙鸦片烟枪，要价四十元，他懂得这可以当文物收藏，我不懂，“己所不欲施于人”，不让他买，他才没买。二十多年后我为此向他当面认错道歉!

两访梦苕庵

下午我们三人聚齐初访梦苕庵。沿着望星河右岸（传统规矩河流去向之右侧称右岸）顺流前行。小河缓缓流去，水波不兴，清静无声。我后悔没打听一下这条小河为什么叫望星河。来到望星桥，这不难明白，架在望星河上的桥。若是拱桥就美了！但是汽车怎么过？我们过桥问路，告以过桥不远处拐进一条小巷，小巷尽头就可见。

已近梦苕庵，我忽然想起沈曾植的另一位学生王遽常教授，研究沈曾植在先，可惜他的研究成果，在“文革”之初被“红卫兵”“造反派”抄家抄去一把火烧掉了！王老已经去世，但是我们不能忘了他。钱老也承认，他的研究成果基于王老的研究成果。

来到“居停”意义的梦苕庵，见到“才高八斗，学富五车”的钱老。他把我们让进他的书房“馆阁”意义的梦苕庵。这间书房挤进我们三个人，也就“客满”。

我笑笑地小声用辽东方言对宋浩说：

“宋浩，俺俩得先和钱老套套近乎……”

接着才指着钱老书架上由他笺注的厚厚两巨册精装本《人境庐诗草笺注》，对钱老说：

“钱老，您同我们广东缘分不浅。您看，我们广东诗人、学者、外交家黄遵宪的诗，不也是您最先笺注的！”

黄遵宪的“人境庐诗”是晚清诗歌的革新。1936年上海商务印书馆就出版了那时还称不得“钱老”的钱仲联签注的本子。想不到钱老听懂了我和宋浩小声说的辽东方言，他哈哈一笑说：

“你们若出版了《沈曾植文集》，我就和你们广东的关系更近乎了！”

“近乎”这句辽东方言，他不但听得懂，还会用！这时候我忽然记起，“9.18”事变爆发，他是即刻在上海《申报》副刊发表《哀沈阳》一诗的那位，那首被黄炎培视为“其骨秀，其气昌，其词瑰玮而有芒”的《哀沈阳》是：

沈阳城中十万兵，城南城北屯严营，
夜半贼来兵尽走，四天似墨无战声。
平明贼队搜大户，穿门为狼入为虎，
母从儿走妻求夫，我军已远空号呼

从这儿似可设想他早就在留心我和宋浩的故乡东北。

谈起“正题”，钱老拿出他的《沈曾植文集》书稿。我们在他书房里初步翻看过，开始和他“谈判”有关出版的事。交谈内容多出版编辑或出版商务方面的“行话”，在这儿从略也罢，一般读者听了会像粤语形容的“蒙查查”，不会有什么兴趣。

宋浩向钱老提议：

“钱老，我们复印一份带回宾馆仔细看看，有什么需要请教的，也好当面向您请教。”

钱老同意。宋浩和熊福林即到附近一家专业复印店子去复印。我留下来继续陪钱老聊天儿。一时无话找话，我谈到了苏州大学当年还是东南大学时代的老教授李审言的故事……

谈着，宋浩和熊福林复印毕归来，我们也就告辞。

第二天我们再过梦苕庵，准备和钱老签合同。钱老干干脆脆说：

“你们给我一万五千元买断书稿，行不？我要修理房子，急于等钱用。”

熊福林老总当即拍板说：

“行，没问题！”

就这样，我们把书稿买断下来。钱老不用再愁修理房子没有钱用，很高兴地说：

“到底是改革开放第一线的广东人大方，别处不可能这么爽快。”

大功告成，但是也不能像买货一样付了钱拿了书稿就走，我们和钱老又开怀聊了一阵天儿。或可值得一提的是，如我知道“苕”字读“条”音，是指可扎扫帚的苇花，或是可入药的凌霄也叫紫葳；读“少”音，绿肥的一种有苕子。可是“苕”字又可以和“迢”字通用，如谢灵运的诗句：“苕苕历千载”；还可以作高峻解，如陆机的诗句：“高楼一何峻，苕苕峻而安”。我问钱老的“梦苕庵”典出何方？

钱老说没有什么高深的解，不过是因为在他的祖籍浙江吴兴，有从天目山里流出来的一条苕溪流过，他常思念苕溪之滨的吴兴祖居，就给书房取了个“梦苕庵”的名字。他书房里挂的“梦苕庵”木刻匾额，是同治、光绪年间“同光学者群”中的闽系首领人物陈衍给他题的。

临别，钱老写了一幅中堂、题了一个扇面给我，也给宋浩、熊福林各写了一幅中堂。给我写的中堂是他的两首与沈曾植相关的五言诗：

枯木寒岩境，臣心托画禅。
大荒皆积雪，万象入残年。
墨淡悲魂接，高楼海日悬。
梦陪松尘坐，彷佛话擎天。
丁亥题寐叟画山水

人与松成世，高寒得未曾。
冬心长不死，元气老逾增。
云壑无根树，香岩有发僧。
画图精魂在，祖印尚传灯。
题郭起亭画《寐叟倚松图》慈护先生属

拙作两首录似
苏晨先生两正

丁亥仲夏八十八叟钱仲联书于吴趋
（用白文《钱仲联印》、朱文《梦苕》印）

扇面题的是他的一首与沈曾植相关的七言诗：

海日平沉呼不起，常寂鸳鸯一湖水。
忽从纸上睹精魂，神理绵绵未渠已。
历劫残山对惘然，置身疑在冥茎前。
道人于此留心印，泥坏文成证画禅。
丁亥为沈慈护丈题寐叟画一首

乙亥夏录似
苏晨先生两正
八十八叟钱仲联（用朱文《萼孙》原名印）

给宋浩、熊福林两位的两幅中堂写的什么，我已经记不得。

李稚甫最后的日子

他写信给我约见面

广州文科一级教授不多，我只知道中山大学中文系著名文学家陈寅恪教授是文科一级教授；华南师范大学前身、华南师范学院历史系主任、历史研究所所长李稚甫教授是文科一级教授，还有谁，我就不知道了。

《随笔》编辑从网上发来短信，约我写写很少人知道的李稚甫教授。他是86岁那年，才在他短暂的最后的日子里，和我多些来往。他写给我多封信，还在，我写他，也只能写写他最后的日子。我在《随笔》上发表写文坛老将的作品，也都是只写彼此有直接交往的故事。

我先上网查了查。网上有关他父亲清末民初扬州学派代表人物、大学者李详李审言的资料不少，也比较系统。李稚甫的资料很少，只有零碎简短的三则：一则是共和国开国之初，应国家文化部之请，他把他父亲的十七种著作手稿捐献给了国家；一则是避过“文革”开头“除四旧”，没被“红卫兵”、“造反派”抄家毁掉，“文革”后得以由江苏古籍出版社出版了上下两巨册的《李审言文集》，署李详著，李稚甫编校；一则是他捐献给故乡江苏兴化图书馆一部宝贵的初刻本《西游记》。还有一篇是我的文章《具体的关心人》，文中写到是他交给我一封国务院副总理兼外交部部长陈毅元帅写给中山大学退休教授朱师辙的亲笔信复印件，是他让我据以写作的这篇文章。这是事实，他让我写的另两篇文章我也写了。

他写信约我见面，在1996年春天。那是我读过《李审言文集》，在《羊城晚报 · 花地》上发表过一篇散文，什么题目我一时记不起来，内中有写到他应江苏古籍出版社之邀，去南京编校《李审言文集》。他看到后，通过报社得到我的通信地址，开始和我通信。

第一封信，1996年3月1日写来：

> 苏老（苏按：在他面前我称不得老）：
>
> 新春好！连日酷寒，为近数十年所仅见，对老年病患者，尤其是严重威胁，弟差幸无恙，堪以告慰。除夕中忆江南旧事，写了四首打油诗，以复印件呈政，供一哂！
>
> 天和日暖，可否劳步来中大一晤，借可倾谈，更望带来《学土》（苏按：广东高等教育出版社出版的一种学术集刊，我被聘为主编）复印目录。我残废不能外出，亦无法去书店，你手边有什么新书、好书，可否借来一读？近日拥被在床，读张舜老（苏按：指张舜徽）著作《清儒学记》，很精采，书已买不到，是其公子复印寄来，希我撰文张之，恐无此力也。匆上，即颂
>
> 新年万福
>
> 健康无恙
>
> 弟 稚甫 再拜
>
> 丙子人日

1996年3月1日，是阴历丙子年正月初七，人日。欧

阳山的长篇小说《三家巷》，开篇写广州的“人日”民俗。不知道正月初五，牛日，这位在全称“反对反党反社会主义资产阶级右派分子”运动中被打成“右派分子”，下放农村当了20多年“牛倌”的文科一级教授，也许是“牛日”想到“牛倌”的什么，“人日”想到要找我聊聊？

留一份相关资料

他随信附来《除夕口占四绝》，连小序或小跋，读来也挺有意思，而且能照见他不同时期的零星侧影。他去世了，走前不久留下的东西，大概不会再有多见几个人的机会，不如也顺便留一份相关资料：

除夕，夜梦南雍旧事，枕上口占四绝，寄示李仲南大哥扬州，并抄寄谢仲谋、刘叔华伉俪苏州，稚甫于中大寒庐，年八十六矣！

旧梦依稀七十年，银鱼小港伴灯眠；
髫龄童稚知何事，笑问ＣＤ怎样念？

余年十四，侍先父客居东南大学，银鱼巷是东大教员宿舍，李仲南是先父门人，毕业留校，同寓银鱼巷宿舍。仲南名宝琛，后为复旦大学教授，今已九十六岁，为余英语启蒙老师，故末语云然。

老父槃跚上课堂，除痰药水随身藏；
周生悄问题何似，糖藕一盅请弟尝。

老父任教东大时已年近古稀，患有哮喘病，上课时命余携“除痰药水”（西药名“燕医生除痰药”）随身备用。周生指周世钊（长沙人，解放后曾任湖南省副省长），听讲《文心雕龙》课，一日请我至宿舍，悄问此次老师考试题目是什么（当时公开考试，出题写论文）？我说大概有关《神思篇》问题。适门首有一卖糖莲藕小贩过，即买二盅，与余共食。今日思之，无异纳贿，可笑也。

东大前身为南京高等师范学校。先君初到东大讲课时，各系来听者众，乃于小礼堂上课。小礼堂、梅庵均南高校舍，时为两体育场所。六十年后，南京大学校长范存中教授自述中曾有云：“在东南大学学习时，以外文系学生，听兴化李先生（苏按：李审言江苏兴化人）讲楚辞。李先生讲课特点是：书上有的他都不讲，他讲的书上都没有，十分精采。记有笔记，可惜文革中损失！”（见《文献》第七期）

一九八三年初夏，余应邀至宁，整校先人遗稿（苏按：指《李审言文集》）时曾走访范老于南大校舍。谈及此事，他问我：“当时有一小童提小藤篮随老师上课，是你否？” 我说是，相与抚掌大笑。今范老下世又十二年矣，念之怃然。

金陵风物应依然，成贤街畔忆前贤；
羊城信美非吾土，堪笑浮生老岭南。

成贤街为旧东大门前横路，中国科学社在焉。有钟山书局，为柳诒徵丈与缪凤林所创，柳老中国文化史巨著即由此出版。坡翁有“日啖荔枝三百颗，不辞长做岭南人”，余则无此雅愿。东望凄恻，远念江南人物，念之怃然。

中大初访李稚甫

我择日按李老画在信封后面的附图，去他在中大的住处探望。

网上有两处都说他是“中山大学教授”，非也。他 86 岁癌症晚期，孤老头子一个，借住在中大做会计的女儿家。不过中大对他很友好，如李老去医院看病，要用车子，中大照派，这在今日已经是凤毛麟角一类的事，所以也难怪人家会以为他是中大教授。

这天我是和在中大读博士的韩国女留学生洪珠暎一起去看他。洪小姐是我应韩国外交部国际交流财团之邀，访韩三个月，在首尔的三联书店相识，多谢她亲自动手在她家给我过了当年的生日，后来我报以介绍她跟中大黄天骥教授读博士。她听说我去访李老，也跟了去，这就是李老下一封信会提到的“洪小姐”。

李老这天精神头不错，和我们侃侃而谈。通过这次交谈，我才知道，解放战争初期，他在重庆高校执教，就已经是一位公开站出来支持学生反美、反蒋、反内战的进步教授。国民党政府对他施加种种压力，无效，羞恼成怒，将他开除教职，明令全国国立大学不得再聘他。他问计于当时人在重庆的周恩来、董必武，由周、董二位通过中共内线关系，把他介绍到广州私立大学执教，始有他从重庆来到广州。

广州解放，广东省人民政府成立，教育厅厅长是著名学者杜国庠。李老和他是在重庆就相识，他进教育厅，参与推行广东的第一次高等学校教学改革，事后被任命为华南师范大学前身、华南师范学院历史系主任、历史研究所所长，教授评级评为一级教授。

1957年“反右”运动他被戴上那顶帽子，他说是因为他在就任历史研究所所长的讲话中，说过他要“尽自己之所能，努力把历史研究所办好”。这被批判为：“尽自己之所能，你把党放在哪儿去了？”反党反社会主义！被戴上那顶帽子，下放到农村放牛。一去做了二十多年“牛倌”，他被忘记了！

直到粉碎“四人帮”，“文革”收摊儿，在中共中央宣传部部长任上，因为同意出版李建彤写刘志丹的小说被钦定为“利用小说反党”，戴上刑具关进监牢，坐了多年监牢的习仲勋，也在拨乱反正，平反冤、假、错案中得到平反，出任中共广东省委书记。在对“右派分子”进行“改正”时，他注意到这位难得的文科一级教授依然在乡下当“牛倌”，亲自过问，李老才得到“改正”，告别“地、富、反、坏、右”之“黑五类”，重又“还原”为人民，恢复一级教授待遇。再回大学教书？他早已经过了退休年限，又害着有今天没明天的晚期癌症！于是被安排在广东省文史研究馆。

而他干吗要约我这个素昧平生的人一晤？这从我们交谈过后隔一日，他写给我的一封信中可略得消息：

老苏同志：

前日蒙偕洪小姐过访，至感至慰。因时促，未尽所怀为恨。

见赠佛学书二册，花城（苏按：指花城出版社）居然肯出这类书，说明文化确向多元化发展……

昨晚《羊晚晚报》载一文，介绍海南新办一刊物《天涯》，题目很动人……因此《学土》一定要争取早日破土而出，老兄比我年轻得多，把它当成晚年事业，一定可以放出异彩……我身怀“定时炸弹”，随时可走，所以做个“跑龙套”，也不过想争一口气，发现人才，为兄之助而已。

带去各稿，当将来详细说明。郑君（苏按：指加拿大郑海麟教授）有一本书想出版，自己愿出一部分钱，请兄为之考虑。

带去先人（苏按：指他父亲李审言）友朋遗札，请兄审定，抄件可作付排。大约还有二十封，想在《学土》前三集发完。我决定写一稿《论张舜徽清学三书》，“三书”指《清儒学记》《清人文集别录》《清代笔记条辨》，希望月内能写完。

章君（苏按：指中山大学章文钦数授）所托事，亦盼留意。

稚甫再拜

八日

可知他三天前和我一晤，是因为“二十多年在乡下做‘牛倌’，与学术隔绝太久，日子过得实在难受……”他听说我受广东高等教育出版社之聘主编学术集刊《学土》，他情愿“为《学土》当个义务跑龙套”，他说他也知道自己“身怀‘定时炸弹’，说不定哪天就走”，但是“别的干不了，组组稿件什么的，总会还有点儿用处”……

我当时很感动，真心实意一百个巴不得希望能得到他的指教和帮助。这不，才隔一天，他的所谓“情愿为《学土》当个‘跑龙套’”，便立即“跑”了起来!

一位“有今天没明天”的86岁“望九”老学者，对国家的学术事业依然这般关心，真不知道他在乡下当“牛倌”那二十多年，生活隔绝于他钟爱的学术，该让他多么“难受”!

信中所谈加拿大郑海鳞教授的书稿，是论证钓鱼岛自古就是中国领土的著作。他早年毕业于广州中山大学，去加拿大留学有成，留该国大学执教。为搜辑有关材料，他去日本做了四年访问学者，甚至钻研了古琉球语，因而搜辑到不少过硬资料著作成书。但是按中国大陆出版法规，地方出版社无权出版此类图书。不过他还是成了《学土》的热心作者。

李老来信中提到的“带去各稿”，除了他父亲李审言的“友朋遗札”，还有他主动从学术名家朋友处为《学土》代约来的其他稿件。

观点一致话儿多

收到李稚甫教授1996年3月8日的来信，我便即刻复信，深致谢意。

和他见面聊天，我向他述说过我受聘主编《学土》，为什么从清末民初那一次受连年战事等影响被忽视了的学术繁荣切入。他“完全同意”。这在他“情愿为《学土》当个‘跑龙套’”的首次贡献中即可立见，我真高兴。

3月14日他又有信来，后来他多是隔三差五就写信来。这次来信中所说“复教拜悉”，指我曾在复信中按他要求，详细告诉了《学土》创刊号的主要内容。他在信中嘱咐“保持一己之本真”，又提醒“其实想似容易做实难”。

《学土》创刊号出，我立即给他寄去，注意他的反应。本期《学土》首篇是赵立人研究员的《谁扼杀了戊戌维新？》文章极其有理有据地论述了实际上是康有为扼杀了戊戌维新。文中举出一系列实例，说明已经付诸实施的戊戌新政，莫不经过慈禧太后的批准。对慈禧的意图何在，也有令人信服的论说。但是康有为不顾实际，不自量力，只想“一举成大业”大捞一票，私自联络袁世凯、聂功亭、董福祥，密谋包围颐和园逮捕慈禧。结果被袁世凯向慈禧告密，葬送了百日维新。文中有道：

> 被斩首的六君子固然不幸，无辜受牵连的杨锐、刘光第尤为冤枉，而光绪帝、慈禧、清王朝以至整个中华民族无不深受其害，最大的受益者是如严复所说：“康乃踵商君之故智，卒然得君，不察其所处地位为何如，所当之阻力为何等，卤莽灭裂，轻易猖狂，驯至于幽其君而杀其友，己则逍遥海外，立名目以敛人财，恬然不以为耻……”

我生怕再被邪上什么“唱对台戏”，想不到李老也是在信中大赞赵文的不顾“某人多么肯定康有为，也敢据实说不是那么回事”。还在信中说：“典型的知识分子就应该是这样，如今中国最缺的也就是这种有自我的知识分子。”

稍后我把赵立人在《南方都市报》上发表的《康有为“西

安取经”的真相分析》，也给他寄去（赵后来有一部纵揭康有为的专著由广东人民出版社出版）。该文谈到 1923 年康有为到洛阳给大军阀吴佩孚拍马屁拜 50 岁“大”寿，敬献“牧野鹰扬，百岁勋名才半纪；洛阳虎视，八方风雨会中州”捧臭脚寿联。谈到康被时人咒为：

上联　国家将亡必有；
下联　老而不死是为。
横批　王道无小康。

此联是当时吴念堂为“欢迎”康有为巧用《中庸》《论语》句子为他特撰。康有为此来西安，另有目标是为巧取豪夺卧龙寺的宋板《碛沙藏经》……

李老在来信中又有“非常希望中国再也不因为某人说过谁好或谁坏，别人就再也不能实事求是说一句半句不同的话”之言。

《学士》创刊号用了《李审言交游书札选存（一）》，包括陈衍（字石遗，清末民初著名诗人、文学家、方志学家）致李审言书札八函；张孟劬（名尔田，近代著名文学家、史学家，北京大学教授）致李审言书札六函；孙益庵（名德谦，博学多闻，重流略之学，曾与李审言应刘承干之约辑修《章氏遗书》）致李审言书札三函。署李雅甫、章文钦注疏，从中可见彼时一些学者通信不忘谈论学问之风，李老所供稿颇为《学士》增色。

《学士》创刊号上刊出有清嘉庆署礼部右侍郎郭尚先的《水关记与象山书院碑记》，由福建作家协会主席郭风为其先人说明；罗振玉的《记后汉元初子游残碑》，他的孙子罗继祖教授提供；于省吾教授的《动容貌·正颜色·出辞气》；容庚教授的《雕虫小言》；商承祚教授的《论怀素草书》；钱仲联教授的《〈沈曾植文集〉前言》；学者潘景郑的《〈金石家翰墨〉序》等，李老看了有赞“华南能办一较高学术品味之刊物难得”，可也谈到他看上海王元化主编的《学术集林》第三集，似也有些“再而衰”，这显然也是在警惕《学土》。

高干病房里相见

1996年3月24日，李老看门诊被收留入住中山大学附属第一医院“高干楼”（住厅级以上干部）最高一层。我听说住进这一层的多半“有进无出”，心情不佳。

他当天“灯下”又写信给我，嫌发给他的稿费太“厚道”。实是我们知道他虽然拿着一级教授的退休待遇，但是治癌症进口药奇贵无比，又不能报销，加上他请了一位专职生活帮手，经济情况并不好。

接信我去医院看他，见面寒暄几句，他就又和我谈起《陈寅恪的最后二十年》一书及其年轻作者。谈陈寅恪的女儿送给他一套《陈寅恪全集》，他感到已经没有精力重看一遍他以前看过的这些宝贵大作，便转送给了《陈寅恪的最后二十年》作者，希望这一套文集能对他进一步研究陈寅恪有所帮助。可见他在最后的日子里，仍在时时处处关怀着岭南的学术。

一时肝部痛起来，他一手按着肝部强挺，一手用力抓着床头的铁栏，咬紧牙关，喘着粗气，额头冒着汗珠。待情况缓和，我问他有什么我能帮忙的没有？他指指床头的书，又紧紧按着肝部，痛苦地摇摇头。痛过一阵后再接着说，他感到住院特寂寞，要求出院医生不准，于是便没日没夜看书，床头被边堆着的书他都看过了，希望我有好书别忘了借给他或送给他。

3 月 29 日又收到他的来信：

苏老撰席：

先人交游书札，承章兄（苏按：中大章文钦教授）协助抄完，昨日校对一天始毕。 老辈命笔词意，有时令人费解，书法亦有难认处，幸得章兄为助。今托彼面呈，藉可倾谈（苏按：章文钦教授冒雨送来稿件，如此无私有助于不久于人世者，今日也已少见）。

第二批录沈曾植、陈三立、缪荃孙三先辈函稿，仍请章兄负责。弟老眼昏花，病象加重，目下尚能工作，任之而已。

前日《东方文化》主编萧亭同志偕编辑余晧明来谈，致《东》郑海麟稿，好在一期（苏按：指《学土》一期）已有一篇（苏按：指郑海麟《关于王韬和冈千仞》）。弟当全力为兄图之。即问

健安不宣

弟 李稚甫 再拜

二十九日下午

我先后去“高干病房”看过他四次。聊天中李老让我注意沈曾植。沈氏生于 1850 年，逝于 1922 年，字子培，别号乙庵，晚号寐叟，清代光绪年进士，为官做到安徽学政、布政使，还代理过巡抚。张勋复辟曾发表他为学部尚

书。进入民国后他主持过较大规模的学术著作编辑工作。他著作多多。《学土》创刊号发有苏州大学著名教授钱仲联的《〈沈曾植文集〉序》，钱老是研究沈曾植的专家。我曾受已故中共广东省委宣传部副部长兼广东省新闻出版局局长周圣英之托，和广东省出版局图书处宋浩、广东高等教育出版社总编辑熊福林，同去苏州见钱仲联教授，组《沈曾植文集》稿，并且以三万元买断书稿。我曾在《羊城晚报》发表《梦苕庵聊天》一文记其事，梦苕庵为钱老室名。

李老也还让我注意罗振玉。罗氏生于1866年，逝于1940年，字叔言，号雪堂。1896年在上海办《农学报》。后来创办东文学社，历任湖北农务学堂、江苏师范学堂、京师大学堂农科等校监督。1924年被清废帝溥仪召值南书房。伪满洲国成立任监察院院长。他长期从事甲骨文的搜集研究，有《殷虚书契前编》《殷虚书契后编》《殷虚书契菁华》《殷虚书契考释》《流沙坠简考释》等著作，台湾出版有7编140多册的《罗振玉全集》。郭沫若在《中国古代社会研究》序言中说：“他的殷代甲骨的搜集、保藏、流传、考释，实是中国近三十年来文化史上应该大书特书的一项事件。”还说：“大抵在中国目前欲论中国的古学”，不能不以罗振玉的业绩“为出发点”。

《学土》创刊号发表有罗振玉的《记后汉元初子游残碑》。同样我也奉周圣英之托，和宋浩、当时的广东教出版社社长黄尚立一起，去大连拜访罗振玉的孙子罗继祖教授，组《雪堂学术论集》书稿。罗继祖教授居室名“两啟轩”，我有散文《两啟轩啖蟹》刊《羊城晚报·花地》记其事。

他的饮恨何如

李稚甫教授的有些来信我一时找不到或找到了也要考虑本文篇幅，只再做些删节引两信。1996 年 8 月 7 日他有这封来信：

老苏同志：

原稿寄还收到（苏按：指头三期《学土》用《李审言交游书札选存》三组原稿），谢谢。

弟病势日渐沉重，恐不久于此世。所惜与兄相识过短，未能多所承教。但《学土》能将先人亡友遗札刊布，已是一大功德。

想了许多好题目，欲为《学土》写文章，今皆不可能，饮恨何如！唯望章文钦能始终其事，我已重托，希望《学土》长寿，章亦能如愿以偿……

昨见《文汇报》的《读书周报》，载张中行一言："散文随笔，不是随便给人消遣的，要使人看了掉泪！"此语甚壮。陈寅老（苏按：指陈寅恪）前一文章，北京同仁辈学人，即读之堕泪，亦有人为之担心……

我因死期无定，下半年杂志皆未订。据云《随笔》第四期有于光远一文甚佳，托人去邮局买不到，兄能否设法为我得一册？我死在眼前，一有精神，即坐案前读书看报。读了吴宓自订年谱，对学衡派在南京要大活动，很有味，此辈真实史料……

即问，好！

稚甫 再拜

八月七日下午

他知道他将“不久于此世”，可是他还是千方百计地找书来日夜苦读。我突然又想到，有一次在医院和他聊天，我劝他少读一点儿书，不要过多消耗精力于读书，多休息一些，多保留一些精力应付病魔。他笑笑，给我背诵了法国雨果的一段语录：

> 人的命运一旦遇到意外，应该赶紧做好准备；意外会接连来的。这扇疯狂的门一旦被打开，怪事就都跟着来了。你的墙壁裂了一道缝，乱糟糟的事件就一拥而进。不可思议的事情不会只发生一次的。（苏按：出自雨果《笑面人》）

1996年9月17日，李稚甫教授从他在中山大学的住处写给我一封信，次日寄出。他还是坚决要求出院回家了，原因在这封信中有谈：

> 老苏同志：
>
> 上次惠复早拜悉，蒙温语宽慰，甚感！
>
> 因近日胃痛、腰痛，非服止痛片不能入睡，此即癌症扩展的普遍现象，不足为怪。
>
> 弟决不俯首就擒……医生说可以住院，但也没有其他疗法（指既不能开刀，又受不了化疗）。那又何必住院？死不足惧，希望多拖几天，让我再做一些事……
>
> 已函台湾、香港等处为《学土》征稿。《学土》似可向有关部门伸伸手，目前有些单位一掷数百万元

无吝色。广州需要有一个硬骨头、高质量的学术期刊，只要对宏扬文化传统、吸收新知有益，不做官样文章，不写遵命文字，则庶几办出风格来。我虽为日无多，但有这种期望。信笔乱写，乞谅。即问

秋安

弟 稚甫 再拜

九月十七日下午

李稚甫教授出院回家以后不久，病情转重又被送入他原来住的那间病房。

这以后他就很少再给我写信，精力已经不及。一次他断断续续花了三天时间，十分艰难地写成一封信寄给我，那是他逝世前写给我的最后一封信，还是不录了吧！

原载《随笔》2019 年第 6 期

大连两启轩再访罗继祖

临行一席谈

回到广州，交了访苏州梦茗庵向钱仲联教授组沈曾植《海日楼文集》书稿的差，紧接着就去大连白云新村两启轩，再访罗振玉的孙子吉林大学著名教授罗继祖，商量出版《罗振玉全集》或《罗振玉学术论著集》的事。

此行除了广东省出版局图书处的宋浩，广东教育出版社社长黄尚立，我，还有王贵忱研究员。黄尚立去北京有事，先走一步，他办完事即刻从北京转到大连和我们会合，他派了编辑小潘先去大连预作安排。

行前我再问了一次中共广东省委宣传部副部长兼广东省出版局局长周圣英，我半开玩笑也并非全是开玩笑地对他说：

"你可想好了，罗振玉是做过一阵子伪满洲帝国监察院长的，台湾是出版了七集150卷《罗雪堂先生全集》的，你真的不怕有个什么风吹草动，打你一个'给汉奸树碑立传''和国民党反动派一个鼻孔出气'？"

他哈哈大笑说：

"我同意你的两个看法，一个是中国清末民初确实有一次学术上的繁荣。清皇朝败灭，进入中华民国。但是很快陷入军阀混战。接着是国民革命北伐，国共之间的十年内战，八年的抗日战争，几年的中国人民解放战争，中国连年泡在战乱中，哪里顾得上那一段学术繁荣？中华人民共和国建立，开头加‘文革’的几十年，又‘一切以阶级斗争为纲’，也不是气候。现在应该是可以心平气和地顾一顾了，而这能离得开罗振玉？”

我又问：

“还有呢？”

他又说：

“你讲的那一个情况是说，不错，罗振玉做过伪满监察院院长，应属汉奸之列。可是郑孝胥还是伪满国务总理大臣，更大的汉奸，中华书局还不是刚给他出版了五巨卷的日记公开发行！显然是承认他们的学术成就也还算民族的文化遗产。”

我觉得这一段简短谈话蛮好。虽然他口口声声还是同意我的观点，但我相信他不会是到时候“一推六二五”的人。

那天我们从广州白云机场登机直飞大连。在飞机上我还是假作“闭目养神”，把和罗继祖老人谈起来可能有用的乃祖罗振玉的有关情况再捋一捋：

罗振玉，通称“国学大师”，各种称谓多多，被称为农学家、教育家，保存内阁大库明清档案落力，从事甲骨文字研究，传播、整理敦煌文卷，开展木简考证，倡导古明器研究，都是有重要贡献者，比较普遍被称之为考古学家、金石学家、敦煌学家、目录学家、校勘学家、古文字学家，又有人称之为姓氏学家、宗教学家，我看他也是书法家、篆刻家。他字式如，叔蕴，叔言，号雪堂，永丰乡人（祖籍浙江上虞永丰乡），晚号贞松老人，松翁，我在他的篆刻“润例”（即价目单）上还见他署陆庵，少人提。清同治五年即1866年8月8日生，1940年5月14日病故。

1924 年应清废帝溥仪之召入值南书房，和王国维共同检点宫中器物。冯玉祥逐溥仪出宫，是陈宝琛和罗振玉送溥仪到日本使馆。1933 年追随溥仪做了伪满监察院院长，至 1937 年 6 月退休。

稍细一点儿说，他是光绪二十二年即 1896 年，在上海办《农学报》，后来热心农学教育，去日本考察，回国继续热心农学教育。参加整理清廷大库，期间大量收购出土甲骨，并有《殷虚书契》《三代吉金文存》等出版。辛亥革命后他东渡日本，潜心整理研究敦煌古文献，继《敦煌石室遗书》（1909 年）有《鸣沙石室佚书》（1913 年）、《敦煌古写本周易王注校勘记》（1916 年）、《鸣沙石室古籍丛残》（1917 年）出版。他最早整理了 1922 年出土的汉灵帝刘宏时代“嘉平石经”残字，最早整理了 1908 年出土的汉、晋木简，他开辟了古器物研究的新阶段……还不能忘记他培养了人才，一代大学者王国维的《人间词话》《宋元戏曲史》《观堂集林》和他息息相关，中山大学的著名教授容庚、商承祚都是他的学生……

就连写文章羞辱过他的郭沫若，在所著《中国古代社会研究》一书中也承认，“罗振玉是对中国文化史下了功夫的人”。并且说：

> 罗振玉的功劳即在为我们提供了无数真实的史料。他的殷代甲骨的搜集、保藏、流传、考释，实是中国近三十年来文化史上所应该大书特书的一项事件。还有他关于金石器物古籍佚书之搜集颁布，内容之宏富，甄别之严谨，成绩之浩瀚，方法之崭新……大抵在中国目前欲论中国的古学，欲清算中国的古代社会，为

出发点。

从白云机场到白云新村

我们从广州白云机场上飞机，飞行两个多小时，到达大连。因为住处等已经由先到的小潘事先安排妥当，为了节省时间，我们下飞机就直去位于白云新村的罗老家两启轩。

来到“两启轩”门口，鹤发霜髯的罗继祖老人，已经候在那儿。我见他一脸严肃，不知何故。问也在场的他的学生王同策教授，才知道这是因为罗老视力、听力都很差，那是他在凝神捕捉信息！

罗老把我们让进他家客厅也是书房的两启轩，我握着他的手怕他听不清楚大声说：

“罗老，刚才我们是从广州的白云机场上飞机直飞大连，下飞机就直来白云新村看您，咱们今天是白云对白云呵！”

罗老笑笑说：

“这是我们罗家和广东有缘。清末光绪二十九年（公元 1903 年），两广总督岑春煊聘我爷爷去做教育顾问，他到广州后，住在越秀书院。那时候广东书价便宜，他有空儿就去双门底府学东街逛书肆。这期间刚好碰上著名藏书家南海孔氏雪岳楼的后人在出售藏书，他就倾其所有选购。这竟是我爷爷收藏善本书的开始。你们这次来联系出版《雪堂学术论著集》（我注意到他没提《罗振玉全集》），更说明我们罗家和广东不但有人缘，还有书缘。”

罗继祖教授字甘孺，“甘为孺子牛”的意思。1914 年出生在日本。他没进过学校，从小在家跟爷爷罗振玉接受家教。可是还没进入社会，他就已经有几种为学术界注目的著作问世。

1939 年踏入社会，先任奉天（即沈阳）满洲医科大学讲师，不久转任日本东京都大学讲师。再回国，便一直在大学执教。

王贵忱和我是辽宁同乡，所以我称他乡兄。他和罗老虽然此前有书信往来,却也是第一次见面。趁他们二位叙旧，我环顾罗老家这个两启轩书房。

一面墙上挂有罗老的书法、绘画；过道里还挂着一些教授年前祝贺他八十大寿的书法、绘画，这些教授大都是他的学生，一时还没收起，这样便成了一个小展厅。清末陕西巡抚升允的四尺宣纸对开“四条屏”书法占满一面墙，这位蒙古旗人多罗特氏老爷子的颜体楷书写得相当高水平。我又一时想起罗振玉以五品小官儿得溥仪“破格”召见，是由他引见。溥仪“赐”罗振玉“贞心古松”匾额，特准他“专折奏事”，这也就是罗振玉晚年又号贞松老人、松翁的由来。

我在一个书柜里见到了台湾出版的七集 150 卷《罗雪堂先生全集》，也就心里明白，罗老为什么没提《罗振玉全集》。广东没有专业古籍出版社，由教育出版社出版这样规模的《全集》，起码是不容易。

我们开始和罗老谈出版《罗振玉学术论著集》。有些话他听不全，要写给他。他看得也吃力。他的学生王同策教授提出我们不如和他谈，一些意见他和罗老已经事先商定，他可以代表罗老。

于是改为和王同策谈。他说罗老主张分两步走，先出版《学术论著集》，把步子走顺，再研究出版《全集》。

我们也觉得这样好，于是先放下《全集》不淡，专谈《学术论著集》。自然又是一拍即合的事，也无须记下那些编辑出版“行话”。

我们告辞，罗老分别赠送了他的《辽史校勘记》《辽史拾遗续补》；这是他二十六岁那年据出土辽人墓志等校《辽史》讹误的著作，有论者称“治《辽史》者不可不读”。还赠送了《枫窗脞语》《墐户录》《永丰乡人行年录》《庭闻忆略》等著作。著名作家柯灵著文说：他读《枫窗脞语》只觉得“广闻博识，翻读未竟，已兴味盎然”。《永丰乡人行年录》实际上是罗振玉的年谱。华东师大戴家祥教授称赞它“内容翔实，无偏无颇，正是史家求是态度”。天津市文史馆陈邦怀馆长称赞它“记述核而不饰，文词婉而情深，必传世之作也”。罗老在《庭闻忆略》一书中，回忆了他祖父罗振玉的一生，极有说服力地订正了伪满皇帝溥仪在《我的前半生》一书中涉及罗振玉的不实之处。

这天晚上我在旅馆里漏夜读了《庭闻忆略》。觉得溥仪这人的确太过胡说八道。如他说罗振玉在“江西巨绅”邱子藩家教家馆，邱子藩死后罗振玉从女东家手中骗取了“百余卷唐人写经，五百多件宋、元、明字画，因以发家”。其实罗振玉只光绪二十年（公元 1894 年）在邱子藩家教过一年家馆，邱子藩既不是江西人，也不是巨绅，在罗振玉辞馆后十一年即光绪三十一年（公元 1905 年）去世，这比斯坦因从敦煌弄到那些唐人写经早两年，他怎么可能弄到“百余卷唐人写经”？

再如溥仪说内务府曾托罗振玉代卖一批殿版《图书集成》，罗振玉把一万多卷书的“开化纸空白页”拆出，用仿宋体字刻版“伪造宋版书”，高价出售又发了财。其实不只内务府和琉璃厂向来有串通，根本不需要委托罗振玉；再说殿版《图书集成》也根本没有什么“开化纸空白页”可拆，更何况假造宋版书哪儿是那么简单的事儿，行家一看就会笑掉大牙。

最可怕的是溥仪说王国维投湖自沉不是为了向他进行“尸谏”，而是罗振玉逼债逼死的。幸喜王国维长女王东明在《先父王公国维自沉前后》一文中说：“传闻罗向先父索大嫂（苏按：罗振玉的女儿，王国维的儿媳）生活费每年二千元之说，似不确实，若果有其事，先母必然知道，而先母从未提过。至于和罗氏合伙做生意，赔本逼债之说，更属无稽。”

两启轩啖蟹

看书晚睡，一觉醒来，呼吸着海港的清新空气晨练一番，也就精神大振。

黄尚立这时已经转来大连与我们会合，了解了有关一切。

第二天再次到白云新村两启轩和罗老落实分上下两集出版《罗振玉学术论著集》的相关事项，由黄尚立和罗老草签协议。

这天罗老很高兴，开家宴请我们饱啖大连海产。一盘盘的虾，一盆盆的蟹，一种又一种的鱼，最解馋的是那一盆盆的蟹，金红色的蟹黄鸡蛋黄般大，鲜美的蟹肉香气四溢。

罗老是书法家，告别时送我们每人一帧书法条幅。送给我的一幅写的是：

征夫陌头杨柳色，

羁人客里杜鹃声。

苏晨社长方家郢正　继祖（名下钤白文《罗继祖印》《墨佣》两印）

这儿他称我“社长”是按“老皇历”客套，我这时只是一个离休的布衣小老头，人家没拿我“人一走，茶就凉”罢了。

我见条幅上用的印刻得好，问道：

“是雪堂公刻的？”

我知道罗振玉会篆刻，但是我忘了要大声问。罗老没听清楚，答道：

“雪堂公的印？我手上只还有四五十方，等等我连同他刻印的自定润例，一并奉上。”

我便“顺水推舟”，心想，这倒可以在广东高等教育出版社聘我为主编的学术集刊《学土》杂志上用。

一回到广州，就接连收到罗老好几封来信。

第一封信是6月3日（罗老误作5月3日）写给王贵忱乡兄和我两人，述别情依依，谈人生感慨，论《罗振玉学术论著集》编例，只是夸奖我作品的话太多，不便录。随信附来诗笺上的两首诗为：

飞来飞去又飞回，趁海行天两快哉。
载得雪堂遗著去，花城期放岭头梅。

经仍三字版新排，童蒙求我此初阶。
上溯炎黄迄解放，焕然无缝语和谐。

颂广东教育出版社新刊《新三字经》

。

5月16日给我寄来一封用墨笔写的信：

苏晨先生：

在连拜教，钦慕莫名。别后曾致书寄贵忱先生处，想已 达鉴。日奉到 大札，知驾已安旋，在京接洽（苏按：指我们在北京与中华书局洽商有关问题）顺利为慰。先人遗著能获大力支援，心感无既。王同策已约过去同事各位协助完成扫尾工作，并希贵社诸君惠予指教则感幸多矣。此外凡所需要，当尽量供应。印存（苏按：指罗振玉的篆刻作品）约有四五十方印本，皆中年之作，一俟觅出即行奉上。家书（苏按：指罗振玉家书）乃早年上 先曾祖者尚存手迹在此。至我的拙著，未刊者在十种以上，友人王庆祥编有子目一份，不日可以奉上，乞 鉴裁。如能代刊一二种已万幸，因在今日皆赔钱货也。《王国维之死》一种已交台湾康祺出版社，已去函询之矣（苏按：此书后经宋浩介绍在广东教育出版社出版）。

草草奉复，惶悚惶悚。敬颂

台安

继祖　五月十六日

6月4日来信附寄了罗振玉的五十八方印样。该信为：

苏晨先生：

得先生复函敬悉。先人刻印已托人复制，并拟写一短文记其始末，计共五十八方，可合订为一小册，如先生与贵忱先生有兴的话，希与出版社同志商量出专册，何如？全详说明文中。以后寄上。

《论著集》只有标点分段和校改原误，别无注释，实太草草，现已无力再加增补。现四集已经收到，其他集当促同策从速寄上；（寄前）再由我略一过目。其中还有未完的，当一一完成，实感大德于无纪极矣……（下例前略）

目力日差，既不能手术，只靠中药维持，苦矣！

继祖顿上 95.6.4

稍后罗老寄来《〈雪堂印存〉后记》一文。《学士》发表了这篇《后记》和罗振玉的五十八方篆刻以及他刻的木版《陆庵仿秦汉篆刻润例》。这个“润例”即价目表难得一见：

陆庵仿秦汉篆刻润例

石章每字洋半元，象牙、竹根、黄杨倍价，以上朱文加半，极大、极小倍价，款每五十字洋一元。劣石不刻，文字不通不刻，金、银、铜、铁、珊瑚、琥珀、犀角、晶玉、瓷窑及古砖、古砚一概不刻。

庚寅孟夏陆庵主人白

收到该期《学士》杂志，罗老再来一封信：

苏晨先生左右：

大札并贵刊（四册）先后奉到。欢喜无量。先人遗墨并获刊登，且印文清晰，重承厚爱，衔感难名。唯弟素薄名利，此次粤省高谊重于中华（苏按：指中华书局），一切悉听指挥，岂感存非分之想贪得无厌。只是参与校理同人或有追求，弟当明告之也……

弟治目已赴医院，因需迟数日，故又归来。匆匆不及多陈，敬候

夏祺不一

罗继祖顿首 7.19

这些事，因为涉及“罗振玉著作在中国大陆”，或可也应该在中国出版史上留下一些痕迹？乃草草记之。

清晖不减

一

北京作家关山，写草岚子监狱，书稿成，向多位当年坐过草岚子监狱的老同志征求意见，也征求到原中共广东省委书记王德，他也是当年坐过草岚子监狱的人。王德老人知道关山和我熟悉，让关山带一封信给我，托帮忙给代找几本他买不到的书，先交了钱。

关山和我一起办过《财富》杂志，我是社长他是总编辑。他来我家看我，除了带来王德老人的信和钱，还带来一本杨献珍老人托他带给我的杨老新著：精装《我的哲学“罪案”》，杨老在前环衬亲笔题了：

苏晨同志留念
杨献珍敬赠
一九八四年五月二十日

我现在看了杨老的题字，仍心中暗喜：这位曾任中共中央高级党校校长、党委书记的著名马克思主义理论家、哲学家、1926年在商专教师任上加入中共的老党员、如果今年（2017年）还健在，应该是121岁。他因为“一分为二”与“合二而一”之争等入狱，挨了十监牢之苦，风烛之年出狱，还能写出一手这般漂亮的字，难能。看来题字时杨老的健康状况，必是多半还在过得去的线内。

《我的哲学“罪案”》一书，是1981年5月杨献珍出狱不到一年，人民出版社就不顾“两个凡是”的干扰，把书高质量出版发行，可见国家和人民还是记挂着他的。精装本用天蓝色平布书脊，烫金字，裱淡绿色光纸封面，压印中国画疏竹图案，黑字书名，一眼望去清清爽爽，会让人迁想多多。用“不平”的一丛挺拔的疏竹为封面图案，难道是暗喻杨老的在康生迫害面前，“中通外直”，“宁折不弯”，为维护真理，哪怕“竹毁节存”？我猜。

二

《我的哲学“罪案”》，全书分为四辑：第一辑是构成所谓“罪案”的十一篇文字；第二辑是关于所谓“综合基础论”、“思维和存在的同一性”问题，关于“合二而一”问题的十二次申诉，以及1973年在狱中致中央杨献珍专案组的抗议书；第三辑是三封未发出的申诉信，两篇有关文字；第四辑是附录，也是一些信件和有关文字，全书共二十七万多字。读完后我曾在最后的一页下端空白处题有：

明月中天，
浮云每掩；
圆缺有时，
清晖不减。

这是我的一时感慨所及。我还写信请我的一位老战友、广东画院副院长、岭南画派著名画家陈洞庭（已故），给我画了一幅意境相应的画，他也是杨献珍老人的拥趸，画上的题句便是：“圆缺有时，清晖不减，老友苏晨句……”

这位杨献珍老人，本名叫杨奎廷，献珍是他的字，不过他很早就以字行，知道他本名的人不多。他清末光绪二十二年（公元 1896 年）生于湖北省郧县安阳口，一位缫丝匠的家里，祖籍河南省镇平县。六岁入塾发蒙，1920 年毕业于武昌商业专门学校。毕业后不就银行高薪之聘，贪读校藏之书，留在商专任教。1926 年 11 月被郧县父老聘为故乡湖北省立第十一中学校长，当年他先已在武昌商专加入中共。

他入党后数十年绝大部分时间，都在从事党校教育工作，从地方到中央，自 1940 年任中共中央北方局秘书长兼党校党委书记、教务主任，到历任中共中央马列学院院长、党委书记，中共中央高级党校校长、党委书记，他一直在为办好党校教育，加强马克思主义研究，特别是加强马克思主义哲学研究，兢兢业业，克尽职守。所以关山编的《杨献珍研究资料》一书的《编后记》，称杨献珍为“我国著名的马克思主义理论家、哲学家、党的教育家”。

三

说起杨老鲜为人知的本名杨奎廷来，还有一段也同样鲜为人知的故事。

那是 1926 年，汉口的全部中学合并为湖北省立第二中学，杨献珍任这所中学的中共党支部书记，也是中共武汉第四区区委委员。当年区委遭到破坏，他在他的住处德国中学被捕。带走他时他急中生智，忙把口袋里那颗刻了“杨献珍印”的图章扔进路旁草丛深处，只留下那方刻了“杨奎廷”本名的图章。审案时他一口咬定他是杨奎廷，不是杨献珍，而从他口袋里搜出那方“杨奎廷”本名图章，又正好可以佐证。于是只得按“共产党嫌疑犯”把他收监，他们不知杨献珍和杨奎廷是同一个人。后来由武昌商专的朋友，请做过武昌商专校长的驻英大使、国民党中央委员郭泰琪出面担保，得到“无罪释放”，大吉大利。

杨献珍在1931年的薄一波等“六十一人案”中再被关进北京草岚子监狱。吊打他时打断了腕骨，由几个人按住他，强拿他右手食指在事先编造好的一份假口供上按了手印，这时他又成了“……杨仲仁奉胡鄂公之命，策动石友三行刺张学良……”的什么杨仲仁！

顶着杨仲仁名字的杨献珍，在后不言可知的“那十年”里，又成了薄一波等“六十一个叛徒集团”的一员……不过六十一人都平反了，不提。还是法国大作家巴尔扎克那句话：

> 如果不忘记许多，人生无法继续。

四

杨老在《我的哲学“罪案”》一书中，如实地介绍了所谓我国的“哲学上三次大论战”，“论战”中他被指为“罪魁祸首”的三项“罪案”，提供了相关的各篇所谓“毒草”的原文，以及被定为“弥天大罪”的种种说法，坦坦荡荡，实事求是。杨老在书的《序》中说：

书名《我的哲学“罪案”》，并非故作奇言耸听，盖纪实也……供以记载一场别开生面的文字狱。

这也是实实在在，尽管是学术观点上的不同见解，他也被收了监，立了专案，设立了总题为《杨献珍的诡辩和诽谤材料》逐卷编了号的卷宗。

读过杨老在他的平反大会上的讲话，更知道了这不只是因为他的观点，一般性地反对了当时盛行的唯心主义、形而上学，有碍浑水摸鱼推行极“左”一套，更是主管意识形态的康生“放长线，钓大鱼”，即他得意扬扬和盘托出的：要把杨献珍在“综合经济基础”，“思维和存在的同一性”，“合二而一”这三个理论上的不同观点，说成是刘少奇通过杨献珍“一个一个抛出来用以反对……”什么什么的。而既为精心策划的政治阴谋，也就必是断章取义，再随心所欲横加曲解，“上纲上线”，无限拔高，入人以罪，赶尽杀绝。

其实在哲学上，世间事物本来是相互作用的诸要素所构成的整体，作为一个整体，具有部分所不具备的特性，整体性不能还原为部分特性的总和。

举眼眉前的小例子：比如“居家开门七件事”的盐，无疑它有可食性。可是构成盐的钠和氯，都有毒。那么能从钠、氯的都有毒，就把厨师给汤或菜里加点盐调味儿，断章取义说成是往汤里菜里下毒？

再举个眼眉前的小例子，如我们不可一日或缺的水，无疑有灭火的作用。可是构成水的氢和氧，氢有自燃性，氧有助燃性。那么，你家失火，人家泼水灭火，能断章取义把人家好心救火，说成是“火上浇油”要把你家烧光？

断章取义，蛮不讲理，以势压人，无限上纲，可为常态，哀哉！

五

杨献珍他们的争论不宜言及，我什么也没说。或者那个所谓的理论家康生把杨献珍没作定论的征求意见文稿：《关于中华人民共和国在过渡时期的基础与上层建筑的问题》，背地里偷偷拿出去组织人批判，这起码也太不道德吧？

组织回来的批判文章不少，也有范文澜、潘梓年、邓拓等非同一般的学者和某些高级干部赞成杨献珍的观点的文章。而简单以批判他的文章比赞成他的文章谁多谁少论是非，也可鄙。因为以“政治任务”下达、为完成“政治任务”根据提示粗制滥造的大同小异“批判文章”数量就是多，未必是真理之所在；而那些冒着巨大危险乃不惧灭顶之灾写出来的所谓“丧失阶级立场”、“蓄意维护反动观点”的所谓“反面文章”，在数量上虽少却往往正是真理之所在。

为此我也举一个眼眉前的例子，如统计资料表明，大多数车祸出在中速行车中，极少出在150公里以上时速中。那就能说高速行车最安全？其实不然，统计结果往往并不能表现因果关系，那是因为多数人以中等速度开车，所以多数车祸才出现在中速行驶中。

再举一个眼眉前的例子，如美国亚利桑那州死于肺结核的人比别的州多，那么就能够据此认定是亚利桑那州的环境易于患肺结核？又是不然，事实正相反，倒是因为亚利桑那州的气候对患肺结核的人大有益，各地的肺结核患者才纷至沓来到这儿休养，以致形成死于肺结核的人多过其他州。

在哲学上这正是悖论有种种，一种便是统计学悖论。更何况惯玩统计学悖论的康生之流，他们那一套统计基础和手法，从根本上就是用来拐弯抹角欺骗人民的鬼把戏。

原载《同舟共进》

《随笔》的降生

调了新的工作

《随笔》杂志四十周年庆生，约我写点儿什么。

我八十九岁了，广东话叫“老糠”，住在养老院，写也只能凭四十年前的记忆。

写什么？写《〈随笔〉的降生》行不？我是它的“接生婆”，头四期还是我一手所编。

我调到广东人民出版社前，是《光明日报》记者。调到广东人民出版社后，是副社长、副总编辑，即干实活的一线编辑。

当时下达给我的任务是：主管文艺编辑室全部业务，负责终审（也叫决审）签发学术编辑室、美术编辑室“提高部分”（原文这样说）图书。这样就给了我在文艺图书出版方面有点什么业务想头，有得以施展的可能。

创刊《花城》《随笔》

就说我干吗要创刊《花城》《随笔》这两个杂志？因为是同时创刊、想头相关，免不了时而要挂上《花城》两句。

说来这与当时的文艺形势关系最大。在所谓的“无产阶级文化大革命”中，文艺图书毁灭的很多，出版的很少，“文革”后社会“书荒”严重，引起人民不满。出版社打着“为人民服务”的旗号，就得视人民为“上帝”。这就得能重版的赶快重版，能新出版的赶快新出版。

社里编辑们工作劲头十足，用我故乡辽东方言说那叫“嗷嗷的”。举例如我同文艺编辑室主任岑桑和几位编辑，请了作家吴有恒一起，躲到中共新会县委招待所，实行“初审、中审、决审一条龙”处理书稿，有问题和吴老就地研究解决，以便以最快的速度，重版他的《山乡风云录》，出版他的《北山记》；已故的文艺编辑室副主任李士非和资深编辑易征，请了一批书稿有修改出版可能的作者，到封开办班改稿，我也是办完这边事，就往那边跑。花城出版社第三任社长、总编辑范汉生（若丁）的第一本书，就出在这个改稿班上，由我决审，签发。大概是我碰巧“沾光”了，没有法子避过的事，谁让上级把权力交给了我，让我碰巧“沾光”。

也许是因为“不自量力”，我在“文革”收摊儿之初，社会意识形态一片沸腾之际，感受到了人民不肯光是等着“大部头”出版的心情。历史的经验是抗日战争军兴，抗日战争胜利，在社会意识形态沸腾状态下，都有过杂志创刊如雨后春笋的史实。

“文革”收摊儿，国家拨乱反正，平反冤、假、错案，实行改革开放，社会意识形态的极其沸腾中，我们难道不能也参照历史的经验？

于是我想到了创刊杂志。

当时的文艺形势

当时的文艺形势有两点引起我的注意，一点是涌现出大量非常受广大人民欢迎的写“文革”的文艺作品，特别是中、短篇小说和电影。奉行“两个凡是”的大人物出头压制，称之为“伤痕文学”，应在铲除之列。也有看法相反的大人物和广大人民，称之为“潮头文学”，应在支持之列。我们站在哪边儿？

我和文艺编辑室主任岑桑、几位资深编辑，还请了社外友好《广州日报》副刊部的赖澜，跑到高鹤，用了一周时间，遍读被批判的所谓“伤痕文学”作品后，深入讨论，一致决定持支持态度，创刊《花城》杂志。在会上我还简单谈到打算创刊《随笔》。

那就是在我这个小人物的有限交往中，也注意到一些老作家、老教授、老专家等，在“文革”的可怕环境下，也收不住手，往往有偷偷写的若干或系统或零散的“抽屉文学”、我称之随笔的精美短文，我想把它们挖掘出来。而这得有一个收纳的园地，因而我想到了创刊《随笔》。当然，也有想继续繁荣这一文体的意思。

我见文学遗产大量是散文，现当代文艺界极其追崇的鲁迅作品也大量是散文。随笔、笔记文学是散文的大宗。“随笔”这两个字是我决定的。叫《随笔》，是因为这两个字范围大，叫“笔记”，就窄了。“随笔”概括性大，总的来讲都是散文。

原计划每一期找一位名家题写刊名，臧克家、茅盾等人都写过，不过坚持下来难度很大，所以后来固定用了茅盾的题字。

自己动手编《随笔》

对于《随笔》，我又为什么是自己动手，独自先办起来？

也有两个原因，一个是我对办《随笔》只给两个人，都说“那不行”。我心想，“不行我加码办一下试试看”。当时还没有现在的什么“编审制度”，当头儿的可以多少轻松一些。一本书或一期刊物，从看原稿到签“付排”，看清样签“付印”，看样书签“发行”，集于头头一身，很不轻松。可是那时候年龄还没老迈，工作忙来谁也自动不限“八小时”，和社里、家里“井水不犯河水”，于是还不成问题。

还有，我以为《花城》是相对的“大众文学”，《随笔》是相对的“小众文学”。一个以往少见的文学刊物，开办之初，还是给它多打几根“桩”，有助于稳固基础。

如本来有意于挖掘老作家、老教授、老专家的“抽屉文学”，以壮声威、显质量，这是一根“桩”。可是说一句也许会被骂为“不要脸”的话（社会上盛产这种“吃不到葡萄嫌葡萄酸”的人），那就是联系这些老人最好“门当户对”。“文革”中我以“打倒穆记王朝的末代黑总管苏晨”（穆欣是《光明日报》总编辑，中央文革领导小组成员，一时又被关进秦城监狱，“文革”后已平反），我的名字倒写打红叉，一个字一平方米的大标语贴上街，被“群众专政”七年，被那些老人引为“同类项”、“忘年交”，称兄道弟，和他们说得上信得过的话。

不信就请看看已故老作家端木蕻良的《选集》第八卷下集，看看我是怎样约他在《随笔》上开《鲁戈邓林室随笔》专栏和为《花城》写稿的，那儿收有48封他写给我的信可查。已故老作家黄药眠教授的《随笔》专栏《工四楼随笔》，连专栏题目都是他让我给取的，他在任教的北京师范大学住处叫“工四楼”（大概是工作人员四号楼，是他的通信地址），我就给拉来用上。已故中山大学著名老教授商承祚在《随笔》上开《东西南北谈》专栏，每周来我家商量，我引他的信写过有趣的故事，那时候广州经常停电，他晚上来，通知不到住在四楼的我，“不得其门而入……”（他信上的话）很伤感，找了个“拉铃”给我装到门上，他再来“不得其门而入”可以拉“拉铃”通知我下楼开门，这“拉铃”现在我还留着。已故著名桥梁专家茅以升，在《随笔》上开《桥话》专栏，说老实话，因为难得，我曾在心里暗暗感到相当得意。

顺提到，社内青年音乐编辑黎煜明，拿来他写的《乐话》系列随笔给我看，我不但在《随笔》上用出来，还把《随笔》交给了他，不废原来职责一个人兼着办。我信人的精力在一定限度内，有时候真的可以显得如形容词所言的“无穷”！

话还是点到为止

若说《随笔》，多的是有用的话可说，如我以编者名义写了《卷首》如《繁荣笔记文学》《随笔的天地》之类都有话可说。却是写着又醒悟过来，想到我们这些“过气”的人，还是点到为止，少说为佳。

我作为中共党员不算老也七十三年了，对审查一时一个标准，还怕吃不准无意中惹祸上身。如当年创办《花城》《随笔》，就曾被一位自视为广东“出版先贤”、在广东出版界也确实相当有地位的同志，写信告到中共广东省委宣传部，痛斥我“不务正业”。好在领导英明，没准其告。我也真的确认他有权控告，因为有行之几十年的“背靠背无情揭发”“面对面无情斗争”指示在，能怪他什么！

不过我扪心自问，可真的是创刊《花城》《随笔》，不是想着“不务正业”。出版《随笔》杂志之初，原定就要带出《随笔丛书》。集上海著名戏剧家蒋星煜教授的《随笔》专栏文章，收为《随笔丛书》第一种的《以戏代药》一书，序就是他约我给写的。

《花城》也是原定就要带出《花城丛书》，带出的几十部《花城丛书》单行本，我敢说今日重版也还是畅销书。《花城》的来稿可用者本刊用不完，还带出了如《〈花城〉电影增刊》之类图书。

我很感谢当年领导对“不务正义”的控告肯于“看远点儿”，按网上话说，该点个赞！

附：四则俚句

3月14日下午,《随笔》编辑部一行过养老院，探视本“老糠”。畅谈。临别，赠我最近两期《随笔》，并向我“求诗”以祝贺《随笔》创刊四十周年。

我辽东老兵一个，少年从军，哪会吟诗作对！

今早微雨，冒雨扶杖，不废晨运。

偶忆起，曾有“抽屉文学”《晨运打油》，何不再“打油”一次？反正：丑不丑，本“老糠”，年“望九”，脸皮厚，不怕丑。

我的晨运，是每天早晨绕养老院大院走三圈。今早绕第一圈，仰脸望见第一个弯道处，左右各有一棵广州市市花木棉，大红花开得正旺，想到广州市第三任市长朱光的词:“广州好，人道木棉雄。落叶开花飞火凤，三月正春风。”受启发，得俚句：

四十年前编《随笔》，
四十年后看《随笔》，
页里行间精魂在，
不失南天一强音。

绕第二圈，从一路香气扑鼻，一种不知名小鸟一次次被从树上惊飞，注意到那扑鼻的清香，发自一棵棵橘树那不起眼的小白花。受启发，得俚句：

淡雅素美《随笔》，
区区三丁编起。
咬住传统不放，
此风大可赞许！

绕第三圈，见大院植被“大户”的黑非洲远来客鸡蛋花，还有那一小片“叶如飞凰之羽，花若丹凤之冠”的拉丁美洲远来客凤凰木小树林，新叶换去旧叶，还是那么美！受启发，得俚句：

作者依然多俊彦，
素颜登场不装扮。
心随百姓心律跳，
顾了今天也明天。

2019 年 3 月 15 日，晨第一笔。
心到了，行或不行，且报赠书。

又及，这三俚句，也曾按要求作了所谓“硬笔书法”，备制版附刊。唯我已右手不能写字三十几年，左手书耳！

原载《随笔》2019 年第 3 期

维纳斯身后的王建楚

最高最低

此文可以视为我读王建楚遗著诗文集《白杨树的眼睛》的小札。

我从他送给我的一个铜铸小温度计开篇。这小东西的造型，下半截是一座短碑，正面镶着一支温度表，上半截是具体而微的美丽的维纳斯造像。这是 2005 年 5 月，我去成都北较场 206 院 7 号他住的那座小楼看他；我的老领导、老战友、老哥哥王建楚，临别，送了我这个纪念物。

他笑笑地嘱咐我：

“要经常注意自己在什么温度下生活，要适应环境！”

我知道，这不仅仅是指自然温度和环境，包括别的什么，我也不糊涂。

可是怎么也想不到，分别才三个月，这位三个月前还陪我游峨眉，游青城，在青城山，见到一处山沟里有许多夏天各地人来避暑读书的简易临时住房，他大感兴趣，带我进了好几座屋里仔细瞧瞧。

他还郑重其事地对我说：

“明年，我也建一个，咱们结伴来避暑读书。”

想不到呵，想不到，就在 2005 年 8 月 28 日 19 时 20 分，晚霞刚刚散去的时候，这位“中国共产党的优秀党员、忠诚的共产主义战士、我军杰出的政治工作者”（中国人民解放军成都军区政治部公布的《讣告》所附《王建楚同志生平》首句），就因病不治，走完了他才八十三岁的老兵之旅！

次日，成都军区政治部的同志，用庄严的二十二响礼炮，即正军职告别礼仪，与他作了最后的告别！

他离开我们十五个年头了！可是我们几个在中华人民共和国开国前后，和他朝夕与共过几年的老部下，老战友，老兄弟，却是迄今依然还会不时议论起他来。如昨天，我和北京《解放军报》干休所的九十岁老兵、编了一辈子报纸的杰出新闻工作者宋群，在互联网上就一个讽刺视屏聊天，还提起王建楚的遗著诗文集《白杨树的眼睛》里，《白杨树的眼睛》一诗中，他与那一株白杨树对话的诗句：

我告诉她我做人会像她一样正直
她却提醒我
你永远记住我的眼睛
一个人什么都可丢失
千万不能丢失良心
那是你的守护神

这是他去世后，宋群、尚弓、我，忙活帮他在长征出版社出版他的遗著诗文集，由宋群取了书名，又从《白杨树的眼睛》一诗里选出来，印在封面上的摘句。

我为此书作序《老兵长此去》；还写了一篇比它长几倍的散文《将军一去》，发表在广东省作家协会机关刊物《作品》杂志；此外还从他写给我的一些信生发开来，出版了《对话〈白杨树的眼睛〉》一书，书名，也是宋群替我取的，他作序，题《也是一双白杨树的眼睛》。尚弓附诗一首《读〈白杨〉怀建楚公》：

凄凄月映蜀山崖，潸潸鲁水落暗霞。
哲人其萎惊遽而，抚读华章惋文华。

抗日烽火萦残楚，辽战念中碧血凝。
解甲老兵长此去，德音犹聆未了情。

亭亭白杨泪眼望，乡亲故旧祭心香。
尽瘁终老垂清范，天地铭记好儿郎。

识公恨晚溯汉滨，麾下蒙诲忆羊城。
沐我光风承勖勉，憾悲无尽怀师尊。

仰止高山阅鸿篇，文采风流沁心田。
挥毫啸咏纵天马，奇智奔涌破篱樊。

无冕俊才濡血笔，殊死前线猎新闻。
英雄星座永辉耀，赤胆弘扬中华魂。

冥想反思夕阳边，唯物辩证探新诠。
儒佛希腊悉参酌，何期大悟竟涅槃。

且把好人勋章佩，觐见轩辕不惶愧。
千秋白杨巨眼亮，忠骨袒裎真善美。

（2009 年初春于京华）

可见，王建楚的一首诗，也能给我们这些“老不死”；尚弓九十二岁、宋群九十一岁、我九十岁，留下深深印象。

我 2018 年入住养老院，也把和他分别又是永别时候，他送给我这个温度计带进了养老院。为的是一见到它，我就会想到他。也为的我做了“养老院院士”，计划中也想至少九十周岁生日时出一本《过坎儿前集》，再出一本《过坎后集》。都说八十九到九十岁是一个坎儿，我估计我过这个坎儿大多不会有问题，那就当然也要注意自然温度以外的温度，而时不时看看它，起码有个提醒。

不过很可惜，一天，我从书架上拿书，不小心把摆在书架上的小温度计碰掉地下，摔成了两截！不过是从维纳斯脚底下和那截小碑断开，没有实体受损。后来女儿小艾每周来养老院看二老发现，用一种特殊胶水把两截粘接起来，竟然一点儿也不显，又成为我书架上一个有用的漂亮小摆设。

今朝醒来，洗漱毕，想翻翻新一期发有我作品的《花城》《随笔》杂志。这两本杂志都是 1979 年我任广东人民出版社副社长兼副总编辑时创办的，2019 年庆祝创刊 40 周年，都约了我写稿。我到书架拿杂志，又见到这个小温度计。一时竟然想到，王建楚也不是什么了不起的高官，也从来没在媒体上被“封”过什么英雄、豪杰、模范、榜样、典型之类，也没有什么大部头著作出版被加上大专家、大学者衔头，怎么就比一些赫赫人物在我们心目中留下的印象还深？

我以为这可能就与他什么时候都不忘“白杨树的眼睛”有关，于是放过再翻翻《花城》《随笔》的打算，先找出王建楚的遗著诗文集《白杨树的眼睛》再读。读来更信我想得可能有理。如他的诗《解甲后的反思》，首先反思的便是：

……回过头来看看自己走过的路
真有些不安、内疚、负债感
……自从那内部斗争的风暴来临
我的生活变得又尴尬又平庸
回想起来，我是一个多么蹩脚的角色
常常是人家发烧我也发烧
人家受骗我也受骗
有时候我受了骗又去骗人
把骗人的话当真话讲
做了一个诚实的骗子
有时候，我没有完全相信
角色要求我去说服别人
嘴里说着言不由衷的话，说得那样假气
演的那个滑稽角色
想起来让人啼笑皆非……
（引句见《白杨树的眼睛》第 91 页）

这些话在像他这种大军区政治部副主任一级高官，大多已经不敢出口，他竟然写成诗！

在豪言壮语讲得越豪越壮越吃得开的时候，也没见他发过什么“时兴”的“豪言壮语”，他更在意那些必须做到的实事求是常情。如他有一首诗，题《临终嘱语》，写“文革”期间他也在被批斗中，中国人民解放军海军政治部宣传部部长丁丕烈（1946 年在著名的“四平战役”中，他们一起在前线创办东北民主联军《自卫》报的老搭档），临终一定要见他：

……有一天我接到一个紧急电话：
他爱人说老丁想见我。
我大步流星满头大汗奔向医院，
病房里正一片慌忙。
老丁闪着告别的目光，
紧紧握着我的手。
我的心像刀割一样，
我竭力控制住泪水，
泪水还是湿了衣襟。
告别人世的时候，
战友的声音是那样平和坦诚善良：
老王啊，老王！
我们一生喜欢哲学，
哲学却有点抽象。
现在我懂得了，
人不能过多地抽象思维，
不能只看大方向。
有时候，陷阱就在你脚下，
常常是魔鬼就藏在细节中。
不要全信种瓜得瓜种豆得豆，
好人不一定都有好下场……
为什么好人常常得不到好报？
这句话经常盘旋在我脑中；
几千年善和恶都纠缠在一起较量，

尽善尽美从来就悬在太空中。
天天盘算着得好报算不上什么好人，
只有当你离开人世时，
熟人们叹息一声：
这是一个好人！
这是人间最低的也是最高的勋章。
（见《白杨树的眼睛》第 167 页）

这是说，他们这些人的人生追求原来是这样。

但是这很容易做到吗？

我见一些生前赫赫声名，甚至如雷贯耳者，因为说一套，做一套，靠权势浪得名，死后背骂名者，大有人在！

对革命事业，对人民，抱定“白杨树的眼睛”，为之奋斗终生，“熟人们叹息一声：这是一个好人！”说老实话，干老实事，做老实人，这种人，真比那些不实在赚得“高大上”封号的这个那个，在我们这些凡人心目中更有地位。

刨根问底

王建楚的诗《解甲后的反思》《白杨树的眼睛》《临终嘱语》我读了多思。他寄来哲学论文《我的“实事求是”观》，征求我的意见，我也读了多思。我要拿去找地方发表，他高低不肯。后来在他家促膝谈心，谈到此事，他说那是 1987 年夏天，彭德怀前秘书兼办公室主任、我也认识的王焰，到成都办事，过访他家。

王焰问王建楚：

“离休后你打算做些什么？”

王建楚说：

“我想把一生所追求的、所遇到的一些事情，弄弄清楚。”

王焰是卷入过高层政治斗争的人，举出几件难弄清楚的事，问王建楚：

“这些事，你能弄清楚？我看你弄不清楚。”

王建楚说：

“弄不清楚我也要试试为什么弄不清楚。”

1991 年秋天，王焰又到成都办事，再访王建楚。

王焰问王建楚：

“1987 年夏天我提出的那些问题，你弄清楚没有？”

王建楚说：

“没弄清楚，但是弄清楚了为什么没弄清楚。”

王焰让他说说看，他说：

“问题恐怕是出在对‘实事求是’的理解和态度上。”

王焰说：

“恐怕是这样。”

事后王建楚写起《我的“实事求是”观》，可惜还没待王焰看过，王焰就忽然大面积脑溢血，去世了！所以王建楚不肯单独发表。

我感到可惜。他说：“你同意，你可以用散文形式表述一下。”于是我写了散文《先实事，再求是》，投给中共中央党史办公室举办的征文入选；《社会学家茶座》也有发表；还被收入《共和国重大前沿创新理论成果文选》，获“共和国理论创新特等奖”。不过我可没有不老实贪他人之功，我已在行文中申明我是奉命“学舌”。

《我的“实事求是”观》较长，想援引也不便援引。

发表《先实事，再求是》的大部头《共和国重大前沿创新理论成果选》，几百元一部，难得普及。此刻我是想到了他一次来信附寄的一首短诗《实事难》，我以为或可视为《我的“实事求是”观》的提纲：

古人言“实事求是”，意为“务得事实，每求真是也”。
毛主席赋以新解。
往识得“求是”难，今识得“实事”尤难。
由“利害场”，事往往扭曲；
由“视角阈”，事往往只见表象；
由“知识障”，事往往若坐井观天。
“事”不得实，所求之“是”：
若沙上建高楼，
若无空气飞机起飞。
玄乎！玄乎！

一首十行的短诗，也能深刻而又准确地概括出是什么把中国“耽误了几十年”。

顺带说一句：“实事求是”这四个字，也不是始于有人说的“1942年延安‘整风’时候人们胸前佩戴那个长方形手迹小牌牌”，而是早在班固所著《汉书》卷五十三《景十三王第二十二》中就可见：景帝刘启的儿子河间献王刘德，“修学好古，实事求是”。颜师古注释“实事求是”的话，就是王建楚短诗第一句中的引语。

世事也绝不是所谓：“实事”容易，“求是”难，所谓事情是“和尚头顶的虱子”，明摆在那儿，花点儿工夫调查一下便是。“求是”才难，要有足够的理论修养识别，又要有丰富的实践经验判断……云云。

而不切实求得“实事”，何来“求是”？而不“实事”，所求得之“是”，又怎能不如王建楚的短诗《实事难》所言！

在“特定”情况下，“实事求是”有时甚至会很危险。这就要用到王建楚的那一首短诗《白杨树的眼睛》。如“文革”期间我还没被“群众专政”有自由的时候，曾经去中国人民解放军政治学院看过王建楚一次。他是学院党委宣传部副部长，也是政治工作教研室副主任。我一进学院，就听到大喇叭里宣布，要召开批斗他的大会，把他斗倒斗臭。

见面后我问他为什么，他说，全国实行“食堂制”，号召“吃饭不要钱，放开肚皮吃……”可是实际上农村里饥荒不轻，在饿死人。他说过一句：“粮食不过关的地方，不应该办食堂。”这话犯了“天条”，被“血往忠字上流”的一位“‘文革’发烧友”，“背靠背无情揭发”，还能不换来“造反派”的“面对面斗争”！

开斗争会的时候，他想对“文革”的“批斗语言”做些研究，顺便记了一下“批斗语言”的特色。被“造反派”发现，从他身后猛一把抢去他的笔记本，高高举起，大声高叫：“造反派的战友们，他不是在记录大家的批判发言，他是在准备反攻倒算！”那人读了几条，会场一时大乱，起誓发愿一定要把他“斗倒斗臭”。可是这不又偃旗息鼓了！原来事有凑巧，当天晚上，有“红头文件”发下，同意粮食支撑不来的地方“食堂制”可以停办。

后来有中国刊号的《国际文艺季刊》向我约稿，我引这一次批斗会和王建楚的十三条分析记录，写了《老兵的大勇之美》一文，发表在该刊。

人民万岁

《人民万岁》，这是王建楚一首短诗的题目，我先借来用一下，有话放后谈。

我2005年5月从广州去成都看他，他到双流机场迎接。我离开成都回广州，他到双流机场送行。都是紧紧拥抱，长时间拥抱。相谈没够，相约他尽快来广州，再谈谈不完的话。怎么也想不到，三个月后他就忍心告别了我们脚下这个美丽的星球！

他从双流机场送走我，回到家。他坐下来，立即按路上的有所思，写了一首诗：《名人的还原》（见《白杨树的眼睛》177—178页）。我配不上称名人，诗中夸我的，删掉，删了不能达意的诗句是：

> 有一个年纪比我小一圈的战友，
> 如今成了名人。
> ……有一次，他自费来蓉城看我，
> 我把他接到家里来。
> 我说我对你的接待叫还原，
> 还原到那难忘的五十年代。
> 把名人还原成普通人是一个进步，
> 受益的首先是你这位名人。
> 你看那领袖拯救了人民，
> 可是成了大救星，就变成了神；
> 神脱离了人民就铸成大错，
> 导演出喜剧“庐山大笑话”，
> 导演出悲剧“冤案重重”。

你看，把神还原成人是个多大的社会进步，
谁能把官还原为民，谁就会把腐败扫清。
作家是人类灵魂的工程师，
我愿你这位名人永远保持普通人的本色。
千万别让吹鼓手吹到空中，
永远不要离开大地——母亲。

2000 年 5 月送走苏晨后写

在我印象里，他真的是无时不在提醒人们：大地——母亲，也就是人民，人民万岁！

中华人民共和国开国前夕，中国人民解放军第四野战军兼中南军区政治部宣传部创刊《战士生活》杂志，他是社长，我是他手下的编辑组长。我还记得在杂志的创刊号上，他就写了《安泰的故事》。讲这位古希腊神话中的常胜将军安泰，他之所以能常胜，是因为他从不离开大地——母亲，也就是人民，于是就有用不完的力量。敌人发现安泰的秘密，设计骗他一时离开大地——母亲，也就是人民，便打败了他……人民万岁！

1949 年部队南下，行军中日晒雨淋，军装不干，发霉，山地作战被树柯子一挂，就破，吃发霉的小米，菜是冬瓜、辣椒、蚕豆老三样，没有蚊帐被蚊子咬得睡不好事小，有很多同志打摆子事大……

我下部队采访，告别时战士们俏皮地要求：“记者，你行行好，替我们向首长反映一下，就说我们广大战士，一致给霉小米请功，南下那么多好小伙子掉队，霉小米始终没掉队，应该记功！”

回到“野政”，偏又碰上谭政政委要听我们这等小干部的汇报。我请教建楚同志（社里都这样叫他），他说："你别怕，实事求是说，谭政委对大干部不客气，对小干部不会。"到时我直来直去，谭政委真的是当即打电话给后勤部长，下令："不许再给战士发霉小米，留来喂马！"

回到社里，我向建楚同志汇报，他写了《永胜的两把钥匙》，一把叫"看大不看小"，一把叫"看远不看近"，用永胜拿这两把钥匙打开面对艰苦现实问题的口气，劝班里同志"看大不看小""看远不看近"，看到我们母亲——人民在连年战争中的巨大付出，已经很不得了，相信他们一定会帮助我们不断改善，战胜困难，勇往直前，解放全中国，建立新中国……"永胜的两把钥匙"，一时成了部队里的"流行语"。

现在该说到他的短诗《人民万岁》了。诗前有几句话的小序，谈到他多次参加天安门集会，游行，也多次参加过毛泽东的集体接见。一次听传达毛泽东的讲话，"意思是说不要光听喊'万岁'，要听听那'万岁'里的各种声音。"还谈到他保留一帧毛泽东的特写照片，"那照片真应当命名为'百感交集'"。《人民万岁》那首短诗是：

天安门广场无边的红旗像红海泛浪
万岁的喊声如海啸山呼
领袖向群众挥手致意
人海的眼睛向着领袖搜寻
从领袖那特有的声音里
从领袖那眉头和目光里
我感受到领袖的百感交集
激动、感激、内疚、忧伤和困惑

他听到了崇拜的狂热
他听到了拥戴和感激
听到了心底的埋怨
也听到了深藏的愤怒
领袖在天安门上从东侧走到西侧
又从西端走回东端
领袖鼓着掌
用他那洪亮中略带颤抖的声音作答
人民万岁
这是历史的回声

领袖人物站在天安门上被万众欢呼“万岁”，应该是领袖人物最容易被神化的时刻。而在王建楚心目中，即便在这种场合，他也认定在天安门上的领袖是人，不是神，认定他应该还是人民中的一分子，看待领袖在此时此刻喊出：“人民万岁！”不管怎样他都非常在意，长记不忘，因为认定领袖是人，人和人民就会拉近距离，他总是希望拉近这个距离；认定领袖是神，神就会和人拉开距离，而和人民拉近距离，越近越好，才是领袖和人民唯一正确的关系。

崇尚三真

1945 年“8.15”，东北光复，简称“八路军”“新四军”的我军，称“中央军”的蒋介石嫡系部队，都迅速抢占东北。1945 年进入东北的我军，很快统一建制为东北人民自治军。林彪为司令员；彭真为政治委员，也是中共中央东北局书记。

1946年1月4日，东北人民自治军改称东北民主联军，后来林彪为司令员兼政治委员，又是中共中央东北局书记。东北民主联军总政治部宣传部有个宣传教育科，这个科有三位科长，都姓王：王建楚、王真、王健；一高，一瘦，一胖，人们就背地里把王建楚称为“大个子王科长”。

1946年尾、1947年头，我们南满部队，在“四保临江”作战，他们北满部队，在“三下江南”作战，南北呼应。

北满部队，“一下江南”前夕，“总政”宣传部部长肖向荣，把一匹马交给王建楚，让他骑马急追第一纵队，认真研究连队政治工作。

他一个人策马追上部队，部队才来得及给他配了警卫员兼军马饲养员吴文玉，这“哥儿俩”的故事轮不到在这儿讲。

单说他在第一纵队第三师第九团第一营第三连，看上了连队政治工作做得出色的模范政治指导员孙永章。他这位在战士们口中叫“大个子科长”的王建楚，一头扎在第三连一年多，和孙永章、和第三连的战友们，同生活，同战斗。他写出了誉满东北民主联军全军的《模范指导员孙永章》一书。

最先看重这本书分量的人，就是派给王建楚这项任务的东北民主联军总政治部宣传部部长肖向荣；他是“十年内战”时期中国工农红军第一军团政治部宣传部部长；抗日战争时期中国人民革命军第八路军第115师政治部宣传部部长，后任中国共产党军事委员会总政治部宣传部部长，按说他总够得上称为研究部队政治工作的第一流专家吧，他对书稿“逐字逐句直到标点都做了修改，并亲自写了前言”。

“书出版后他又重新阅过，圈圈点点，写了不少眉批”（《白杨树的眼睛》76 — 80 页《怀忆肖向荣部长》）。肖向荣把这本签了名本来想留作自存本的《模范指导员孙永章》，还是送给了王建楚，鼓励他继续深入研究部队政治工作。王建楚很宝贵这本书。可是军史征集部门知道了，一定要征集，他再宝贵，也得交出来！我想这本书该是和那些战斗英雄使用过的功勋武器一起，珍藏在中国人民解放军军事博物馆；难怪这本书印发东北民主联军全军后，有一种评论就是说：“《模范指导员孙永章》，是一本能化为战斗力的书。”

2005 年 5 月间，我从广州去成都看望王建楚，住在他家里，即他在《名人的还原》一诗中所说的：“我把他接到家里来。/ 我说我对你的接待叫还原，还原到那难忘的五十年代。”

20 世纪 50 年代上半叶，我也还在部队当兵，那时候中华人民共和国虽然已经开国几年，也许是因为江山还没坐稳，还没时兴“一事当头先看线”，看了“线”就“斗字当头”，“背靠背无情揭发”“面对面无情斗争”，所以我们两个离休老兵，在家里促膝谈心，没有“第三者”所谓在旁“作证”，还敢掏心窝子，话题广泛。

一天晚上，我们也谈到《模范指导员孙永章》这本书。

我问他：

“依你看，肖向荣为什么那么看重这本书？”

他想了一下说：

“肖向荣认为连队政治工作，最主要是思想工作。他的连队思想工作理念，主要是强调‘三真’：讲真理，说真话，做真事。而讲真理，最主要就是要实事求是，尊重事实，公正求是，放眼未来，牢记理想。说真话，就是说话总要八九不离十，绝不为权威势力、金钱美女、个人恩怨使事实变形。做真事，就是做事不是为给上级看的，不是为投其所好，邀官请赏，也不是为给群众看的，标榜政绩，沽名钓誉。”

我提醒他：

“你还没联系到《模范指导员孙永章》这本书！”

他又说：

“我从旁观察孙永章成效卓著的连队政治工作一年多，证明他工作成效的取得，正是如肖部长所言的‘三真’。《模范指导员孙永章》一书可以说，是用实例显示了孙永章工作中的‘三真’。”

这时候他忽然反问我：

“你还记得我有一次给你写信附的那首短诗《人》不？说着他背诵了这首短诗：

人是万物中的精灵，
他曾驾驭烈马奔草原，
他会驶巨轮跨大洋，
他能驾飞船航宇宙。
可是他最不会驾驭的，
却是他自己。
他常常被一种无形的力量驾驭，
却觉得是自己在驾驭自己，
他为此而自傲。
可是他永远察觉不到，
驾驭自己的并不是自己，

直到他离开方舟。

过一会儿他又说：

“要做到这‘三真’，前提是首先要做一个真正的人。三十多年后肖向荣同志用生命证实了他是一个真正的人。”

肖向荣不因林彪、叶群的拉拢威胁而说谎言。

肖向荣不为“四人帮”的淫威迫害而作假证。

肖向荣病重期间，“四人帮”让他出院接受批判。病危期间他坚持真理，不说一句假话。辞世前他对夫人说的最后一句话是：

“我宁愿站着死，不愿跪着活。”

人民不虚

1996年5月间，我接到王建楚从成都发来一封挂号信。打开来看，是一本1949年第5期《战士生活》半月刊杂志，杂志里夹着一封5月17日写的信，信中涉及这本杂志的内容是：“……这些日子忙搬家，搬了房子又翻箱倒柜，清理诸物。偶然发现我还有一些残缺不全的《战士生活》，这也是一种现代文物，恰巧发现一本上有你青年时代一篇有影响的作品，现给你寄去……”

这篇作品是《王发进长沙》，一篇写真人真事近四千字的小散文。一时想到他决定发表这篇散文前，找我谈的一次话。

他问我：

“你怎么想到要写这篇东西？”

我担心会不会也涉嫌报纸上在批的“丑化战士”，很是警惕，就说：

“你不是也教我们‘人民不是虚的’么……”

接着，我就举出一个又一个生动实例，先从眼眉前的武汉警备师第153师说起，说到这支原为辽宁军区独立第一师的地方部队，在1948年冬的辽西大会战中刚打出野战部队的劲头，配属第四野战军主力第四十军南下作战也成为野战部队，不知该有多么兴高采烈！现在留驻武汉为警备师，一肚子不自在。大山沟里出来的翻身农民战士，初进大城市，心里不自在又碰上对城市人民的有些看不惯，和城市人民的军民关系亟待加强。

我又说到王发所在的长沙警备师、“四野”第四十九军第147师本来是野战部队，现在也“蹲大城市”，如东北老战士副班长王发的视城市妇女为：

捞鱼的胳臂（指穿半截袖），
下河的腿（指穿短旗袍，又不穿袜），
羊尾巴头发（指烫发），
吃死孩子的嘴（指抹口红），
……

这能处好城市军民关系？我觉得对入城部队的城市教育是个问题，就写了王发端正对待城市人民的态度，处好城市军民关系的事迹，这不能算“丑化战士”吧……

他说：

“我说你‘丑化战士’了？我是想告诉你，这篇文章写得不错。人民确实不是虚的，人民子弟兵本来就应该时刻想着人民，时刻从身边就感受到人民，人民的子弟兵为人民服务，首先就是要正确地对待人民，随时处理好各种情况下的军民关系……”

原来我是虚惊一场。后来《王发进长沙》一文，还真的在部队里蛮有影响。

从那次以后，我就常注意他的“人民不是虚的”。远的，我看到他 1942 年在山东敌后抗日根据地和另一位同志一起过无人区：

两个战士通过无人区
两天没吃饭
嚼了几棵野菜几把粮
喝了几口河水
走起路来两条腿晃晃荡荡
两个人的米袋子里剩下两斤麦粒
却觉得沉重压肩膀
一个说，再吃两把
一个说，别吃，那是救命粮
路旁山洞里爬出一个野人
真有点像原始人模样
只是瘦得皮包骨
目光像受惊的山羊
他用双手扒地种野菜
两个战士把麦粒倒进他筐
那野人突然说了话：你俩可是八路同志
你俩倒给我的不是麦粒
是救命菩萨的救命珍珠
一个战士说

这是两斤麦种
也是子弟兵和父老乡亲血肉相连的心
老爷爷，收下吧
等到明年麦子吐穗的季节
那就是我们传来的胜利消息

此诗见《白杨树的眼睛》26 — 27 页，这是他未具名的自况诗《种子》。他对我说过，他只写他亲身经历的事。

近的，如 1951 年 8 月，我下部队采访回到杂志社，社长不见了！经问，是他害肺结核吐血，“四野”兼中南军区政治部宣传部部长杜星桓命令他去武昌东湖疗养院疗养了，那时候肺结核还被视为绝症。第二天我过江到武汉大学身后东湖对岸东湖疗养院看他，他一定要拉我在走廊上，乘着湖上吹来的风聊，让我坐上风，他坐下风，他怕传染我。

他说初吐血的时候，他开头真像他在《中箭的鹰》（见前书 147 页）一诗里所写：

一只鹰，展开了翅膀，
向云端旋飞，
不知从哪一个方向，
飞来一只毒箭，
射中了他的翅膀。
那鹰像一只断线的风筝，
在半空中摇荡，飘降，
眼下是一片绝望的海，
伤痛像万箭钻在心上。

……那鹰噙住眼泪滑翔，
大地上的友谊关爱和真情，
生成了一股暖流，
将他轻轻地托起。
那鹰摇了摇头，
突然心里卷腾起一股巨风，
用心的力驾起双翼，
又向云端旋飞。

这是指杜部长设法弄到一些港币，派宣传部秘书薛晓（离休前为广州军区政治部文化部副部长，我入住养老院前夕，这位九十二岁老大哥还去我家里看过我）化装去香港给他买了结核病特效药链霉素，不过他止住了吐血就不肯再用，转给了“三八式”老作家周洁夫（“文革”中在广州军区政治部文化部副部长任上跳楼自杀，已平反，《周洁夫文集》是他夫人虞丹托我代编并张罗出版的）。而周洁夫也学王建楚的榜样，同样是用了一些又转给第三位……

后来我问过王建楚：

“这就是你常说的同志间相处要像一起游泳在一座‘不沉的湖’里？”

他说：

“也因为我总觉得人民用血汗换来那笔外汇不容易，能多救一个人，就多救一个人，才对得起人民。”

我此刻想到的是，看来我们面对一切大小举措，都应该首先看到它是大而化之把人民虚无化，还是真正从骨子里就为不虚的人民着想。

寻找自己

王建楚写给我的信里，总会附寄一些他的诗来。有的我想推荐发表，他就说："写东西发表不发表，我拿不定主意。去年年底思想发生一点变化，听别人劝说应给后人留下一点东西。可是我这些东西如果比成一种药品，不知它的疗效大还是副作用大……请你也帮我掂量一下，我再下决心。"（见他 1996 年 3 月 5 日来信）

其实我生发他写给我的信所著《对话〈白树树的眼睛〉》一书封底，印有一句话："他是一座'富矿'，我只是开挖了边角上一小角……" 这不，我从他送给我的一支维纳斯造型温度计，跌断又接起，想到他，一写便又写了一大篇。

我见他附寄来的诗中，起码不下 20 首，在明显注意"寻找自己"，有一首诗的题目就叫《寻找自己》，摘引一些传达大意，那是：

不要笑猫儿追逐自己的尾巴，
人也需要寻找自己……
有时你随着大风转，
忽而向东，
忽而朝西；
碰上旋风转得你昏头涨脑，
分不清东西南北中，
不知不觉转了向，
弄不清自己站在何方……
至今我们还守着有些陈旧观念，
生活之流却波浪滔滔变化万千。

如今，你又去追赶那“潇洒人生”，
其实那是“新潮”牵着你的鼻子……
别人劝你，你轻蔑地说：你不懂，现代主义就是No！
世界本来就是一个大游戏场，
现代人就是只管今天，
何必自找麻烦想明天！
至于后现代主义那就更简单，
一个字：“玩”。
朋友，虽然你不愿听我也要劝劝你，
学一学猫儿找找自己的尾巴，
那样也许会找回自己。
一个人不只有今天，还有昨天和明天；
一个人不只是自己，还有祖国、祖宗、乡亲和家园。
（所引见《白杨树的眼睛》128 — 129页）

所谓“人生七十古来稀”，那是老掉牙的话。但是七十岁终究还是人生的一个坎儿，我见王建楚七十岁上特注意“寻找自己”。

首先是《七十回首》：

我生来喜欢真实，
但真实被层层的迷彩雾遮挡。
我自幼寻求客观，
客观却又被无穷的主观网封锁。
我渴望真理，
真理又被多重谬误纠缠

……

不过他在历述过众多恼人的经验实践，依然确信：

我无法测出历史的进程，
但我深信真理和正义必将降临人间。

或许这就是法国大作家罗曼·罗兰说的：

一个勇敢而坦率的灵魂，才能用自己的眼光去观照，用自己的心去爱，用自己的理智去判断，不做影子，而做人。

这年他真的很注意“寻找自己”。他从国画大师李可染的一方“七十始知己无知”印章，想到苏格拉底，写下《七十始知己无知》一诗：

这印章使我记起一位古代哲人，
两千四百多年前，雅典五百公民在法庭上对他审判，
起诉的罪名是他爱管闲事，
天上地下的事他都要刨根究底。
可怕的是天下人如果都这样做，
神在宇宙中就会找不到立足的地方。

所以他深深感叹：

世界上的事就这样奇怪：
你知识圈越小，你会觉得你知道得越多；
你知识圈越大，你会觉得你知道得越少，
以至懂得了自己完全无知。
“七十始知己无知”，是个大悟。

我则以为，这也就是德国唯物主义大哲学家费尔巴哈说的：

知识的界限，也就是求知欲的界限。不知道月亮实际上比看到的来得大的人，也就不企求知道它到底有多么大。

他到处“寻找自己”。他在《大风过后》一诗里，“寻找自己”如何“跳出‘利害场’/打开‘视角阈’/超越‘知识障’/学会那反听、内视、察微、知远。”

他在《扭曲的光影》一诗里，透析世上种种可怕的正邪不协调，甚至邪压正，深自叹息：“人们都喜欢赞美大厦/甚至赞美那站在大厦上嘶叫的乌鸦/可常常忘记了那大厦设计师和建造者/还有那默默支撑着大厦的数不清的基石。”

他在《真和假》《一个悖论》《夕阳的步伐》……一首又一首诗中，到处“寻找自己”，真正的自己。

用大“时话”说，这也就是前些时候《人民日报》“本报评论部”评论《人民是永恒的政治坐标》，在论述“岁月长河中，有传承与光大的行进，也有消磨与腐蚀的风险”中所说：

真正的共产党人，从来就把“来自人民，植根人民，服务人民”作为人生的坐标。全心全意为人民服务，自始至终为人民利益奋斗，这是共产党人最为鲜明的政治本色，也是中国共产党与古往今来一切其他治理者最本质的区别。

精神懈怠则无法凝聚人民力量，能力不足则难以满足人民期望，脱离群众则极易违背人民意愿，消极腐败则势必危害人民利益。如果任由这些危险成为现实，不仅是党员干部精神堕化，权力异化，“朝气消而暮气生，锐气遁而惰气深，清气降而浊气升”，更会使党和政府的公信力受到伤害，最终将影响人心向背。